Christoph Güsken

Schaumschlägers Ende

Kriminalroman

grafit

Der Autor

Christoph Güsken wurde 1958 in Mönchengladbach geboren. Nach dem Theologiestudium wurde er Buchhändler in Köln. Zur Zeit lebt er als freier Autor in Münster.

Er veröffentlichte u. a. diverse Kurzgeschichten und Hörspiele. 1996 erschien sein Kriminalroman *Bis dann, Schnüffler,* in dem die chaotischen Detektive Bernie Kittel und Henk Voß ihren ersten Auftritt hatten. Über dieses Krimidebüt schrieb die Literaturzeitschrift *Listen*: »Die Unbekümmertheit, mit der Güsken seine Miniatur-Bogarts durch den Kleinstadtmief prügelt, macht beim Lesen schlicht und einfach Spaß.«

Krimis von Andreas Izquierdo

Der Saumord

ISBN 3-89425-054-2 DM 14,80 3. Auflage

In Dörresheim geschieht Seltsames: Die vielversprechende Zuchtsau Elsa wird aufgeschlitzt, und die preisgekrönte Kuh Belinda begeht Selbstmord. Jupp Schmitz, Reporter des »Dörresheimer Wochenblattes«, glaubt nicht an einen Zufall. Bei seinen Recherchen legt er sich nicht nur mit dem mächtigen Fabrikanten Jungbluth an, sondern zieht den Haß aller Dörresheimer auf sich und gerät schließlich selbt unter Mordverdacht. Einzig Jupps Jugendliebe Christine hält zu ihm.

Der Saumord ist eine Geschichte mit haarsträubenden Bildern, urkomischen Szenen und seltsamen Typen. Eine Geschichte voll ernster Inhalte, menschlicher Schwächen und echter Freundschaft. (Blickpunkt)

Das Doppeldings

ISBN 3-89425-060-7 DM 14,80 2. Auflage

Eine wertvolle Münze aus der Antike wird gestohlen. Dann taucht sie wieder auf, wird wieder gestohlen. Eine Menge Leute scheinen sie besitzen zu wollen. Auch Jupp Schmitz, Redakteur des »Dörresheimer Wochenblattes«, macht sich auf die Suche. Derweil kämpft die »IG Glaube, Sitte, Heimat« für die Schließung des kürzlich eröffneten Bordells.

Jede Menge Seife

ISBN 3-89425-072-0 DM 16,80

Der kanadische Seifenopern-Spezialist Herb Buffy soll der schlappen Serie »Unser Heim« quotenmäßig auf die Sprünge helfen. In den Colonia-Studios und beim Außendreh in Dörresheim beginnt eine dramatische Krimi-Oper. Die Serienhelden werden entführt, Reporter Jupp Schmitz in einer Scheune in Dörresheim halbtot geschlagen.

grafit

azizquie0197.cdr5

Chemnitzer Str. 31, D-44139 Dortmund
Internet http://www.grafit.de
e-mail grafit@knipp.de

Umschlagfoto: dpa
Druck und Bindearbeiten: Fuldaer Verlagsanstalt
ISBN 3-89425-074-7
1. 2. 3. 4. 5./99 98 97

1

Die Sonne war eigentlich längst untergegangen, aber sie dachte nicht im Traum daran, klein beizugeben.

Die hereinbrechende Dämmerung kämpfte auf verlorenem Posten. Verzweifelt bemühte sie sich um eine kühle Abendbrise, damit alle sahen, wie wenig sie mit diesem Brutkastenklima am Hut hatte, aber ihr Image bröckelte längst. Wenn die Heizung voll aufgedreht ist, fanden die Leute, dann ist es gleich, ob das Licht an ist oder aus.

Gestern noch hatte das Fernsehen Hoffnungen auf Abkühlung geweckt. Deshalb saßen sie jetzt alle in den überfüllten Biergärten vor warmen Getränken und warteten auf den angekündigten Wolkenbruch. Aber wie es aussah, freuten sie sich zu früh. Sie waren nicht besser dran als Brötchen, die das Hereinbrechen der Finsternis mit dem wohlverdienten Feierabend verwechselten. Dabei schloß nur jemand von draußen die Ofentür.

Daß ich mich an einem solchen Abend am Rheinufer herumtrieb, hatte ich Henk zu verdanken, meinem Partner. Henk und seinem Grundsatz, jeden Fall anzunehmen, wenn er nur Geld einbrachte. Auch dann, wenn man ihn ebensowenig einen Fall nennen konnte wie den Sandkasten auf einem Kinderspielplatz eine Wüste.

»Die Schliefenbeck ist nun mal eine meiner ältesten Klientinnen. Und sie zahlt doppelt so viel wie jeder eifersüchtige Schnösel, dessen Frau wir hinterherschnüffeln, ob sie was mit einem anderen hat. Soviel steht fest.«

»Aber ein Hund, Henk!« protestierte ich müde. »Ich soll einen Hund suchen, der sich wahrscheinlich nur beim Pinkeln verirrt hat.«

Henk blies die Backen auf, und für einen Moment fürchtete ich, er würde mich anbellen. »Hunde verirren sich nicht so leicht. Sie haben einen hervorragenden Orientierungssinn. Er wurde entführt.«

»Trotzdem ist er ein Hund.«

»Jetzt hör mal zu: Nur weil ihr Herz dran hängt, läßt sie sich die Sache so viel kosten. Woran sie es hängt, ist ihre Sache, oder? Ich würde den Fall auch übernehmen, wenn man ihren Teddybär gekidnappt hätte.«

Henk hatte mich darüber belehrt, daß wir nur deswegen solche öden Jobs machten, damit wir eines Tages solche öden Jobs nicht mehr zu machen brauchten. Damit wir endlich unsere Zeit damit verbringen konnten, in unserer eigenen Jazzkneipe unsere eigene Musik zu machen. Ein schöner Traum, der allerdings von Jahr zu Jahr mehr verstaubte, denn gemeinsam geprobt hatten wir schon seit ewigen Zeiten nicht mehr. Trotzdem mußte mich das überzeugt haben. Und als er behauptete, der Köter sei heute nachmittag bei den Messehallen gesichtet worden, da hatte ich mich auf mein Rad geschwungen.

Jetzt war ich schon wieder auf dem Rückweg und genoß den Wind, der an mir vorbeizog – ein Vergnügen, für das ich mit ein paar Litern Schweiß bezahlen würde.

Die Brücke war eigentlich eine Eisenbahnbrücke, und der Fahrradweg lief seitlich an den Gleisen entlang. Unüberwindbar dazwischen ein hohes Gitter, als seien Züge gefräßige Ungeheuer, die sich sonst unweigerlich auf Radfahrer und Fußgänger stürzen würden. Da am anderen Ende der Brücke der Hauptbahnhof lag, gab es über den Tag verteilt höchstens ein paar Minuten, an dem kein Zug im Schrittempo über die Gleise ratterte und die gesamte Stahlkonstruktion vibrieren ließ.

Ich ließ mich langsam überholen und sah in die Gesichter der Reisenden, die an den Waggonfenstern klebten und die Skyline über dem Fluß bewunderten. Etwas besorgt sahen sie aus, ja fast bestürzt, aber das konnte daran liegen, daß sie den falschen Reiseführer dabei hatten und jetzt meinten, sie hätten sich in der Stadt geirrt. Doch dann fiel mir auf, daß sie gar nicht das Panorama anstarrten, sondern etwas anderes, etwas, das gar nicht so weit weg war.

Ich folgte den bestürzten Blicken und landete wieder auf der Brücke, vielleicht dreißig Meter vor mir. Ein

Mädchen im Teenager-Alter war auf das Brückengeländer geklettert und stellte sich gerade auf, die Arme ausbreitend wie ein Vogel, der zum Flug ansetzt. Dabei sah sie eigentlich nicht aus wie ein Vogel. Eher wie eine Hummel, denn sie trug einen engen, schwarzen Minirock und ein gelbes, quergestreiftes T-Shirt.

Die Hitze war mörderisch, zugegeben, aber kaum ein Grund, von einer Brücke zu springen. Und wenn sie sich gar nicht umbringen wollte, sondern einfach etwas Nervenkitzel suchte mit anschließender Abkühlung? Wenn sie einfach nur besoffen war?

Natürlich ging mich das nichts an, und natürlich war es das falsche Wetter, um jemanden vom Springen abzuhalten. Ich bremste neben ihr, ließ das Fahrrad kippen und ging auf sie zu.

»Was soll denn das werden?«

Sie war nicht besoffen, denn sie stand auf dem Geländer wie auf einem Schwebebalken.

»Hau'n Sie ab«, sagte sie, ohne den Kopf zu wenden. Ich hatte mich getäuscht. Sie war kein Teenager. Ich schätzte sie auf um die Dreißig. Aber mit ihrer Statur wäre sie die ideale Kinderdarstellerin.

»Sagen Sie mir einfach, daß das eine sportliche Übung ist«, meinte ich. »Und schon sind Sie mich wieder los.«

»Und wieso?«

»Damit ich weiß, daß Sie sich nicht umbringen wollen.«

Ein langgezogenes Quietschen kam vom Bahnhof herüber. Ein gequälter Ton wie von einem riesigen Insekt, das ganz plötzlich erstarb, als hätte jemand es zertreten. Der Zug war zum Halten gekommen. Eine Lautprecherstimme begrüßte ihn mit ihrer ewigen Litanei der Anschlußzüge.

»Das geht Sie ja wohl nichts an.«

Eigentlich hatte sie recht.

»Das nicht«, sagte ich und zuckte die Achseln. Mehr gab es nicht zu sagen. Wahrscheinlich war sie doch nur scharf auf eine Abkühlung. Nichts half bei dieser Hitze so gut gegen den Durst wie ein paar Schluck Rheinwasser.

Ich griff zu meinem Fahrrad.

»Und außerdem«, kam es vom Geländer, »haben Sie von der ganzen Scheiße überhaupt keine Ahnung.«

So wie sie es sagte, alarmierte mich das ein wenig. Ich ließ mein Rad wieder auf den Weg plumpsen. Die Frau, die wie eine Hummel aussah, beugte sich jetzt vornüber und begann mit den Armen in der Luft herumzupflügen, um das Gleichgewicht zu halten. Ich hatte nicht viel Zeit zum Überlegen.

Als ich ihre Beine umklammerte, verlor sie die Balance, aber zum Glück in meine Richtung. Sie riß mich um, und ich spürte einen stechenden Schmerz in meinem Rücken. Mein Fahrrad. Ich lag zwischen ihr und meinem Fahrrad. Sie riß sich los.

»Verdammte Scheiße! Ich hab Ihnen doch gesagt, Sie sollen mich zufrieden lassen!«

Täuschte ich mich, oder lag der Geruch von Honig in der Luft? Ein süßes Parfum jedenfalls, ganz und gar nicht nach meinem Geschmack, aber durchaus passend zu ihrem Outfit.

Ich rappelte mich auf. Während ich die aufgeschürfte Stelle an meinem Rücken betastete, verlor sie keine Zeit. Schon war sie dabei, den käfigartigen Zaun zu den Gleisen zu erklimmen. Er war alles andere als unüberwindlich. Sie brauchte nur wenige Sekunden, dann sprang sie auf der anderen Seite wieder herunter. Mit einer theatralischen Geste legte sie ihren Körper auf die Schienen, die Augen starr in die Luft gerichtet. Als wäre der Bahnhof ein kernwaffenbestückter US-Stützpunkt.

Aber er war alles andere als das. Und der Zug, der jetzt gemächlich auf die Brücke rappelte, für seine Verhältnisse geradezu auf Zehenspitzen, transportierte kein radioaktives Material. Nur ganz normale Passagiere mit Intercity-Zuschlag.

»Heh!« brüllte ich aus Leibeskräften. Aber die Frau wollte mich nicht hören und konnte es wohl auch nicht, denn die Lärmpause war vorüber. Was gab es auch zu brüllen? Wollte ich sie darauf aufmerksam machen, daß sich ein Zug näherte? Darauf wartete sie ja gerade.

Ich schaffte das Gitter nicht so leichtfüßig wie sie. Oben angekommen zögerte ich. Rechts von mir hatte sich die Schwarz-Gelbe mit einem Gleichmut auf den Schienen ausgebreitet, als läge sie auf einem bunten Handtuch an einem südländischen Strand, das Sonnenöl in Griffweite. Von links näherte sich der Zug, ein stampfendes Ungetüm. Seine weißen Scheinwerfer waren wie zwei riesige Augen, die die Strecke absuchten. Noch waren sie weit weg, aber es waren kurzsichtige Augen, und die Verrückte würden sie viel zu spät entdecken. Während ich sprang, ging mir durch den Kopf, daß es nicht sehr viel Mut erforderte, dumm zu sein. Aber zum Mut gehörte immer eine gehörige Portion Dummheit.

Sobald ich Boden unter den Füßen hatte, bestätigte sich diese Vermutung. Ich war schlecht aufgekommen, und mein rechter Fuß war beim Abfedern weggerutscht. Jetzt hatte er sich verhakt unter einem Stahlträger, der wohl den Schienenstrang abstützte. Weiter unten, direkt durch die Stahlkonstruktion hindurch, erkannte ich den Fluß.

Und dann sah ich den Zug näher kommen. Jetzt aus der Froschperspektive, oder besser: aus der Perspektive der Kakerlake, die die Sohle eines riesigen Stiefels auf sich zukommen sieht. Ich zerrte an meinem Fuß, trampelte und riß mit aller Kraft. Ich hing fest.

»Halt!« schrie ich dem Monstrum entgegen und winkte mit dem Arm. Ich spürte, wie meine Stimme sich überschlug, aber nicht einmal ich konnte sie noch hören. Vielleicht blieben mir noch zwanzig Sekunden. Neunzehn Sekunden, um eine Axt zu finden, mit der ich den Fuß abhacken konnte.

Dann schrie eine Stimme so laut sie konnte, sie war gerade noch zu hören, weil sie direkt in mein Ohr schrie: »Den Schuh! Verdammt, zieh den Schuh aus, oder willst du draufgehen!«

2

»Immerhin haben Sie mir das Leben gerettet.« Warum ich das sagte, wußte ich auch nicht. Vielleicht, weil ich mich darüber ärgerte, daß ich auf die Idee mit dem Schuh nicht selbst gekommen war.

Wir saßen auf weißen Plastikstühlen vor einer der Altstadtkneipen mit Blick auf den Rhein, in denen sich eigentlich nur Touristen drängeln. Heute waren es besonders viele, und sie waren besonders durstig. Sie machten sich über das Bier her, als hätten sie sonst nichts, was sie ausschwitzen könnten. Hauptsächlich wurde englisch und schwäbisch gesprochen, und die vorherrschenden Themen an den Tischen waren die Ozonwerte und das von allen herbeigesehnte Gewitter. Alles in allem ein Idyll also. Selbst die Rheinbrücke wirkte von hier aus wieder friedlich und fügte sich nahtlos in das malerische Panorama.

Ihr Name war Elsie Holland, soviel hatte ich immerhin herausbekommen. Elsie, von Elsbeth. Also mit scharfem S. Ansonsten war sie überhaupt nicht gesprächig und starrte vor sich hin, die Lippen in einer Weise aufeinandergepreßt, als hätte ich sie vor zwanzig Minuten *gezwungen*, von der Brücke zu springen. Ja, als hätte ich die Brücke eigenhändig gebaut, und das überhaupt nur zu diesem Zweck. Übrigens erinnerte sie auch aus der Nähe noch an eine Hummel: ein knapper, dunkelbrauner Pony, braun-gelbe Klamotten. Sie war ungewöhnlich klein, aber nicht zierlich. Eher hatte sie eine athletische Figur, wahrscheinlich durch langjähriges Klettertraining auf Brücken.

»Also wenn Sie nicht gewesen wären«, sagte ich in das angespannte Schweigen hinein. Es war ein psychologischer Trick: ausgiebig loben, damit sie auf andere Gedanken kam. Auf freundlichere. Sie sah mich an, als hätte ich mich auf die dämlichste Art an sie rangemacht, und das schon zum hundertsten Mal. Dann sah sie wieder weg.

Ich bestellte noch ein großes Kölsch. »Sie auch?«

Keine Antwort. Der Kellner machte sich achselzuckend wieder davon.

»Was dann?« fragte sie plötzlich.

Ich war nicht darauf gefaßt. »Wann? Was?«

»Wenn ich nicht gewesen wäre.«

Was dann? Das Schutzblech an meinem Fahrrad wäre nicht verbogen. Ich hätte in aller Gemütlichkeit nach Hause radeln können. Und die Peinlichkeit wäre mir erspart geblieben, mit einem Schuh hier herumzuhumpeln, als Fotomotiv für die Touristen und zur Erheiterung aller, bis auf Elsie natürlich. Was noch?

»Dann wären Sie jetzt mausetot.«

Ach ja. Das hatte ich ganz vergessen. Am Nebentisch gab es Geschrei. Ein kleiner Junge hatte Papas Bierglas umgestoßen und sich dafür eine Ohrfeige eingehandelt. Worauf der Vater einen Schienenbeintritt von seiner Frau kassierte.

»Warum wollten Sie sich – das Leben nehmen?« fragte ich.

»Geht Sie nichts an.«

Der Schmollmund mitten in ihrem runden Gesicht schien eine zentrale Funktion zu haben. Er regierte die gesamte Mimik. Wahrscheinlich gab es nichts, das in ihrem Körper ablief, von dem er nicht wußte. Nichts, was ablaufen konnte, ohne daß er seine Genehmigung dazu gab.

Ich versuchte eine andere Taktik. »Sie wollten es ja gar nicht. Sich umbringen, meine ich.«

Der Schmollmund war nicht besonders beeindruckt.

»In den Fluß«, sagte ich, »das ist nur eine Abkühlung, nichts weiter. Der Rhein ist eine Kloake, aber er bringt einen nicht um.«

»Und die Gleise?«

Ich lächelte. Das ließ sie also doch nicht kalt.

»Wenn Sie es wirklich wollten, dann hätten Sie es auf freier Strecke gemacht und nicht in direkter Nachbarschaft des Bahnhofs. Sonst hätten Sie die Aktion ja gleich unten am Fahrkartenschalter anmelden können.«

Der Blick, den sie mir jetzt zuwarf, brachte wirklich Abkühlung. Die erste an diesem Abend. Für einen Augenblick gab er mir das Gefühl, in einem Eisschrank zu sitzen, mit Dreisterne-Kühlfach und Aussicht auf den Rhein. Du Idiot, sagte der Blick. Du armseliger, kleiner, dämlicher Idiot. Mein Bier kam endlich, und ich griff dankbar danach.

Doch sie kam mir zuvor. Vor der Nase schnappte sie mir das Glas weg und kippte es fast in einem Zug hinunter. Sie mußte einen gigantischen Durst haben. Die letzte Überlebende eines Flugzeugabsturzes in der Wüste hätte nicht gieriger getrunken. Aber die ganze Zeit hatte sie einfach dagesessen und abgelehnt, nur um sich keine Blöße zu geben. Ernstzunehmende Selbstmörderinnen haben nun mal kein Interesse an kühlen Erfrischungen.

Sie setzte das Glas ab und unterdrückte einen Rülpser. Ich sah mich nach dem Kellner um.

»Er ist ein Scheißkerl«, sagte sie. »Deshalb.«

»Wer?«

Erwartungsvoll sah sie in das leere Glas, als würde es sich von selbst wieder füllen wie der Umspülbecher beim Zahnarzt.

»Na, wer wohl? Sascha.«

»Wegen ihm wollten Sie sich umbringen?«

»Ach was. Der ist nur ein armer Blödmann. Der Schlußpunkt. Ein Schlußlicht sozusagen. Und zwar fürs ganze Leben.«

»Verstehe ich nicht.«

Sie beugte sich vor und fing an, mit dem Finger Kreise auf die Plastik-Tischdecke zu malen, so als wollte sie mir etwas zum besseren Verständnis aufzeichnen. Ich brauchte eine Weile, bis ich begriff, daß das Gekreise nicht das geringste mit dem zu tun hatte, was sie sagte.

»Im Leben gibt es die, die auf den Zug warten, und die, die einsteigen. Immer sieht es so aus, als ob du nur warten müßtest, aber irgendwann kannst du dann einsteigen. Erst warten, und dann einsteigen.«

»Von mir aus«, sagte ich.

»Ja. Aber das stimmt nicht. Es ist Schwindel, verstehst

du? Die einen warten, die anderen fahren, so sieht das aus. Die, die warten, warten vergeblich. So wie ich zum Beispiel. Sie stehen nur dumm rum. Ganz einfach, weil es für sie gar keinen Zug gibt.«

Endlich glaubte ich zu begreifen, worauf sie hinauswollte. »Aber dann hat es auch keinen Sinn zu warten.«

»Eben«, sagte sie, und der Schmollmund öffnete sich gnädig zu einem Lächeln. »Es hat keinen Sinn zu warten. Schön, daß du das auch so siehst.«

Mit meiner Fähgkeit, ihren Lebenswillen zu stärken, war es wohl nicht weit her. Wenn ich so weiter machte, würde ich sie am Ende noch fragen, ob sie mir einen Strick borgen könnte.

»Also gut«, sagte ich, das nächste Bier in Empfang nehmend. »Aber so war das nicht gemeint.«

»Wie denn?«

»Du bist enttäuscht. Gut. Du bist es satt zu warten. Auch gut. Aber jetzt –«

»Spar dir das. Ich wüßte nicht, was daran gut sein soll.« Sie brachte mich aus dem Konzept.

»Also, was ich meine, ist – vielleicht klingt das abgegriffen, aber: Morgen ist vielleicht alles ganz anders ...«

Ein mitleidiger Blick. »Klingt nicht nur abgegriffen. Ist es auch.«

Ich lächelte resignierend. »Und wie steht's mit übermorgen?«

Irgendwie hatte ich das Gefühl, daß mich diese Frau, was Pessimismus und Lebensverächtlichkeit anging, in die Tasche steckte. In eine riesige, schwarze Tasche ohne Boden, in der alles Schöne, Lebenswerte verzischte wie ein Streichholz in einem dunklen Höhlenschlund ohne Sauerstoff. Sie war eine Expertin im Schwarzsehen, und ich bekam Respekt vor ihr.

»Ich gerate immer an solche Typen«, sagte sie müde, mit einer Stimme, die Jahrtausende alt zu sein schien. »Hella zum Beispiel.«

»Hella?«

»Meine beste Freundin.« Sie grinste böse. »Jetzt ist sie *seine* beste Freundin. Wenn du verstehst, was ich meine.«

»Saschas.«

Von wem rede ich denn die ganze Zeit? sagten ihre genervten Augen. Sie nahm einen ausgiebigen Schluck.

Mir kam eine letzte Idee. »Schön und gut«, begann ich. »Aber wenn das alles so ist, dann wäre es doch logischer, wenn du dich nicht selbst umbringst. Sondern diesen Sascha und seine Freundin. Wenn die dir den – Zug vor der Nase weggeschnappt haben. Ich meine: nur mal rein theoretisch ...«

Ihre Miene war skeptisch, aber sie verriet immerhin, daß sie diesmal die Antwort nicht schon fertig hatte.

»Du meinst – weil die das verdienen und ich nicht.«

Ich lächelte ermutigend. »Ganz genau.«

Elsie Holland, der hummelfarbenen Frau, schien diese Idee zu gefallen. Der Schmollmund regierte zwar immer noch unumschränkt, aber er schien dem restlichen Gesicht eine kleine Verschnaufpause zu gönnen. Was genauso gut darauf zurückzuführen war, daß sie jetzt bereits das dritte Kölsch konsumierte. Deshalb merkte sie wohl nicht, daß ihr gelbes Hummel-T-Shirt verrutscht war. Der rechte Träger hatte sich bis an den Rand der Schulter vorgehangelt, um bei der nächsten Gelegenheit den Arm hinabzugleiten.

»Also, ich wüßte schon, wie ich es machen würde«, sagte sie.

Ich hob mein Glas. »Nur zu.« Bestimmt würde ihr das helfen, psychologisch gesehen.

»Ich sehe es genau vor mir.« Sie richtete ihren Blick an mir vorbei in die Ferne, und ich fragte mich, ob hinter mir zufällig das Paradies lag. So träumerisch war ihr Ausdruck.

»Ich könnte ihn überfahren wie einen Hund. Verdient hätte er es. Aber – das könnte ihm so passen.« Mit einer fahrigen Bewegung streifte sie den Träger ihres T-Shirts hoch, aber er machte sich sofort wieder auf die Reise.

»Nein. Es erwischt ihn genau da, wo er seine schlüpfrigen Spielchen spielt. Im Bad.«

»Welche Spielchen denn?«

»Oh, dazu mußt du das Bad kennen. Sascha hat nicht

irgendeine Badewanne. Er hat einen herzförmigen Pool, hellblau beschichtet mit silbernem Rand, wie geschaffen für extravagante Liebesspiele. Und immer, wenn er mit einer ins Bett geht, dann zieht er die gleiche Show ab: Erst ausgiebiges Festmahl, dann schaumiges Bad mit gegenseitigem Einseifen. Zu den romantischen Klängen von *Moonlight Serenade.*«

»Immer derselbe Titel?«

Sie zuckte die Achseln. »Das ist seine Masche. Außerdem hat er 'ne Schwäche für altertümliche Musik. Und für immer dasselbe, da hat er auch 'ne Schwäche. Sonst könnte er sich selbst wohl kaum leiden.«

»Und dann?«

Sie knallte das leere Glas so auf den Tisch, daß ich meins festhalten mußte. »Dann nichts mehr. Was denn noch? Er hat ausgespielt. Finito.«

»Ausgespielt?«

»Sascha. Und der CD-Player. Beide haben ausgespielt. Das ist ja der Witz.«

»Versteh ich nicht.«

Sie sah mich etwas *zu* verständnisvoll an, so wie man einen absolut Begriffstutzigen ansieht. »Plitsch, platsch!« machte sie. »Ich schmeiße die romantische Musik ins Wasser. Und das war's schon. Du brauchst nicht mal umzurühren.«

Die Kleinfamilie am Nebentisch brach auf. Den kargen Gesprächsfetzen entnahm ich, daß es für sie kein sehr gemütlicher Abend gewesen war. Das umgekippte Bier, die Ohrfeige, der Schienbeintritt. Dann Geschrei, weil Mama ein Eis als Versöhnungsgeste vorgeschlagen, Papa aber abgelehnt hatte, weil tolpatschiges Benehmen nicht belohnt werden durfte. Eine verfahrene Situation.

»Ich werd mich jetzt auch mal aufmachen«, sagte ich. Es war spät genug, ich hatte genug getrunken – mehr als genug. Außerdem mußte ich mein Fahrrad schieben. Was Elsie Holland anging, so schien sie inzwischen außer Suizidgefahr. Die kleine Reise durch ihre Phantasie hatte ein kleines Wunder bewirkt. Sie war richtig aufgekratzt, als hätte sie die erste Tanzstunde hinter sich.

Sie half mir noch eine Weile mit dem Fahrrad, bis wir uns darauf einigten, daß ich alleine besser vorwärtskam. Sie erzählte, daß sie das Rauchen aufgegeben habe. Außerdem sei sie Schriftstellerin, allerdings bisher unentdeckt.

»So ist das immer: Wenn du gut bist, dann wollen sie dich nicht.«

»Das ist immer so.«

»Eben. Weil Gutes nicht gefragt ist. Weißt du, was die zu mir gesagt haben? Sie können sich nicht verkaufen, haben die gesagt. Und weißt du, was ich denen gesagt habe?«

»Plitsch, platsch?« schlug ich vor.

»Wenn ich mich verkaufen wollte, hab ich denen gesagt, dann wär ich nicht hier. Sondern auf dem Strich.«

»Da ist was dran«, bestätigte ich. Elsie war besoffen. Aber putzmunter. Auch ich war besoffen, aber todmüde. Ich konnte einfach nicht mehr. Ohne zu fragen, legte sich mein Erinnerungsvermögen schlafen, lange bevor ich zu Hause war.

Trotzdem schaffte ich es am nächsten Morgen, ins Büro zu kommen. Henk Voß war natürlich schon da, und das ließ meinen Kopf geradezu rebellieren. Das gemeine Wabern darin wurde zu einem bestialischen Hämmern. Dabei war es gar nicht der leicht vorwurfsvolle Ton, den Henk anschlug, als sei er mit mir verheiratet und habe irgendein Recht zu erfahren, mit wem und wie ich die letzte Nacht verbrachte hatte. Es war seine ständige Qualmerei. Henk war der einzige Mensch, den ich kannte, der um sechs Uhr morgens vor dem Spiegel stand, in der rechten Hand die schäumende Zahnbürste und in der linken eine brennende Zigarette. Vielleicht hatte er als Kind ein Gelübde abgelegt, alles Frische und Atembare, was ihm in seinem Leben begegnen sollte, unwiderruflich in abstoßenden, faden Mief zu verwandeln.

»Na, gibt's was Neues in deinem Fall?« fragte er, mit den Füßen auf meinem Schreibtisch. Das hatte er bei der Polizei gelernt. Soviel ich wußte, hatte er da seine Zeit hauptsächlich damit verbracht, die Füße hochzulegen. Was weder für seine Figur noch für seine Karriere von Vorteil gewesen war.

»Was für ein Fall?«

Er atmete laut aus, und der Raum bewölkte sich. Mein Schreibtischstuhl ächzte in Todesangst, als sich der Koloss darauf zu mir herumschwang. Eigentlich war es ein solider Stuhl, aber unter Henk wirkte er wie ein armseliger Melkschemel, den man einem Elefanten unterschiebt.

»Also gut: Hast du den Köter endlich?«

»Nein. Aber so gut wie.«

»Was heißt, so gut wie?«

Ich zuckte die Achseln und kramte auf dem Schreibtisch nach Kopfschmerztabletten herum. »Weißt du, Henk, ich frage mich, wann wir endlich wieder einen Fall haben«, sagte ich. »Ich meine einen, bei dem es mehr zu tun gibt, als Hundekot auf Fingerabdrücke zu untersuchen.«

»Tja, mein Guter. Dann rat ich dir, Bulle zu werden. Dann hättest du nämlich einen. Einen richtigen Mordfall sogar.«

»Klingt nicht schlecht.« Ich setzte mich und beobachtete die Tablette, die sich langsam im Wasser auflöste. »Und wen hat's erwischt?«

»Einen Filmfritzen. Kam heute morgen im Radio. Van Baer heißt er, glaub ich. Sascha van Baer. Ein Fall für Inspektor Mattau.«

Ich trank einen Schluck. Das Zeug schmeckte wie aufgelöster Gips mit einem Schuß Pferdepisse. Kein Wunder, daß selbst Kopfschmerzen machten, daß sie wegkamen. »Und weiß man schon, wer ihn erschossen hat?« stellte ich die übliche Frage.

Seinem irritierten Stirnrunzeln zufolge hatte ich etwas Falsches gesagt. »Wie kommst du darauf? Er wurde nicht erschossen. Jemand hat einen laufenden CD-Player in die Wanne geschmissen, als er gerade ein Bad nahm.«

Ich stand einfach da.

»Ist dir nicht gut? Zu viel Kölsch bei dieser Hitze, das solltest du lieber lassen.«

»Plitsch, platsch«, sagte ich. Dann trank ich den Rest Kopfschmerztablette in einem Zug, ohne das Gesicht zu verziehen.

»Mehr fällt dir wohl nicht dazu ein«, tadelte Henk.

»Welche Musik?« fragte ich. »Ich meine, welche Musik lief in dem Gerät, als es ins Wasser geworfen wurde? War es vielleicht *Moonlight Serenade*?«

Er glotzte mich an, als sei ich ein Auto, das ihn gerade nach dem besten Autokino in der Stadt gefragt hatte. »Sag mal, du spinnst wohl. Denkst du, die bringen so was in den Nachrichten? Welche Musik lief! Demnächst sagen die dann noch, wo es die CD zu kaufen gibt.«

Das Telefon klingelte. Henk nahm ab: »Ja? – Hm. Ja ... Also, eh – ja, warum nicht? Gut. Dann ...«

Er legte auf. »Mattau. Er will dich sprechen. Es paßt dir doch, oder? Er kommt gleich vorbei.«

3

Wer Mattau das erste Mal sah, dachte nicht im Traum daran, ihn für einen Polizisten zu halten. Es sei denn, ihm schwebte etwas Exotisches vor, beispielsweise ein verdeckter Ermittler, der an einem dringenden Fall im Nichtseßhaften-Milieu arbeitete.

Auch beim zweiten oder dritten Mal kam ohne Hilfe so schnell keiner drauf. Und die Erklärung mit dem dringenden Fall paßte bald nicht mehr, denn er konnte ja nicht immer daran arbeiten.

Mattau war einfach schlampig. Er war chaotisch und völlig unsystematisch. Ich hatte mich schon oft gefragt, was ihn bewogen hatte, Bulle zu werden, und mindestens so interessant war die Frage, wieso er noch dabei war. Vermutete man gerade deshalb, weil er von außen ein seniler Philip Marlowe war, einen genialen Sherlock Holmes in ihm? Allerdings hätte ich genauso gut darüber nachdenken können, wieso mein alter Regenschirm, der eigentlich nicht mehr als ein auf rostige Stangen gespannter Fetzen war, immer noch in der Ecke stand. Er stand einfach zu lange da. Ich brachte es nicht mehr übers Herz, ihn wegzuwerfen.

Mattau war um die Fünfzig, vielleicht älter. Obwohl er nicht klein war, wirkte er klein, denn er ging und saß in gebückter Haltung. Sein Mantel und sein Haar waren speckig. Das mochte an seiner Angewohnheit liegen, sich immer am Kopf zu kratzen, wenn er nachdachte. Die Schuppen regneten dann als kleiner Schneeschauer über seinem Mantel ab und bildeten eine dünne weiße Schicht. Daß sein Mantel *sehr* speckig war, bedeutete damit aber auch, daß er oft nachdachte. Was ihn möglicherweise von vielen jüngeren Kollegen unterschied.

Übrigens hatte ich ihn nie ohne diesen Mantel gesehen. Auch heute, an einem Tag, an dem die meisten schon gewöhnliche Kleidung mieden, um nicht ins Schwitzen zu geraten, saß er in das miefige Grau gehüllt, unbelehrbar, wie in einem Akt passiven Widerstands gegen die stetige Erwärmung der Erdatmosphäre.

»Heiß heute«, sagte er und tupfte sich den Schweiß von der Stirn. Der Zustand des Taschentuchs ließ vermuten, daß er erst kürzlich den Ölstand seines Wagens überprüft hatte.

Inzwischen bereute ich es schon, Henk von gestern abend erzählt zu haben. Er hatte die üblichen paar Minuten gebraucht, alles auf meine rege Phantasie zu schieben oder die Nebenwirkungen der Kopfschmerztablette, aber dann hatte er mit einer definitiven Geste seine Zigarette in einem Plastikbecher ausgedrückt und damit einen Gestank erzeugt, der jedes weitere Nachdenken unmöglich machte.

»Tja, dann ist ja alles klar«, sagte er. »Wie heißt es so schön: keine weiteren Fragen.«

Und im Grunde hatte er ja recht. Nach Lage der Dinge kam man einfach nicht drum herum anzunehmen, daß Elsie Holland etwas mit diesem Mord zu tun hatte.

»Etwas zu tun hat!« Henk entfuhr ein schrilles, irres Lachen. »Sag mal, meinst du das im Ernst, Kittel? Diese Frau beschreibt dir die Sache detailgenau, und du hältst es lediglich für möglich, daß sie etwas damit zu tun hat!«

»*Die Sache*, wie du es nennst, das waren nur Spinnereien. Rachephantasien, die durchaus verständlich –«

»Spinnereien! Was brauchst du denn noch: Fotos? Videoaufnahmen? Eidesstattliche Erklärungen?«

»Aber wenn sie es wirklich war. Warum gibt sie sich dann diese Mühe? Sie hätte es doch genauso gut lassen können.«

»Vielleicht dachte sie, daß einer wie du ihr das abkauft. Daß es nur eine Phantasie war. Ja, das könnte es sein. Sie erleichtert ihr Gewissen mit einer Art Geständnis und tarnt sich gleichzeitig.«

»Das ist doch Blödsinn.«

»Genau.« Henk klopfte mir auf die Schulter. »Genauso, wie von einer Brücke zu springen, was?«

Ein paar Minuten später saß Mattau mir gegenüber und machte sich dankbar über eine Dose Kölsch her.

»Bei dem Wetter«, stöhnte er, »kann man ohne Flüssigkeit ja nicht mehr existieren.«

Der Trubel von der Straße drängelte sich immer mehr in den Raum. Wenn ich die Augen schloß, konnte ich die Leute sehen, wie sie über das Regal mit meinen Akten kletterten, darin herumblätterten und meinen Schreibtisch als Wühltisch für Sonderangebote mißbrauchten. Ich sah Autos einparken, millimetergenau in die Lücke zwischen Papierkorb und Heizkörper. Aber das Fenster zu schließen war nicht drin. Immer noch besser, Abgase einzuatmen, als gar nicht mehr zu atmen.

»Der Mordfall van Baer«, sagte der Inspektor. »Gestern abend. Sie haben vielleicht davon gehört.«

»Das schon.« Ich lächelte geduldig. »Aber es gibt eine Menge Leute, auf die das zutrifft.«

»Keine Angst, Kittel. Niemand will Ihnen an den Kragen. Diesmal nicht.« Mattau prostete mir zu. »Also passen Sie auf: dieser Ermordete, van Baer, der hatte eine Freundin. Eine gewisse Elsie Holland. Und die suchen wir jetzt. Einfach, um ihr die üblichen Fragen zu stellen. Wissen Sie was? Wir finden sie nicht. Angeblich arbeitet sie in einem Buchladen, aber da ist sie heute nicht aufgekreuzt. Hat sich nicht mal krankgemeldet.«

Mir hatte sie erzählt, sie *schreibe* Bücher.

»Es scheint ganz so, als hätte sie sich in Luft aufgelöst, und das seit gestern. Eigenartig, nicht wahr?«

»Stimmt«, sagte Henk von der Fensterbank aus.

»Normalerweise ist sie an diesem Abend immer bei ihrer Psychogruppe. Sie wissen schon: Sitzen und reden, so lange, bis man sich besser fühlt. Aber auch die Psychogruppe hat sie gestern nicht gesehen. Womit wir zu Ihnen kämen, Kittel.«

»Zu mir?«

»Ja. Zu Ihrer Frage, wieso ich ausgerechnet zu Ihnen komme.« Mattau hielt die Dose hoch, als habe die Antwort etwas mit der Technik des Weißblech-Recycling zu tun.

»Ein Gruppenmitglied, die offenbar auch eine Bekannte von Ihnen ist, Kittel, hat Frau Holland später am Abend dann doch noch gesehen. Nach der Gruppe und nach dem Mord. Sie saß gemütlich unten am Rhein bei einem Bier. Knapp zwei Stunden nach dem Mord an van Baer. Und Sie, Kittel, saßen dabei.«

Er machte eine Pause, wegen des Effekts. Und ich machte mit, weil mir auf die Schnelle dazu nichts einfiel.

»Was für eine Bekannte denn?« wollte ich dann wissen.

Mattau zuckte die Achseln. »Eine gewisse Liane Engels.«

»Kenne ich nicht«, sagte ich.

»Jedenfalls nur flüchtig«, mischte sich Henk ein. »Sie ist eine Klientin von mir. Außerdem –«

Mir schwante etwas. »Doch nicht die? Die Lady mit der eisernen Faust?«

»Jedenfalls kennst du sie«, beharrte Henk.

»Tue ich nicht.«

»Ist auch nicht so wichtig«, sagte Mattau und sah mich an, mild wie ein Beichtvater. »Hauptsache, sie kennt Sie. Völlig egal, wie nahe oder wie fern Sie ihr stehen. Mich geht das nichts an. Alles, was ich wissen will, ist: Was ist mit Elsie Holland?«

»Stimmt«, sagte ich müde. »Jetzt erinnere ich mich wieder ...«

Ich sah, wie Henk drüben am Fenster die Augen zur Decke drehte. »Ich habe sie auch erst gestern kennengelernt«, fuhr ich fort. »Das heißt: sie ist weder eine Bekannte noch eine Klientin. Sie fühlte sich einfach mies, und ich habe sie ein wenig getröstet.«

Mattau kratzte sich am Kopf. »Nicht zufällig deshalb, weil sie gerade jemanden getötet hatte?«

Henk setzte an, etwas zu sagen, aber ich warf ihm einen mörderischen Blick zu, so daß er sich nur räusperte und verlegen nach seinem Tabaksbeutel griff.

»Beinahe«, erklärte ich. »Sie hätte beinahe jemanden getötet. Und zwar sich selbst.«

Im selben Moment ärgerte ich mich, weil ich mich benommen hatte wie ein schlechter Skatspieler, der zu spät merkt, daß Trumpf gespielt wird.

Mattau fuhr mit der Hand über die Tischplatte und kassierte seelenruhig die Punkte. »Interessant«, sagte er nur.

Dann klopfte es an der Bürotür.

»Kundschaft«, erklärte uns der Inspektor.

Es war ungewöhnlich, daß ein Klient klopfte und nicht gleich hereinkam. Henk ging nachsehen.

»Sie sagen also, sie wollte Selbstmord begehen«, kam Mattau zum Punkt zurück. »Dann frage ich mich aber: warum?«

Es war ein ungläubiges Warum, wie das eines Versicherungsvertreters, der erfährt, daß man irgendwo anders abgeschlossen hat, wo er doch das gleiche anbietet, außerdem zu besseren Konditionen. Aber ich wußte, daß dahinter das Bullen-Warum lauerte, das nur fragend tat, auf dem Rücken aber die Handschellen schon ungeduldig in den Händen drehte, weil die Antwort längst feststand: sie fühlte sich schuldig.

»Weil ... – einen Augenblick, Inspektor.«

Zufällig saß ich genau richtig, um mit dem Gesicht des Inspektors mir gegenüber auch den Flur im Auge zu haben. Und die schwarz-gelbe Silhouette hinter der Milchglastür, die Henk dabei war zu öffnen. Ich sprang auf und drängte ihn beiseite.

»Ich mach das schon!« zischte ich und legte die Hand auf die Klinke. Henk war irritiert.

»Sag ihm irgendwas!« beschwor ich meinen Partner. »Hörst du: *irgendwas!*«

Während Henk leicht kopfschüttelnd zu Mattau zurückkehrte und ihm erstmal ein zweites Kölsch anbot, öffnete ich die Tür einen Spalt.

Ein unangenehm süßes Parfum wehte vom Flur herein.

»Kittel, du mußt mir h...«

Bevor sie ausreden konnte, zerrte ich sie herein und bugsierte sie in Henks Zimmer. Das hatte ich jetzt davon, daß ich mich gestern mit besoffenem Kopf unbedingt als Meisterdetektiv aufspielen mußte.

Ich schloß die Tür. Das Parfum vereinte sich mit kaltem, urzeitlichem Tabakgeruch, und ich konnte nur hoffen, daß das keine explosive Mischung ergab.

»Bevor ich irgend etwas für dich tun kann«, fuhr ich Elsie an, »sag mir erst: Was hat sich gestern abgespielt?«

Sie sank in Henks Drehstuhl, ganz langsam, wie von einer unsichtbaren Waffe getroffen.

»Ich hab das nicht – gewollt«, stammelte sie. In ihren Augen waren Tränen. Ich wurde das Gefühl nicht los, daß sie schon in Startposition gewesen waren, als Elsie an die Tür klopfte.

»*Was* nicht gewollt?« fragte ich, behutsam und bestimmt zugleich.

Jetzt erst brachte sie die Tränen wirklich zum Einsatz. Sie schluchzte und zog gleichzeitig ein Taschentuch hervor, in das sie sich mehrmals schneuzte. Allmählich gewann die Süße über den Mief die Oberhand. Wenn der dieses Heimspiel nicht verlieren wollte, mußte er sich ganz schön anstrengen.

»Elsie«, sagte ich vorsichtig. »Ich weiß nicht, was du getan hast. Aber – *wenn* du das getan hast, wovon ich glauben muß, daß du es getan hast, obwohl ich es nicht will, das kannst du mir glauben. Aber dann ...«

Sie unterbrach mich mit einem wütenden Schneuzer.

»... dann wäre es das beste, wenn du dich erst einmal der Polizei stellen würdest. Ich meine –«

Ihr Gesicht tauchte aus dem Taschentuch auf. Es hatte einen entsetzten, über alle Maßen schockierten Ausdruck. Als hätte es gräßliche Dinge in diesem Tuch gesehen.

»Ich soll mich *stellen*?« fragte sie ohne Schniefen.

Die Tür öffnete sich. Da stand Mattau und hinter ihm Henk, mit einem hilflosen Achselzucken. Die Schneuzer waren es. Sie haben ihn angelockt, sagte seine Geste.

Mattau kratzte sich am Kopf. Es klang merkwürdig laut in der atemlosen Stille.

»Elsie«, begann ich erneut. »Das da ist mein Partner, Henk Voss. Und das ist Inspektor Mattau. Vielleicht solltest du ...«

Sie war aufgestanden und wich jetzt wie in Zeitlupe vor mir zurück. Bis sie mit dem Hintern an Henks Schreibtisch stieß. Immer noch starrte sie mich an. Ihre Hände griffen nach hinten und umklammerten die Tischplatte.

»Bitte, Elsie! Glaub mir, wir werden für dich tun, was wir können ...«

Es hatte nur so ausgesehen, als ob sie die Tischplatte umklammerte. Jetzt hatte sie urplötzlich einen Revolver in der Hand. Henks Waffe. Er hatte sie wieder mal offen herumliegen lassen.

»Nein!« Ihre Stimme war weit weg von allem Schniefen. Sie war kalt wie Eis. »Das könnte dir so passen. Aber es war clever eingefädelt, meinen Respekt.« Sie richtete die Waffe auf mich, dann auf Mattau, der sich vorsichtig näherte. »Aber so kriegt ihr mich nicht!«

»Henk«, rief ich. »Ist das Ding geladen?«

»Bitte, seien Sie doch vernünftig ...« sagte Mattau und zeigte ihr seine Handflächen. Aber er rührte sich nicht vom Fleck.

Henk zuckte die Achseln. »Nein, ich glaub nicht.«

»Du *glaubst* nicht?«

Elsie Holland stand jetzt mit dem Rücken zur Eingangstür. Den Revolver hielt sie mit beiden Händen in unsere Richtung und in respektvollem Abstand zu sich selbst, als wüßte sie nicht, in welche Richtung er im Ernstfall losging.

Sie war unsicher. Sie würde nicht schießen. Diese plötzliche Eingebung veranlaßte mich zu einem letzten Versuch. Auf den Überraschungseffekt vertrauend, hechtete ich an Henk vorbei nach vorne und versuchte Elsie, die schon so gut wie draußen war, die Pistole zu entreißen.

Sie schoß auch nicht. Wozu auch? Es reichte, wenn sie mir mit aller Kraft die Tür ins Gesicht zu schlug. Dazu wäre es unweigerlich gekommen, hätte mein ausgestreckter Arm sie nicht gestoppt, indem er die Scheibe durchbrach wie der Bug eines Eisbrechers das Eis. Es krachte und klirrte ohrenbetäubend. Dann konnten wir zum ersten Mal bei geschlossener Tür das Treppenhaus sehen. Ein Treppenhaus ohne Elsie.

Das restliche Milchglas hing in der Tür wie Eiszapfen. Allerdings hatte es wesentlich schärfere Kanten, und es war nicht so kalt. Im Gegenteil, es brannte wie Feuer.

4

»Das sieht mir aber sehr nach einem Geständnis aus.«

Der Inspektor schaute durch die zwangsläufig offene Tür ins Treppenhaus, aber er meinte nicht die abgetretenen Stufen und das staubblinde Fenster gegenüber. Er bezog sich auf die Tatsache, daß Elsie Holland abgehauen war.

»So sehr wie ein Wolkenbruch nach schlechtem Wetter aussieht«, brummte Henk, der sich Mühe gab, meinen Arm zu verarzten. Ich versuchte, nicht hinzusehen.

»Nicht in der Wüste«, widersprach ich ihm. »Da wäre es kein schlechtes Wetter.«

Aber ich konnte ihm keinen Vorwurf machen. Immerhin achtete er fürsorglich darauf, daß keine Asche in meine offene Wunde fiel. Und er hatte Mattau nichts von meinem kleinen therapeutischen Gespräch mit Elsie erzählt. Man konnte sich auf ihn verlassen.

Alles in allem war mein Zusammenstoß mit der Glastür glimpflich verlaufen. Vielleicht sah die Tür das anders, schließlich brauchte sie eine komplette neue Scheibe. Was mich betraf, so hatte ich verdammt Glück gehabt, daß ich nicht verblutet war. Mattau meinte das, und Henk pflichtete ihm eifrig bei. Ebenso der Arzt, der die Schnittwunden später nähte. Er sprach von Wundern und war nahe dran, mir zu gratulieren. Es schien ganz so, als wäre ein Lottogewinn nichts gegen das Privileg, mit dem Arm in eine Glastür zu geraten.

»Diese Liane Engels, ist das nicht eine Verflossene von dir?« wollte ich von Henk wissen, als er mich nach Hause kutschierte.

»Das ist lange vorbei«, brummte er. »Jetzt ist sie nichts weiter als eine Klientin.«

»Und?«

»Was und?«

»Was sollst du für sie tun? Hat sie jemanden umgebracht?«

»Das nicht gerade. Die Hand ist ihr wieder einmal ausgerutscht. Diesmal bei einem Pfarrer. Und das ausgerechnet auf einer gewaltlosen Protestveranstaltung.«

»Wie delikat.«

»Jetzt verklagt sie der Gottesmann wegen irgendwelcher bleibender Schäden.«

»Und sie beteuert, daß sie ihn nicht angefaßt hat.«

Henk nickte. »Höchstens ein bißchen geschubst.«

Ich lachte hämisch. »Der sollte froh sein, daß sie ihn am Leben gelassen hat.«

»Aber er benutzt die Schubserei, um sie mundtot zu machen. Damit sie irgendeine Peinlichkeit nicht ausplaudert, die sie herausgefunden hat.«

»Behauptet sie.«

»Ja. Und ich soll für sie herausfinden, wo er seine schmutzige Wäsche versteckt.«

»Hört sich nach einem interessanten Job an, Henk.« Der Wagen hielt. Ich stieg aus. »Aber du solltest die Knarre mitnehmen.« Ich winkte mit dem bandagierten Arm. »Also dann.«

Henk grinste säuerlich. »Die hat im Moment deine Klientin geborgt. Schon vergessen?«

Für den Nachmittag war ich erst einmal aus dem Geschäft. Henk mußte dem blöden Schoßhund hinterher laufen und Mattau der verrückten Elsie. Sie mußte verrückt sein, an diesem Schluß führte jetzt nichts mehr vorbei. Sie war verrückt und hatte einen Menschen umgebracht.

Meine Idee, zu Hause etwas auszuruhen, erwies sich als schlecht. Ein dumpfer, stereotyper Hammerschlag zeigte an, daß die Leute unter mir die gleiche Idee hatten. Es hörte sich an, als seien sie in der Ölförderung beschäftigt, allerdings als Heimarbeiter. Dann aber nahm der Gummihammer Fahrt auf, und ich war mir fast sicher, daß die Geräusche Musik waren. Eine durchaus übliche Bezeichnung für diese Art Lärm in einem Zeitalter, das ja auch nichts dabei fand, die Zündung der Atombombe einen Akt der Friedenspolitik zu nennen.

Eine Zeitlang weigerte ich mich, die Stellung zu räumen. Packte sogar mein Saxophon aus, um diesem das Hirn zermalmenden Geräusch wenigstens ein musikalisches Bein zu stellen. Aber gegen die da unten hatte es keine Chance. Also verdrückte ich mich in den Grüngürtel, um unter einem schattigen Baum zu dösen.

Wieso hatte sich Elsie der Verhaftung entzogen? Ganz einfach, weil sie schuldig war. Da war Henk auch schon drauf gekommen. Aber da war ja noch eine Frage, nämlich die, warum sie überhaupt bei uns aufgekreuzt war. Gut, sie hatte nicht wissen können, daß der Kommissar gerade seine Aufwartung machte. Sie war gekommen, weil sie Hilfe erwartete. Von mir. Daran war nicht zu rütteln.

Oder doch? Vielleicht wollte sie mich nur in die Sache hereinziehen. Henk hatte recht. Sie hielt mich für einen, dem man so eine Geschichte verkaufen konnte. Die schlecht gespielte Szene in Henks Büro war ein Beweis dafür. Elsie Holland, unschuldiges Opfer einer teuflischen Intrige, erster Akt.

Und jetzt war sie irgendwo in der Stadt. Mit Henks Revolver, der wahrscheinlich nicht geladen war. Oder doch?

Am Dienstag nachmittag fühlte sich mein Arm wieder ganz wohl. Er brannte und pochte nicht mehr.

Das Haus lag in einer besseren Gegend, der man das von außen nicht anmerkte. Langweilige fünfziger Jahre-Fassade, rot geklinkert mit winzigen Austritten zur Straße. Und die war so vollgeparkt, daß sie bei der Hitze geradezu nach Blech und Chrom *roch*.

Eine kräftige Mittvierzigerin öffnete mir, in einem grauen, dünnen Sweatshirt, das ihre muskulösen Schultern betonte. Ihr längliches Gesicht wirkte fast viereckig, aber das lag daran, daß sie das Haar so kurz trug, daß sie es mit einem Schwamm kämmen konnte. Und dann war da dieser überdimensionale Ohrring am linken Ohr, der mir früher schon aufgefallen war. Er hatte mich immer an den Zündungsmechanismus einer Handgranate erinnert.

Liane Engels. Eine von Henks alten Kampfgenossinnen. Was er an ihr fand, da war ich überfragt. Wahrscheinlich hatten sie in der großen Zeit ihrer gemeinsamen Demos zu viele Lieder vom Zusammenschließen gesungen. Liane war politisch hyperaktiv mit der ständigen Bereitschaft, für ihre Überzeugungen einzutreten. Was, da war sie überhaupt nicht wählerisch. Manche Türen hatte es schon erwischt. Und Visagen waren auch dabei.

»Ja?« fragte sie mit einer ungewöhnlich tiefen Stimme und fixierte mich, ohne zu lächeln. »Sieh mal an! Kittel, der Weichei-Schnüffler. Hab mir schon gedacht, daß du hier aufkreuzt.«

Sie öffnete die Tür ganz und machte eine übertrieben einladende Geste. »Immer hereinspaziert.«

»Wieso haben Sie sich das schon gedacht?« fragte ich.

In gespielter Verblüffung hob sie beide Hände. »Nein, bitte!« flehte sie. »Keine Fangfragen.«

Ich sah mich um. So eine Wohnung hatte ich ihr nicht zugetraut. Henk hatte immer etwas von einer schmuddeligen Altbauwohnung in der Südstadt erzählt. Aber die hatte sie wohl inzwischen eingetauscht gegen eine wohlgeschnittene Wohnetage mit mehreren Ebenen. Schlanke Säulen mit modernen Skulpturen darauf, echter Parkettboden, Möbel in kühlem, aber geschmackvollem Design. An den Wänden große Portraits von Sigmund Freud, Rudolf Steiner und Mahatma Gandhi.

»Also gut«, sagte ich. »Ich suche eine Bekannte von Ihnen. Elsie Holland. Es ist wichtig.«

»Was willst du von ihr?«

»Mit ihr reden.«

»So wie gestern?«

»Was meinen Sie damit?«

Sie musterte mich abfällig. »Glaubst du wirklich, daß sie mit dir reden will? Damit du sie an die Polizei auslieferst?«

»Wer sagt denn, daß ich sie ausliefern will? Sie waren es doch, die die Polizei auf ihre Fährte gebracht hat.«

Ihr strichförmiger Mund verbreiterte sich zu einem bösen Grinsen. Ich hatte einen wunden Punkt erwischt. »So, hab ich das, Weichei? Die haben wie üblich mit falschen Karten gespielt. Erst nachher rückten sie damit raus, worum es ging. Außerdem ist es Schwachsinn, jemanden für mordverdächtig zu halten, nur weil er am Rheinufer bei einem Bier gesessen hat.«

»Aber die Polizei scheint das in Erwägung zu ziehen.«

»Die Bullen! – Habe ich mir gedacht, Schnüffelnäschen, daß du dich auf diese Seite schlägst. Glaub mir: Auf sowas kann Elsie verzichten.«

»Vielleicht sollte sie das ja selbst entscheiden.«

»Sie braucht jetzt eine Freundin, die hinter ihr steht.« Damit erhob sie sich, wie um mir das zu demonstrieren, und entfernte sich. »Die mit ihr solidarisch ist«, fügte sie von der Küche aus hinzu.

An ihrer Wortwahl merkte ich, daß sie vorhatte, mich auf ihr Terrain zu ziehen. Die Politik, jenes Moor der großen Worte. Da war ich ihr niemals gewachsen.

»Ich bin nicht hier, weil sie einem Kind im Sandkasten die Schaufel geklaut hat«, sagte ich. »Es geht um Mord.«

»Eben.« Liane war zurückgekehrt mit einem Glas Cola in der Hand. Mir bot sie nichts an. »Und das ist vielleicht eine Nummer zu groß für einen Detektiv, der sich auf Sandkasten-Schaufel-Diebstähle spezialisiert hat, was?

Ehrlich gesagt, mir ist schleierhaft, wie Henk Voß sich so eine Niete als Urlaubsvertretung leisten kann.«

So hatte es mit uns angefangen. Henk war in Urlaub gewesen, sie war aufgekreuzt und hatte eine Szene gemacht, da sie von mir nicht dieselbe Vorzugsbehandlung bekam wie von ihm. Und ich war sauer gewesen, daß sie mich für die Urlaubsvertretung gehalten hatte.

»Fragt ihr eigentlich nie nach Hintergründen? Fragt ihr nie: Wer ist eigentlich ermordet worden?«

»Doch«, versicherte ich. »Aber dann will ich wissen, wer es getan hat.«

»Ja. Aber nicht, warum sie es getan hat. Hauptsache, ein Typ mußte dran glauben. Und nur das zählt.«

Es hatte wohl keinen Sinn. Ich wandte mich zur Tür. »Schade«, sagte ich. »Aber es wäre in Elsies Interesse gewesen ...«

»In Elsies Interesse!« Ihr Lachen schallte wie eine Ohrfeige. »Weißt du überhaupt, was das für einer war?«

»Wer?«

»Einer von den übelsten Typen war das. Er hat sie benutzt und gedemütigt.«

Ich atmete tief durch. »Trotzdem bin ich auf der Suche nach dem Täter. Und dann –«

»*Er* ist der Täter! Und sie das Opfer. Leider nicht das einzige Opfer. Und er ist nicht der einzige Täter. Das versuche ich dir die ganze Zeit beizubringen. Könnt ihr denn nicht einmal eure männliche Perspektive verlassen!«

»Doch«, sagte ich.

»Ich mache es mir nicht so leicht wie du. Ich kenne Elsies Problem. Wir haben das in unserer Gruppe immer wieder thematisiert. Wir haben es durchgespielt. Wieder und wieder.«

»Durchgespielt?«

»Was macht eine Frau, die einfach so – weggeworfen wird? Hat sie ein Recht auf Rache? Hat sie ein Recht, irgendwann zu sagen: Nein. Nicht mit mir?«

»Ja«, sagte ich. »Aber diese Antwort hat den Mann nicht umgebracht. Entscheidend ist –«

Ein plötzliches Geräusch ließ mich zusammenfahren. Es hätte ein Stapel Töpfe in einem der Schränke sein können, den eine kaum spürbare Erschütterung zum Einsturz gebracht hatte. Oder eine Katze, die in der Küche in den Regalen herumkletterte. Aber so, wie Liane darauf reagierte, wußte ich sofort, was es war. So blöd, wie sie dachte, war ich nun auch nicht.

»Elsie?« rief ich.

»Was soll das denn?« Sie spielte die Gleichgültige. Für meine Begriffe eine Spur zu engagiert. »Du denkst doch nicht im Ernst, sie ist hier.«

»Natürlich ist sie das. Die ganze Komödie hätten wir uns sparen können. Elsie!«

Eine Tür wurde zugezogen. Ich sprang auf. Liane wollte sich mir in den Weg stellen, aber ich drängelte mich an ihr vorbei in die Küche. Da war die Tür. Am Ende des schlauchförmigen Raums.

»Heh, was fällt dir ein!« hörte ich Lianes Stimme hinter mir. Sie hielt meinen Ärmel fest, aber ich riß mich los. Die Tür klemmte ein wenig, dann stand ich in einem fensterlosen Verschlag. Keine Ahnung, wie groß er war. Es roch muffig. Eine Art Vorratskammer. Unmöglich, etwas zu erkennen. Dann ein Geräusch vor mir. Da war jemand.

»Elsie!« rief ich. Hinter mir riß Liane die Tür auf. Ich machte einen Sprung nach vorne. Es war nur ein halber Sprung, denn mitten drin erwischte irgendwer mein Gesicht mit einer harten, schwarzen Keule. Glücklicherweise war ich weg, lange bevor es weh tat.

5

Die hämmernden Schmerzen in meinem Kopf sagten mir, daß es sich nicht lohnte aufzuwachen. Aber die Sonne war unerbittlich. Sie ließ mir keine Wahl.

Widerwillig öffnete ich die Augen und sah direkt in das Gesicht eines kleinen Mädchens mit dicken Sommersprossen, das mich anstarrte, als sei ich Dagobert Duck persönlich. Eine Erwachsenenhand zerrte es weg, aber der Blick der Kleinen klebte weiter an mir, während sie rückwärts hinter der Mutter herstolperte.

Dann starrte ich mich selbst an und konnte die kindliche Neugier verstehen: Ich hatte nichts an außer einer rotgepunkteten Unterhose, ausgerechnet noch eine von denen, die ich schon lange hatte aussortieren wollen. Dazu kam mein halbverbundener Arm und eine scheußliche Schwellung in meinem Gesicht an der Stelle, wo vorher meine Nase gewesen war – alles in allem mußte das Kind einen Augenblick geglaubt haben, eine Leiche aufzufinden.

Liane hatte mich also einfach hier in diesem Park abgelegt. Wie einen Müllsack. Ohne Klamotten. Gnädigerweise hatte sie eine entlegene Stelle ausgesucht, so hatte ich wenigstens ausschlafen können, bis der Schatten aufgebraucht war. Drüben am künstlich angelegten See hatten sich die ersten Studenten zum Baden eingefunden. Die schon um diese Tageszeit drückende Hitze brachte sie dazu, nicht nur ihre Veranstaltungen ausfallen zu lassen. Auch ihre Hüllen fielen und der Widerwille, der normalerweise jeden davon abhielt, in diese grüne Brühe aus Algen und Entenkot zu steigen.

Mir war klar, daß ich ein Problem hatte. Dieser Park lag im äußeren Grüngürtel, und ich würde mehrmals umsteigen müssen, um nach Hause zu kommen. In diesem Aufzug! Mein Blick wanderte zu den gefallenen Hüllen am Rand des Teiches. Drei Frauen und ein Mann tummelten sich im Wasser.

Ich tat es nicht gern. Aber ich hatte zu arbeiten und sie ihr ganzes Leben noch vor sich. Also zögerte ich nicht und griff zu.

Auf dem Rückweg kam mir die Idee, daß es sich um einen Gemeinschafts-Mord handeln könnte. Liane Engels, die Rachegöttin, und ihre Kumpaninnen. Ich hatte einmal in einem Film gesehen, wie drei Frauen einen unverbesserlichen Macho in aller Ruhe abgeschlachtet hatten. Das weibliche Recht auf Rache.

Zugegeben, ich war sauer auf diese Liane und hatte wohl auch allen Grund dazu. Aber wer einem die Klamotten klaute, mußte noch lange keine Mörderin sein. Dann schon eher Elsie – oder wer immer mir in der Vorratskammer eins über den Schädel gezogen hatte.

Also doch ein gemeinschaftliches Verbrechen? Hatte Liane nicht gesagt, daß sie *diese Sache wieder und wieder durchgespielt* hatten?

Ich verwarf den Gedanken trotzdem. Liane war durch und durch Politikerin. Sie hatte Politiker-Gene. Und die sorgten dafür, daß ihren Worten niemals Taten folgen würden. Ja, je mehr sie über den gerechten Mord faselte, desto weniger war sie eigentlich verdächtig. Kriminalistisch gesehen würde sie erst als Verdächtige in Frage kommen, wenn irgendwo einmal jemand tot*geredet* worden war.

Im Büro traf ich Henk an. Er hatte mich schon vermißt.

»Hier ist inzwischen einiges passiert«, sagte er. Dann erstarrte er plötzlich. »Mein Gott, was hast du denn gemacht?« Er riß die Augen auf, und seine Mundwinkel zogen sich ekelnd auseinander. »Das sieht ja aus, als hättest du die Nase in eine Flugzeugturbine gesteckt.«

»Dazu äußere ich mich erst, wenn ich in einen Spiegel geschaut habe«, brummte ich mißmutig. »Also, was ist inzwischen passiert?«

Er fuchtelte mir mit seiner Pistole herum. »Ich hab meine Kanone wieder. Und Mattau hat die Verrückte geschnappt.«

»Elsie? Also war er bei dieser Liane Engels?«

Henk zuckte mit den Schultern. »Weiß ich nicht. Aber du hast den Mann schon wieder unterschätzt. Während du dich seelenruhig in der Kinderabteilung neu einkleiden gehst, hat er den Fall schon gelöst.«

Aus dem übervollen Aschenbecher schnippte er eine kleine braune Kippe in Richtung Papierkorb, aber das eklige Ding erreichte nicht einmal die Umlaufbahn. »Das Dumme dabei ist nur: Er weiß es nicht.«

»Die sind nicht aus der Kinderabteilung«, gab ich zurück. »Ich hab sie gefunden.« Ich trat ans Fenster und malte langsam ein Gesicht auf die staubige Scheibe. Mitten im Gesicht spiegelte sich ein monströses, rot verfärbtes Ding, das an das Hinterteil eines Pavians erinnerte: meine Nase. »Was soll das heißen: Er weiß es nicht?«

»Das heißt: Nur wir beide wissen, daß sie dir den Mord sozusagen gestanden hat. Mattau hat davon ja keine Ahnung. Für ihn ist die Holland eine Verdächtige von vielen. Gut, sie hat kein Alibi. Aber was heißt das schon? Im Zeitalter der Singlehaushalte hat kaum noch einer Alibis.«

»Und der Selbstmordversuch? Die Szene hier mit deiner Knarre?«

Henks Finger stieg langsam auf, wie eine Saturn Fünf Rakete. Oben, in Höhe des Kopfes, bog er ab und pochte leicht an seine Stirn. »Nicht ganz dicht, meint Mattau.«

»Aber das macht sie doch verdächtig.«

»Eben nicht. Er hält sie ja nicht für eine gemeingefährliche Irre. Nur für eine Frau, die einen an der Klatsche hat. Nicht mehr und nicht weniger. Deshalb hat er sie wieder gehen lassen.«

»Tja, dann ...« sagte ich. Das Gesicht auf der Scheibe hatte ein schadenfrohes Grinsen.

Ein Feuerzeug klickte, dann stank es. Henk rauchte. Er trat neben mich.

»Was soll das heißen, Kittel?« fragte er. »Tja, dann? Ist das alles, was du dazu zu sagen hast? Wir haben das kleine Steinchen, das das Puzzle vollständig macht. Ohne das Mattau ermitteln kann, bis er schwarz wird.«

»Wir behalten es noch«, sagte ich.

»Aber warum? Was willst du damit? Macht es dir Spaß, anderen Leuten das Puzzle kaputt zu machen?«

»Es ist nicht mein Fall.«

»Tja, dann«, äffte Henk mich nach. »Wenn das so ist. Dann kümmere dich gefälligst auch um deinen.«

Es war ja wirklich nicht mein Fall. Niemand hatte mich engagiert, um irgendeine Wahrheit herauszufinden. Elsie hatte sie mir von sich aus erzählt, ohne daß ich sie darum gebeten hatte. Aber jetzt gehörte sie mir, und ich konnte damit machen, was ich wollte. Mit dem Mordfall hatte ich nichts am Hut. Höchstens insoweit, als Elsie mich für vertrauenswürdig gehalten hatte. Sonst wäre sie schließlich nicht zu mir gekommen.

Wenigstens wußte ich diesmal, wo ich sie finden würde. Die *Cusanus* Buchhandlung lag bei mir um die Ecke, ich kannte sie vom täglichen Daranvorbeigehen. Ein frommes Outfit, dem modernen Leben gegenüber um Aufgeschlossenheit bemüht. Für mich war der Laden immer so interessant gewesen wie ein Pater, der sich unter den Rock sehen läßt.

Die Luft flimmerte, und die Busse standen träge an den Haltestellen. Selbst ihnen schien die Hitze zu schaffen zu machen. Bei *Cusanus* hatte jemand Kerzen im Schaufenster dekoriert, die sich tief vor dem Sonnenlicht verneigten und der Auslage unbeabsichtigt eine radikal feministische Note verliehen.

Als ich eintrat, eilte ein schmächtiger, schmalbrüstiger Mann auf mich zu, mit grauem Kinnbärtchen. Er sah aus wie ein frommer Theologiestudent, der versuchte, sich seinen studentischen Originalzustand mit Hilfe ägyptischer Mumifizierungstechnik bis ins Rentenalter zu erhalten. »Kann ich Ihnen helfen?« flüsterte er.

Es war ein überaus zuvorkommendes Flüstern, als sei ich der Papst persönlich, hätte aber gerade in die Ecke gemacht. Für ihn kein Problem, und die anderen brauchten das ja nicht zu wissen. »Ja. Ich würde gerne Frau Holland sprechen.«

»Frau Holland.« Ein kurzes Lächeln. »Die ist leider nicht da. Noch nicht. Sie hatte frei heute morgen.« Er sah auf die Uhr. »Sie wird aber jeden Moment hier sein.« Dabei rieb er sich die Hände, als wäre es Winter und nicht Sommer. Oder als wäre er Lady Macbeth.

Ein Kunde hatte den Laden betreten. Typ Möbelpacker. Gegen ihn wirkte Lady Macbeth noch schmächtiger und zerbrechlicher. »Habense Romane?«

»Aber natürlich. Welchen kann ich ...«

»Ja. Dann hättich jern einen.«

Das zuvorkommende Lächeln verrutschte in Ratlosigkeit. »Gern. Ich müßte dann vielleicht *etwas* genauer ...«

»Okee!« Der Mann machte kehrt. »Da kommt jrad mein Bus. Ich komm morjen no'mal. Vielleicht könntense mir ja einen zurücklejen?«

»Ja. Gerne. Nur ...«

»Bis morjen dann!« Der Mann war draußen.

»Kennen Sie Frau Holland gut?« fragte ich, was der Buchhändler offenbar als Zumutung empfand.

»Nun, schließlich arbeitet sie bei mir.«

»Sie schreibt auch Bücher, nicht wahr?«

Sein Gesicht hellte sich auf, wenn auch nur für einen Moment. Sekundenlang hing sein Zeigefinger vor mir in der Luft, als sei er Sprengmeister und warteten alle auf sein Zeichen. Dann griff er in ein Regal und zog ein dünnes Büchlein mit einem knallvioletten Einband heraus. Es trug den Titel *Scheinheilige beten nicht*. Er reichte es mir.

Der Mann lächelte wieder, und mir kam der Gedanke, daß er auf alle Eventualitäten des Lebens mit dieser Gesichtsbewegung reagierte.

»Das ist es«, sagte er. »Ein Krimi. Gut gemeint.«

»Aber?«

Für einen Moment wurde er vertraulich. »Eine Modeerscheinung, wenn Sie mich fragen.«

»Was, Bücher?« fragte ich unschuldig.

Fast entrüstet verneinte er. »Kriminalromane wie diese. Starke Krimis für starke Frauen. Eintagsfliegen.«

Ich begriff, daß er sich jedenfalls nicht zu den starken Frauen zählte. Also doch nicht Lady Macbeth.

Glücklicherweise erlöste mich ein Kunde, der den Buchhändler mit einem speziellen Wunsch ins Lager schickte. Für eine Weile war Ruhe im Laden, bis sie von einem Räuspern unterbrochen wurde.

»Würden Sie mir das hier geschenkmäßig einschlagen?«

Er meinte mich. Ein älterer, würdiger Herr mit einem dicken Buch in der Hand. Ich zuckte entschuldigend die Achseln. »Tut mir leid. Ich arbeite hier nicht.«

Enttäuscht wandte er sich ab. Inzwischen stand eine kleine, rundliche Frau an der Kasse.

»Kann mir das hier jemand mal abhalten?«

Ihre Augen spießten mich auf wie ein Käsehäppchen und zogen mich zur Kasse.

»Er hat gesagt, er arbeitet nicht hier«, informierte sie der ältere Herr mit einem skeptischen Unterton, der mir nicht gefiel.

Lady Macbeth kam nicht wieder. Allmählich fragte ich mich, ob ich in eine Falle gelockt worden war.

»Das sehe ich.« Die Frau musterte mich geringschätzig. »Aber dann frage ich mich, wofür man ihn bezahlt.«

Es war heiß, aber die Stimmung war so frostig, daß ich kurz davor war, mir auch die Hände zu reiben. Da hörte ich hinter mir Schritte.

»Na, endlich«, stieß die Frau vorwurfsvoll aus.

Es war Elsie. Mit offenem Mund sah ich zu, wie sie die beiden Kunden binnen weniger Minuten abfertigte.

»Was willst du denn hier?« fragte sie dann.

»Sieht fast so aus, als hättest du mir wieder mal das Leben gerettet«, sagte ich erleichtert.

6

»Der Kaffee schmeckt hier scheußlich.«

Elsie zündete sich eine Zigarette an. Ich hatte sie in das Eiscafé eingeladen, direkt gegenüber von *Cusanus*. Elsie hatte ihre Nachmittagspause genommen.

»Außerdem ist er schweineteuer. Deshalb komme ich sonst nie hierher.«

»Hattest du das Rauchen nicht aufgegeben?«

Ein spöttisches Lächeln. »Meinst du, dann lebe ich länger, was? – Nee, danke. Kein Bedarf.«

Sie trug wieder etwas Gestreiftes, aber diesmal waren es graue Streifen auf grünem Untergrund. Nicht so grell, ein Zugeständnis an ihre Arbeitsstelle.

Sie musterte mich herausfordernd. »Also was willst du noch von mir?«

Der Stuhl knackte laut, als ich mich zurücklehnte. »Meine Hose. Und was ich sonst noch anhatte. Oder braucht ihr die Sachen noch?«

Sie zuckte die Achseln. »Da mußt du dich an Liane wenden. War ja auch ihre Idee.«

»Was? Der Mordanschlag?«

Sie puffte eine Qualmwolke in die Luft wie eine entrüstete Dampflok. »Das mit den Klamotten, du Idiot. Der Mordanschlag geht ganz auf dein Konto.«

»Das sagst du.«

Sie lachte auf. »An deiner Stelle wäre es mir auch lieber, von jemandem k. o. geschlagen worden zu sein. Gegen einen Balken zu laufen, das ist – einfach nur peinlich ...«

»Immerhin hatte ich den richtigen Riecher.«

Zum ersten Mal sah sie mir direkt ins Gesicht und besonders auf das deformierte Ding in der Mitte. »Allerdings«, bestätigte sie. »Du *hattest* ihn.«

Ich nahm mir vor, diesen Pfarrer aufzusuchen, von dem Henk gesprochen hatte. Ich würde mich seiner Klage gegen Liane Engels wegen bleibender Schäden anschließen. »Und meine Klamotten?« fragte ich.

»Frag Liane«, entgegnete Elsie. »Kann sein, daß sie sie in die Kleiderspende gegeben hat.«

»Also dann«, sagte ich. »Danke vielmals.«

»Noch was?« fragte sie.

»Außerdem möchte ich dich vor einer Dummheit bewahren,« erklärte ich und bereute es im selben Moment.

Sie lachte auf. »Das hat mir noch gefehlt, wirklich!« Sie stieß die Lacher nicht aus, sondern saugte sie ein. Das klang irgendwie bedrohlich, wie ein Erstickungsanfall. »Daß mir jetzt einer auf die vernünftige kommt! Und dann noch ausgerechnet du.«

Von mir aus. Aber ich hatte nicht vor, mich so einfach überrumpeln zu lassen. »Hör mal. Bisher habe ich mich zurückgehalten. Ein Mord ist zwar passiert, aber was geht mich die Sache an? Wenn *du* mich da nicht reingezogen hättest!«

»Du glaubst also, daß ich diesen Mistkerl auf dem Gewissen habe!«

»Ich hab's von dir. Schon vergessen?«

Ihr Gesicht wurde plötzlich todernst. Sie drückte ihre

Zigarette aus. »Ja«, sagte sie. »Ich hab mir nichts sehnlicher gewünscht, als daß der abkratzt.«

An der Ampel, nur wenige Meter von uns entfernt, hielt ein offener Sportwagen, die Anlage voll aufgedreht. Eine Ampelphase lang gab es nichts mehr auf der Welt als den riesigen, unerbittlichen Gummihammer. Ich wußte auf einmal, daß Gott eine Maschine ist.

»Und Hella, die blöde Ziege, die habe ich auch auf dem Gewissen. Wo wir schon mal dabei sind.«

»Hella? Aber die ist doch gar nicht tot.«

»Nein. Noch nicht. Aber das kommt noch. Weil ich es so *will*.«

»Weil du das so willst?«

»Ja. Ich bin die Täterin. Noch nie was davon gehört, daß Wünsche real werden können? Sie müssen nur stark genug sein. Und ich *wünschte* den Tod von Sascha.«

Ich war mir nicht sicher, ob sie mich nicht für dumm verkaufen wollte. Aber ihr Gesicht war immer noch ernst. »Das heißt also, du hast es nicht *wirklich* getan.«

Erst jetzt wurde es wieder abschätzig. »Was spielt das jetzt noch für eine Rolle? Wen interessiert das? Nach dem Zirkus, den du veranstaltet hast.«

»Die Polizei hält dich doch gar nicht für schuldig.«

»Die Polizei ...« Sie sagte das mit einer angewiderten Belustigung, so als hätte ich ihr geraten, für eine Autopanne die Meinung eines Heilpraktikers einzuholen. Oder war auch Enttäuschung dabei?

Ich nippte an meinem Kaffee. »Und weil du psychologisch gesehen schuldig bist«, versuchte ich zu verstehen, »wolltest du dich umbringen. Als Strafe.«

»Nicht nur. Weil ich außerdem die Schnauze voll habe. Von all diesem ... hier.«

»Deshalb also«, nickte ich.

»Jetzt tu bloß nicht so erhaben«, sagte sie. »Ich seh's dir doch an. Du hältst mich für übergeschnappt.«

»Wieso denn?«

»Ist mir auch egal. Ich glaube jedenfalls, daß es das wirklich gibt. Die reale Kraft des Willens. Daß es eintritt, wenn du jemandem was Böses wünschst.«

Sie hatte recht. Ich hielt sie wirklich für übergeschnappt.

»Und Hella?« fragte ich. »Auf sie hast du doch auch deine bösen Gedanken abgefeuert. Und das hat ihr nicht viel geschadet.«

Sie zuckte die Achseln. »Es hat nicht geklappt. Das ist es ja. Bei mir klappt nie was.«

Da waren wir also wieder. Eine Runde war ich auf Elsies Gedanken-Karussell gefahren. Jetzt hieß es aussteigen.

»Ich muß wieder rüber«, sagte sie.

»Macht er eigentlich Spaß, dein Job?« fragte ich, während ich Geld abzählte und auf den Tisch legte. Genauso hätte ich mich danach erkundigen können, ob zum Zahnarzt gehen zu ihren Hobbies gehörte.

»Irgendwas muß man ja machen.«

Blitzartig stellte ich mir vor, sie würde ihrem Traumtypen begegnen. Und er würde sie fragen, was sie davon hielt, mit ihm die Nacht zu verbringen. Nur eine Nacht, und dann nie mehr eine. Was würde sie sagen? – Irgendwas muß man ja machen, wahrscheinlich.

»Also noch mal«, meinte ich. »Was das mit dem Willen angeht, so halte ich das nicht unbedingt für Schwachsinn.«

»So, hältst du also nicht.«

»Nein. Jemand hat Saschas Tod gewollt. Andernfalls wäre es kein Mord, sondern Totschlag mit vorsätzlicher Sachbeschädigung. Wenn es also noch jemanden gibt außer dir, der das wollte, ich sage: *wenn* ...«

»Was dann?«

»Dann hast du es nicht getan. Auch nicht psychologisch.«

Elsie verzog skeptisch den Mund. »Falsch. Dann waren es zwei. Psychologisch gesehen.«

»Na schön. Aber laß uns noch mal darüber reden. Heute abend?«

Schulterzucken. »Ich wüßte nicht, wozu das gut sein –«

»Egal«, unterbrach ich sie. »Wir versuchen es einfach, okay? Du brauchst dabei nur eins zu machen.«

»Und das wäre?«

»Bleib bis dahin am Leben, wenn's geht.«

Vorher traf ich Henk noch in der Außenstelle unseres Büros: im *La Mancha*. Als ich ihm von meinem Treffen mit Elsie Holland erzählte, war er nicht gerade erbaut.

»Hör mal, was denkst du eigentlich, woraus das Leben besteht? Nur aus Eiscafés, Sommernächten in Parks oder gemütlichen Kneipen wie dieser hier?«

Über mein Kölsch hinweg sah ich ihn begriffsstutzig an. »Ich verstehe nicht«, sagte ich. »Was meinst du damit?«

»Kittel, es gibt jede Menge zu tun. Das meine ich damit. Und du gehst einem Fall nach, der gar keiner ist. Schön und gut, der Mörder ist noch nicht gefaßt. Aber wir beide wissen, wer der Mörder ist. Oder richtiger: die Mörderin.«

»Ja. Und weiter?«

»Du hast noch einen anderen Fall, Kittel. Einen echten.«

»Einen, der Geld bringt, meinst du.«

»Exakt. Außerdem meine ich, wenn du Schwierigkeiten hast, deinen jetzigen – Fall abzuschließen, dann sag mir einfach Bescheid. Ich wüßte eine Möglichkeit.«

Erpressung! Mein eigener Partner wollte mich erpressen. Unwillig wedelte ich den miefigen Qualm beiseite, den er in meine Richtung absonderte wie eine mobile Sondermülldeponie.

»Und was, wenn es doch ein Fall ist?« fragte ich. »Wenn sie es nicht war?«

So, wie Henk mich ansah, war er wirklich besorgt um mich. Wie konnte ich ihn der Erpressung beschuldigen? Er war Freund, Vater, Psychotherapeut und Bewährungshelfer in einem.

»Wenn Elsie nicht schuldig ist, wieso konnte sie den Tathergang so exakt beschreiben?«

»Sie hat ihn gar nicht beschrieben.«

Im ersten Moment war er tatsächlich überrascht. Dann tat er nur noch so. »Ach, so ist das. Sie hat ihn nicht beschrieben. Wenn du das sagst, Kittel. Aber *du* hast ihn beschrieben.«

»Was soll das jetzt wieder heißen?«

»Das heißt, daß du ihren Kopf nur aus der Schlinge ziehen kannst, wenn du deinen reinsteckst.«

Ich sah ein, daß wir so nicht weiterkamen. Ich mußte ihn ködern. »Wenn es noch eine Möglichkeit gibt, läßt du mich dann auch daran arbeiten? Ich meine natürlich: Soweit mir der Schliefenbeck-Fall Zeit dazu läßt.«

Henk kratzte sich mit der Zigaretten-bewehrten Hand hinter dem Ohr. Einige Härchen verkohlten knisternd. »Da bin ich aber gespannt.«

»Die Übereinstimmung ist Zufall. So ein Mord mit dem CD-Player. Sieht verblüffend aus, aber nur auf den ersten Blick. Was haben wir denn? Eine intime Szene mit tödlichem Ausgang. Von Sascha wissen wir, daß Szenen dieser Art etwas Alltägliches waren. Verstehst du? Wenn jemand vermutet, daß Caesar auf dem Schlachtfeld das Zeitliche gesegnet hat, dann hält man ihn nicht bloß deshalb für den Mörder, weil er sich vorstellen kann, wie es sich abgespielt hat.«

»Hat er ja auch gar nicht.«

»Wer? Was?«

»Caesar. Das Zeitliche. Er segnete es nicht in der Schlacht.«

»Ist nur ein Beispiel, Henk. Weiter: Genau darauf war Elsie eifersüchtig. Wenn Sascha also ermordet wurde, muß man die Wahrscheinlichkeit relativ hoch ansetzen, daß er auf diese Art und Weise ermordet wurde. Und wenn sich Elsie einen Mord ausdachte, dann ist die Wahrscheinlichkeit relativ hoch, daß sie sich diese Todesart für ihren Sascha ausdachte.«

Henk schaute mich an, und Mitleid war in seinem Gesichtsausdruck. Ich wußte gar nicht, daß er so grenzenloses Mitleid kannte.

»Das glaubst du doch selbst nicht«, sagte er.

»Was ich glaube, Henk, spielt dabei keine Rolle«, belehrte ich ihn. »Die Wirklichkeit ist nun mal vielschichtig. Und selbst wenn man mir ein Märchen auftischt, dann kann es ein gutes sein oder ein schlechtes. Mit deiner Klientin Liane ist das doch nicht anders.«

Henk sah mich fragend an.

»Nur daß ihr Märchen so hundsmiserabel ist wie ihre Manieren«, fügte ich hinzu.

»Sag mal«, er richtete verstohlen den Finger auf seine Nase, während er auf mein Gesicht starrte, »willst du damit nicht mal zum Arzt gehen?«

»Wieso denn? Das ist eine Schwellung. Die geht wieder zurück.«

»Hoffentlich«, brummte er skeptisch. »Sonst müssen wir beim nächsten Schnupfen den Katastrophenschutz verständigen.«

7

Der Fall Schliefenbeck lag aus meiner Sicht folgendermaßen:

Prof. Dr. Dr. Schliefenbeck, emeritierte Professorin für Psychologie. Verwitwet, alleinstehend und hoffnungslos vernarrt in ihren Mops, Jean Claude, der den Namen ihres verstorbenen Gatten geerbt hatte.

Außerdem war sie vernarrt in Henk, zwar nicht so sehr, daß sie den Hund nach ihm benannt hätte. Aber immerhin so sehr, daß sie ihm in der Angelegenheit volles Vertrauen schenkte.

Ihrer Meinung nach war der Mops entführt worden, und wir sollten ihn wieder auftreiben. Sie verdächtigte Wolfhelm, ihren ersten Mann – den sie übrigens auch für schuldig am Tod ihres Jean Claude hielt –, die Tat begangen zu haben. Aber der hatte ein absolut wasserdichtes Alibi. Überhaupt war gar nicht sicher, ob es sich um eine Entführung handelte. Der Hund war schlichtweg einfach nicht mehr da. Schön, sie hatte behauptet, mehrere Anrufe bekommen zu haben. Wenn ihr das Leben ihres Lieblings am Herzen liege, solle sie zahlen, sonst würde er zu Hundefutter verarbeitet.

Mir war klar, daß Haustiere für alte, vereinsamte Menschen oft der Ersatz für den Ehepartner waren. Und für kleine, vom Markt vernachlässigte Detektivbüros waren sie oft der Ersatz für einen Fall. Ich nahm mir vor, Henk einen Hund zu schenken, als Ersatz für mich.

Widerwillig schrieb ich, wie er es verlangt hatte, einen Brief an die Schliefenbeck, in dem ich ihr mitteilte, daß wir mit Hochdruck an der Sache arbeiteten und jeder Spur nachgingen. Ich beeilte mich damit, denn Henk hatte mir heute schon genug Zeit gestohlen. Und ich hatte noch eine Verabredung.

Elsie Hollands Wohnung war nur zwei Blocks von meiner entfernt, reichlich wenig Platz, doch es stellte sich heraus, daß Welten dazwischen paßten. Ihre befand sich in einem renovierten Altbau, der so vollkommen aussah, daß der Eindruck entstand, er sei ein nagelneuer Nachbau eines Altbaus. Die ideale Stadtresidenz für Singles ohne Kinder, aber mit reichlich Geld, wie sie oft in der Zeitung angeboten wurden. Ein Paradestück des unsozialen Wohnungsbaus, finanziert aus dem Notfonds für besserverdienende Minderheiten.

Elsie ließ mich herein und verschwand dann in der Küche, während sie etwas brummte, in dem »irgendwas anbieten« drin vorkam.

Überall war heller Parkettfußboden. Und an den weiß getünchten Wänden Regale aus hellem Holz, bis unter die hohe Decke gefüllt mit Unmengen von Büchern. Wenn es stimmte, daß Literatur eine Waffe war, dann war diese Wohnung ein Armeestützpunkt.

Selbst jetzt am Abend war es fast in jedem der Zimmer hell, lichtdurchflutet wie in einem Palast. Und in der Mitte, als Raumteiler zwischen Schreibtisch mit PC und Futon, befand sich ein großes Aquarium. Ausgeklügelte indirekte Beleuchtung ließ das Wasser meeresblau schimmern, was die Korallenäste prächtig zur Geltung brachte. Und die seltenen Fische! Fische, die wie Augen aussahen. Täuschend echt. Menschliche Augen. Konnte es sein, daß die Evolution einen Fischtyp hervorgebracht hatte, der sich gegen die immerzu gaffenden Menschenaugen wehrte, indem er ihr Aussehen imitierte und sie dadurch abschreckte?

Dann tauchten die Augen auf. Sie waren in einem Gesicht. Hinter dem Aquarium, auf der Futonseite, stand ein Mann Anfang Dreißig. In hellem T-Shirt und Shorts. An dem pinkfarbenen Bändchen um seinen Hals baumelte eine Sonnenbrille.

Der Mann war schmächtig, und trotz seines sportlichen Outfits wirkte er nicht sportlich. Sein Körper war alles andere als durchtrainiert. Dünne Arme, schmaler Brustkorb, auf dem die große Sonnenbrille auflag wie ein starrer Büstenhalterersatz. Alles in allem schien er jemand zu sein, der sich mit gelegentlicher Schreibtischgymnastik zufriedengab und der, wenn überhaupt, dann nur aus modischen Gründen schwitzte.

»Hallo«, sagte er. »Und Sie sind ...«

Offenbar erwartete er von mir, daß ich den Satz beendete. Wie ein Formular.

»Kittel«, erklärte ich. »Privatdetektiv.«

Darauf reagierte er mit langsamem Kopfnicken, so als habe er das schon eine ganze Weile vermutet. Er trat hinter dem Aquarium hervor. Elsie kam jetzt mit drei Gläsern Orangensaft.

»Das ist Harald Bönisch«, stellte sie vor, mit dem Glas auf ihn deutend, bevor sie es ihm reichte. »Der Partner von Sascha.«

»Ach ja ...«

Bönisch musterte mich gelassen, während er an seinem Saft nippte. Für meine Nase ließ er sich besonders viel Zeit. »Sie ermitteln in dem Mordfall?«

Während ich mich noch fragte, ob ich diese Frage bejahen oder verneinen sollte, nahm er mir diese Arbeit ab. Er bejahte mit einem erneuten Kopfnicken.

»Hoffentlich finden Sie mehr heraus als die Polizei.«

Er wirkte nicht besonders betroffen vom Tod seines Partners. Aber was erwartete ich denn? Daß er hier in schwarzen Bermudashorts und schwarzen Turnschuhen vor mir stand? Vielleicht hatte er diesen Sascha ja genauso wenig geliebt wie Elsie. Zum ersten Mal fiel mir auf, daß ich nicht mehr über das Opfer wußte, als daß es ein Scheißkerl gewesen war. Ein armseliger Blödmann mit einer herzförmigen, blaubeschichteten Badewanne. Das war nicht besonders viel.

»Können Sie mir denn mit irgend etwas weiterhelfen?« fragte ich vorsichtshalber.

»Möglich, durchaus möglich.« Die bodenlose Allgemeinheit dieser Frage brachte ihn überhaupt nicht in Verlegenheit. »Als erstes stellen Sie sich doch die Frage: Wer könnte ein Interesse am Tod Saschas haben? Damit fangen Sie an.« Sein fragender Blick war auf mich gerichtet. Es war eine Frage gewesen, er hatte sie nur als Antwort formuliert.

»Ja. In den meisten Fällen, ja.«

»Wen hätten wir da? Mich zum Beispiel. Ich erzähle Ihnen das, Kittel, denn darauf werden Sie ohnehin stoßen. Sascha und ich – wir waren Partner. Wir kennen uns schon aus der Schule. Aber die Zeit, da wir Kumpel waren, die ist lange vorbei. Wir hatten – massive Differenzen. Beruflicher Art.«

»Verstehe.«

Elsie war auf den Balkon getreten. Unser Gespräch schien sie überhaupt nicht zu interessieren. Mit dem Rücken an die Türfüllung gelehnt, suchte sie den Himmel nach Wolken ab. Vergeblich.

»Ich weiß nicht, inwieweit Sie sich ein Bild von unserer Arbeit machen können«, sagte Harald Bönisch. »Wir machen Filme fürs Fernsehen und geben dabei unser Bestes. Wir brauchen uns nicht zu verstecken.«

»Ich kann mir vorstellen, daß der Konkurrenzdruck enorm ist.«

»Schon. Aber wenn es um *gute* Filme geht – schauen Sie mal genau hin. Wie viele wirklich gute Filme sehen Sie? Immer weniger. Und darum geht es. Es gibt immer mehr im Fernsehen und immer weniger Gutes. Deshalb gilt es, gegen den Trend des allzu Seichten, Gefälligen anzugehen. Qualität produzieren für ein Medium, das die Verkörperung der reinen Quantität ist. Tja, und da gingen leider unsere Meinungen auseinander.«

»Ihre und Saschas.«

»Nicht am Anfang. Aber dann, als er Blut geleckt hatte, verstehen Sie? Als er ein oder zwei aktuelle Beiträge für die Privaten gemacht hatte. Danach ging es für ihn nur noch um Einschaltquoten. Und das große Geld.«

Sicher war es Mißbilligung, die ich aus seiner Stimme heraushörte. Aber da war noch mehr. Eine Art gerechte Entrüstung, die eher zu einem Pfarrer gepaßt hätte, der einem Kollegen vorwarf, mit Werbeblöcken in den Gottesdiensten den Kirchenneubau zu finanzieren.

»Da war sein Konzept und meins. Unvereinbare Welten. Wir haben uns oft gestritten. Das wird man Ihnen in der Firma bestätigen. So manches Mal hab ich geschworen, ich bringe ihn um. Wie man das so sagt, wissen Sie. Er hätte ohne weiteres mein Lebenswerk zerstört.«

»Aber Sie haben ihn nicht umgebracht?« Mein unverschämtes Grinsen konnte ihm nichts anhaben.

»Nein«, sagte er.

»Sie sind jedoch froh, daß alles so gekommen ist.«

Endlich reagierte er. Er runzelte die Stirn. »Ich sagte Ihnen ja, daß Sie mich als Verdächtigen in Betracht ziehen müssen. Sehen Sie, all das, wofür wir angetreten sind, Filmkunst, anspruchsvolles Fernsehspiel, das war für ihn nicht mehr wichtig. Er träumte vom Reality-TV. Recherchierte im Perversen-Milieu.«

»Perverse?«

Bönischs abfällige Handbewegung war so impulsiv, daß er sich beinahe selbst den Orangensaft aus der Hand geschlagen hätte.

»SM«, präzisierte er. »Lack und Leder. All diese Themen, die früher nur was für Wichsblättchen waren. Aber heute kommt das Fernsehen ohne sie nicht mehr aus. Je mehr Sex and Crime, desto besser. Und wenn der normale Sex nicht mehr reicht, dann ist die Zeit der intimen Geständnisse gekommen.«

Wieso wollte er unbedingt ein Verdächtiger sein? So, wie er redete, genügte es ihm nicht, einer unter vielen zu sein. Er wollte Hauptverdächtiger sein, koste es, was es wolle.

Elsie war immer noch draußen. Sie stand jetzt am Geländer und beugte sich vor. Für einen Moment überlegte ich, ob sie hinunterspringen wollte, und es war schon so etwas wie Gewöhnung in dem Gedanken. Harald nippte an seinem Orangensaft.

»Ich habe Sascha nicht umgebracht, aber ich hätte ein Motiv gehabt, das will ich nicht verhehlen. Ebenso wie Elsie.« Er lächelte. »Oder Hella.«

»Hella?«

»Hella Weiß. Sie arbeitet für uns. Ganz besonders für Sascha. Und ich war unfreiwilliger Zeuge ihres Privatkrieges. Sie waren beide Menschen, die nicht im Team arbeiten können.« Er stellte sein Glas auf die Abdeckung des Aquariums. »Gewinner durch und durch. Und ein Gewinner duldet keinen zweiten neben sich.«

»Aber sie waren ein Paar.«

»Das schon. Aber die Beziehung hatte etwas von einem Zweikampf. Eine Art Pokalendspiel, verstehen Sie? Das war es, das sie reizte. Eine Partie, die auf einen Punkt hinauslief, wo einer gewinnen würde.«

Ob er recht hatte oder nicht, das Spiel war jedenfalls vorbei. Es fragte sich nur, ob Hella das spielentscheidende Tor geschossen hatte.

»Ich muß jetzt los. War interessant, mit Ihnen zu plaudern. Aber mein Squash-Partner wartet nicht gerne.« Bönisch winkte Elsie zum Abschied.

»Und wie ist Ihr Verhältnis zu Hella?« rief ich ihm nach.

Im Hinausgehen blieb er stehen und drehte sich um. »Da gibt es nicht viel zu sagen. Sie hat hauptsächlich mit Sascha zusammengearbeitet. Aber sie versteht ihr Geschäft.«

»So wie Sie?« fragte ich. »Oder so wie Sascha?«

Sein Lächeln war jetzt gnädig und genau dosiert. »Sie kümmern sich ein wenig um sie«, sagte er, vertraulich flüsternd, und seine Augen flogen ganz kurz zu Elsie und wieder zurück. Diesmal war es keine Frage, sondern eine Art Bitte. »Mir fällt ein Stein vom Herzen. Ich hab mir nämlich ernsthaft Sorgen um sie gemacht.«

Nachdem er weg war, saßen wir uns eine Weile gegenüber wie zwei Fremde in einem Wartezimmer. Die gehobene Ausstattung ließ auf eine Zahnarztpraxis schließen.

»Schöne Wohnung«, sagte ich. »Muß ja ein Schnäppchen sein.«

Achselzucken. »Hat alles Sascha bezahlt.«

Die Wohnung schien mit dieser Bemerkung düsterer zu werden. Wertloser.

»Was ist mit Harald Bönisch?« fragte ich. »Kennst du ihn gut?«

Elsie hatte inzwischen eine Flasche Grappa auf den Tisch gestellt. Sie war halb leer. Zwei Gläser, und ihres war schon benutzt.

»Nicht besonders«, sagte sie mit einer Stimme, die übernächtigt klang. »Er wird es nicht sehr weit bringen.«

»Wieso?«

»Weil man in diesem Geschäft nur mit Saschas Methoden weiterkommt. Und nicht, wenn man auf Qualität setzt, wie Harald. Er ist ein naiver Träumer ...«

Ich begriff, daß das in Elsies spezieller Werteordnung einem saftigen Kompliment gleichkam. Er wird es nicht weit bringen.

»Er ist der einzige, der bei *BB* Ahnung hat. Ich meine, wirklich etwas auf dem Kasten hat.«

»*BB*?«

»Die Filmfirma.«

Ich nahm einen Schluck. »Erzähl mir von Sascha.«

Elsie hatte sich eine Zigarette angesteckt und fuchtelte mit einem Streichholz herum, das nicht ausgehen wollte. »Warum?«

»Weil ich noch zu wenig über ihn weiß.«

»Warum willst du mehr wissen?«

»Weil ich wissen will, wer ihn umgebracht hat.«

»Ich hab dir schon gesagt, ich war's.«

Was versuchte sie mir hier zu verkaufen? Daß sie die Mörderin war. Mit dem sicheren Effekt, daß ich ihr nicht glaubte. Sie beschuldigte sich, um von sich abzulenken ...

»Ich sag dir was: Es ist doch völlig egal, wer's war. Hauptsache, es war einer. Du kanntest diesen Typ nicht.

Für dich ist er ein armes Mordopfer. Glaub mir, wenn du ihn gekannt hättest, dann würdest du jetzt nicht nach dem Mörder suchen. Sondern du würdest dich hinten anstellen in die Reihe derer, die's waren. Oder gerne gewesen wären.«

Sie packte die Flasche und winkte mit der Mündung in meine Richtung. Ich hielt die Hand über mein Glas. Sie goß sich nach. »Er war ein Scheißtyp«, sagte sie.

»Sascha.«

»Einer, der stolz darauf war, alles zu bekommen, was er wollte. Und deshalb hatte einer wie Harald keine Chance bei ihm. Der glaubt nämlich immer, man könne über eine Sache reden. Weißt du, was Sascha von ihm hielt?« Sie hielt mir ihren hochgereckten Zeigefinger vor das Gesicht und ließ ihn dann, ganz langsam, einschrumpeln. »Ein Schlappschwanz. Das war Harald für ihn. Einer, der um Frieden bettelt.«

»Tja, dann«, sagte ich. »Wäre Harald vielleicht eher dein Typ. Ich meine –«

»Mein Typ!« Ihr Glas füllte sich wieder. Merkwürdig, ich sah immer nur, wie es sich füllte. Nie, wie es sich leerte.

»Du hast vielleicht gut reden! Mein Typ, das war Sascha, der Scheißer. Das ist es ja, daß ich immer an solche gerate. An diese Ölglatten, die über Leichen gehen!«

Unsere Unterredung kam mir vor wie ein schwerfälliger Bus, den ich gerade in eine Sackgasse bugsiert hatte. Wenden ging nicht mehr.

»Apropos Leichen«, versuchte ich sie aufzumuntern. »Ich habe mir dein Buch besorgt. Diesen Krimi. Gar nicht so schlecht.«

Besorgt im eigentlichen Sinne hatte ich ihn mir nicht: Ich hatte das Buch zufällig in meiner Jackentasche gefunden, als ich mit Henk im *La Mancha* gewesen war. Ich hatte einfach verschwitzt, es Lady Macbeth zurückzugeben.

»Welchen?« fragte sie.

Ich wußte es nicht mehr genau. »Irgend etwas über Heilige.«

»Scheinst es ja regelrecht verschlungen zu haben«, sagte sie spöttisch.

»Ich bin erst am Anfang.«

Elsie zuckte die Achseln. »Weiterlesen lohnt nicht. Zu pessimistisch, die Hauptperson. Kann man nicht verkaufen. Die Leute wollen eine heile Welt. Da drauf stehen die. Auch die Problematischen. Glaub mir, die wollen eine problematische, aber trotzdem eine heile Welt. Aber die Welt ist nicht heil, ich weiß, wovon ich rede.«

Mit Hilfe des Alkohols hatte sie es geschafft, von einem beliebigen Ort zurück zu dem Thema zu finden, von dem sie mehr zu verstehen schien als sonst jemand auf der Welt. Ich konnte entweder gehen oder endlos mit ihr fachsimpeln.

»Also dann«, sagte ich und stand auf.

Sie ignorierte meinen Aufbruch völlig. »Glaubst du an sowas wie Schicksal?«

»Schicksal? Also ich weiß nicht ...«

»Ich nicht. Das ist alles Humbug. Blödsinn.« Sie redete in die Richtung, wo ich gesessen hatte.

»Find ich auch, ja.«

»Und trotzdem – gibt es sowas. Das ist ja das Bekloppte. Daß es sowas trotzdem gibt. Und du dem nicht entkommen kannst.«

Allmählich reichte es mir. »Aber wie du ja schon sagtest: Das ist Blödsinn.«

»Ja, aber du kannst nichts dagegen machen. Das ist es ja, daß es Blödsinn ist und du *trotzdem* keine Chance hast ...«

Ich ließ sie allein und hatte das Gefühl, daß sie sich noch eine ganze Weile auf diese Weise mit mir unterhalten würde. Mir sollte es recht sein. Immerhin – so konnte ich Haralds Bitte nachkommen, mich ein wenig um sie zu kümmern, und *trotzdem* nach Hause gehen. Das hatte ich dem Grappa zu verdanken.

8

Ich glaubte nicht, daß man auf Harald Bönischs kluge Hinweise etwas geben konnte. Er mochte ja schwer etwas auf dem Kasten haben, aber hier ging es um Mord und nicht um *anspruchsvolles, gutes Fernsehen.*

Also zurück zum Tagesgeschäft. Allein der Gedanke daran brachte mich auf die Idee, daß es nichts schaden könnte, Haralds Hinweisen wenigstens einmal nachzugehen. Henk würde das nicht passen, aber er war heute nicht im Büro und konnte somit auch kein Veto einlegen.

Ich arbeitete mich durch seine beachtliche Sammlung von Adreßbüchern, bis ich endlich fand, wonach ich gesucht hatte:

> ***BB Film- und Fernsehproduktion GmbH***
> *Pfeilstraße 52 * 50672 Köln*
> *Gegr. 1995. Inhaber: Sascha van Baer, Harald Bönisch. Feste Mitarbeiter: 5*
> *ARBEITSBEREICH: Film- und Fernsehproduktion, Aktuelle Berichte. Dokumentarfilm, spezialisiert auf Reportagen und Infotainment.*
> *PROJEKTE (AUSWAHL): Der Müll, das Meer und der Wald * Walverwandtschaft * Sinnfragment Stadt * Skandalös (Beitragsproduktion)*

Der Sommer zeigte sich heute erneut von der unbarmherzigen Seite. Mir gegenüber fühlte er sich besonders stark, denn er hatte diesmal einen Verbündeten: die Innenstadt. Hitze verband sich mit Kohlenmonoxid, überhöhte Ozonwerte mit dampfendem Asphalt und blitzendem Chrom und Schweiß mit massenhaft Menschen. Ein unschlagbares Team die beiden, wie füreinander geschaffen.

Nicht einmal mit dem Fahrrad fand ich einen Parkplatz. Die wenigen Stückchen Boden, die nicht unter einem Auto verschwanden, waren heißbegehrt, und die

Parkplatzsucher hatten sich nach der fünften oder sechsten vergeblichen Runde um den Block in bösartige, unberechenbare Raubtiere verwandelt. Auf der anderen Seite des Bordsteins herrschten die einkaufenden Massen. Hauptsächlich junge Pärchen, denen bei dieser schweißtreibenden Hitze nichts Besseres einfiel, als Klamotten zu kaufen. Wie ein Heer von Wanderameisen strömten sie an den Boutiquen vorbei und walzten alles nieder, was man nicht kaufen oder anprobieren konnte.

Die Fahrräder konnten da nur überleben, wenn sie sich wie Ertrinkende an Straßenschildern und Laternenmasten festklammerten. Natürlich machten sie für meins nicht Platz, so daß ich es in einen der wenigen Hauseingänge stellen mußte und nicht damit rechnete, es noch einmal wiederzusehen.

Die *BB Film- und Fernsehproduktion GmbH* war vollklimatisiert. Sie war eine Insel der Stille, unberührt von der aggressiven Hektik draußen. Wie eine offenherzige Privatwohnung mit offenstehenden Türen, die nichts zu verbergen hatte. Alles war sehr geschmackvoll eingerichtet in diversen Blautönen. Flauschiger hellblauer Teppichboden, blaue, wallende Vorhänge. Selbst die modernen Kunstwerke an den Wänden hielten sich an diese Vorgabe. In jedem der Zimmer stand wie ein Altar der Computer, aufgestellt auf einem eigenwillig geschnittenen Schreibtisch, der von weitem wie eine hölzerne Haifischflosse aussah. Hier arbeiteten keine Sachbearbeiter, sondern kreative Köpfe. Selbst die Topfpflanzen in den Ecken schienen Individuen zu sein, kreative Topfpflanzen aus kreativen Treibhäusern, für die alles Gewöhnliche eine Beleidigung war.

Der freundlich vertraute Ton, mit dem mich die Empfangsdame begrüßte, erschreckte mich geradezu. Er war so überaus freundlich, daß ich glaubte, sie verwechselte mich mit einem ihrer alten Bekannten. Oder ich hätte mich in der Tür geirrt und wäre in einer Praxis für Sexualtherapie gelandet.

»Mein Name ist Kittel«, sagte ich. »Könnte ich Frau Weiß sprechen?«

Die Empfangsdame lächelte, als hätte ich ihr einen Antrag gemacht. Hella sei auf einem Dreh, könne aber jeden Moment wieder zurückkommen.

»Vielleicht möchten Sie inzwischen einen Kaffee?«

Zwei Minuten später saß ich in der kleinen gemütlichen Warteecke vor meinem Kaffee aus frischgemahlenen Bohnen. Etwas zu lesen hatte ich auch, allerdings keine Illustrierten wie beim Frisör. Es war eine großzügig gestaltete Mappe, gedruckt auf Hochglanzpapier, und sie trug den Titel *BB-Highlights*. Offenbar sollten Besucher wie ich keine Zeit mit Klatsch über europäische Königshäuser vergeuden, die sie ebenso gut nutzen konnten, indem sie sich von den Erfolgsprojekten der Firma beeindrucken ließen.

Da waren zunächst einmal eine Menge ökologischer Reportagen über sterbenden Wald, trocknendes Wattenmeer und Mülldeponien, die in Wirklichkeit Biotope waren – Gemeinschaftsproduktionen von Bönisch und van Baer. Nicht gerade packend, aber sie spiegelten wohl das wieder, was Bönisch als *das, wofür wir angetreten sind*, bezeichnet hatte.

Walverwandtschaft war eine Bönisch/Weiß-Produktion über Frauen in Umweltorganisationen. Hauptsächlich ging es, sofern ich das überhaupt durchschaute, um die Weisheit der Meeressäuger. Menschen waren intelligent, aber nicht weise. Weise waren die Frauen im Mittelalter, und deshalb bestand eine Verwandtschaft zwischen Walen und Delphinen und Frauen ...

Ich fand das in etwa so interessant wie einen Bericht über die Zerstörung der Alpenvegetation in den Niederlanden oder die letzten Indianerreservate in Österreich.

Auch der Text über eins der neuesten Projekte, mit der Überschrift *Filmkunst*, konnte nicht verhindern, daß ich den Lesestoff über die Königshäuser vermißte.

»Sinnfragment Stadt«

von Harald Bönisch

(Lobende Erwähnung bei den intern. Filmfestspielen Berlin 1995 im Bereich Dokumentarfilm)

Ein fragmentarischer Bilderbogen.
Thema ist die Großstadt. Bönischs Interesse gilt der Frage: Inwieweit konserviert beziehungsweise kontaminiert das großstädtische Leben mit seiner geballten Anonymität, der Gewaltbereitschaft und Gleichgültigkeit Sinngebilde? Dem geht der Film in öffentlichen, speziell in verwahrlosten, vom Privaten beziehungsweise Intimen schon aufgegebenen Plätzen nach, in U-Bahnstationen, Parks, öffentlichen WCs, demolierten Telefonzellen. Er vollbringt es, aufzuspüren und filmisch nachvollziehbar zu machen, daß besagte Plätze oft nur scheinbar aufgegeben sind, dem Verfall anheimgegeben. Und – im Gegensatz dazu – eine neue, leise und bislang kaum spürbare Form des Privaten, Intimen zustande bringen ...

»Nie gehört. Hat er denn nicht gesagt, was er will?«

Die durchdringende Stimme brachte mir erst ins Bewußtsein, daß ich eingenickt war. Wie lange hatte ich hier gesessen und gewartet? Fünf Minuten – fünf Stunden? Ich rappelte mich hoch und bemühte mich, aufgeweckt zu wirken, und das gerade nicht im wörtlichen Sinn.

»Kittel«, sagte ich. »Privatdetektiv. Nur ein paar kurze Fragen.«

Sie warf mir einen Blick zu, dem ich entnahm, daß sie mir lange Fragen gar nicht zutraute.

Hella Weiß war eine atemberaubende Erscheinung. Kurzes rotes Haar, aber nicht grell. Gertenschlanke Figur, aber nicht dürr. Genau richtig, um das uniforme Schönheitsdiktat der westlichen Welt mit scheinbarer Leichtigkeit zu erfüllen und es gleichzeitig verächtlich wirken zu lassen. Phantastische Beine, die sie auch genau im Rahmen des Erlaubten präsentierte.

Überhaupt alles an ihr stimmte und paßte sich perfekt in den Gesamteindruck ein. Und nichts war dem Zufall überlassen worden. Die ganze Frau erschien bis auf den letzten Millimeter berechnet und geplant, so als hätte Gott sie nicht nach seinem eigenen Bild erschaffen, sondern nach einem, das Hella ihm persönlich kurz vorher hochgefaxt hatte.

»Detektiv?« fragte sie skeptisch. »Detektiv für wen?«

Was mich anging, so war das ein denkbar schlechter Einstieg. Ein Detektiv ohne Auftraggeber, das war einfach nur ein Schnüffler, der seine Nase in fremde Angelegenheiten steckte. »Ich hätte gerne mit Ihnen über Frau Holland gesprochen«, lenkte ich ab. »Weil Sie sie gut kennen.«

»Denken Sie, ich hätte nichts Besseres zu tun? Die Polizei hat sich doch alles schon doppelt und dreifach angehört.«

Trotzdem ging sie vor in eines der Arbeitszimmer. Vielleicht hatte sie sich in Sekundenschnelle ausgerechnet, daß das Abwimmeln mehr Zeit verschlang als die Beantwortung von ein paar Fragen. Ich lief hinter ihr her und beobachtete, wie sie sich noch auf dem Weg eine Zigarette ansteckte. Ihre Finger zitterten leicht.

»Also bitte. Aber ich habe wirklich nicht viel Zeit.«

Sie qualmte. Das Fenster stand Gott sei Dank offen, aber von Durchzug konnte keine Rede sein. Die Hitze lehnte sich einfach von draußen gegen die Hauswand, und nichts brachte sie dazu, sich einen anderen Platz zu suchen.

»Das mit Herrn van Baer tut mir leid«, sagte ich.

»Ja«, erwiderte Hella.

Sie war nicht gerade am Boden zerstört über den Tod ihres Lovers. Aber sie schien auch nicht zu den Frauen zu gehören, die am Boden zerstört zu sein pflegten. Und nicht zu denen, die etwas vorspielten.

»Haben Sie eine Idee, wer ihn ermordet haben könnte?« fragte ich.

Mit einem kräftigen Stoß trieb sie den gerade erst inhalierten Rauch nach draußen. Der nächste Zug wartete schon darauf, eingeatmet zu werden, und er hatte nicht ewig Zeit. »Wieso ausgerechnet ich?« wollte sie wissen.

»Ich hörte, daß Sie eng zusammengearbeitet haben. Und daß es ... Reibereien gab.«

Schulterzucken. »Das schon. Aber Reibereien gibt es überall, sonst entsteht nichts. Im Grunde kamen wir gut klar. Sascha wußte, daß ich gut arbeite.«

»Besser als Harald Bönisch?«

Sie kehrte mir den Rücken zu und schaute aus dem Fenster. Unter ihrem hellen Rock zeichnete sich – etwas dunkler – das Dreieck ihres Slips ab. Sie warf die Kippe hinaus und wandte sich mir zu. Ihr war klar, worauf ich hinaus wollte.

»Anders«, sagte sie. »Nicht besser. Ich war vorher beim Fernsehen, und da geht es eben anders zu als hier.«

»Wie?«

Sie lächelte. »Du kannst dich nicht mit deinem Genie herausreden, wenn es darum geht, solide Arbeit zu machen.«

»Aber die Arbeit hier macht Ihnen Spaß.«

Ein kurzer, irritierter Blick, als müßte sie überlegen, was das letzte Wort bedeutete. »Warum nicht?« Sie sah auf ihre Uhr. »Hier gibt es eine Menge kreatives Potential. Allmählich begreifen sie auch hier, daß du heute die Leute direkt angehen mußt. Die Zeiten, wo du sie mit anspruchsvollen Autorenfilmen beeindrucken konntest, sind vorbei. Das war doch nichts als die Fortsetzung der kulturellen Langeweile mit anderen Mitteln.«

»Sascha sah das genau so?«

»Er war wie ich. Wir sind vom gleichen Holz. Der gleiche point of view, wenn Sie verstehen, was ich meine.«

»Und die Sache mit ihm, das war ...«

»Eine Affäre. Nichts Ernstes.«

»Elsie sagt, daß es etwas Ernstes war.«

»Ach, Elsie. Für die ist doch alles ernst. Das ganze Leben.«

Da mußte ich ihr zustimmen.

»Sie waren Elsies beste Freundin«, sagte ich. »Welchen Eindruck haben Sie von ihr? Könnte sie so etwas tun?«

»Den Mord, meinen Sie?« Hella schüttelte den Kopf. »Sie war's nicht. Aber fähig dazu wäre sie. Weil wir alle dazu fähig sind.«

»Auch Sie?«

»Natürlich. Aber was bezwecken Sie mit dieser scharfsinnigen Frage?« Wieder warf sie einen Blick auf die Uhr. Wie ein Schiedsrichter, der die Pfeife schon im Mund hat, um das Spiel zu beenden. Meine Zeit war so gut wie um, auch wenn es keine Pfeife war, sondern nur eine neue Zigarette. »Wenn Sie darüber nachgrübeln«, sagte sie, »wer Schuld ist an Saschas Tod, dann sollten Sie vielleicht bei ihm selbst anfangen.«

»Selbstmord?« fragte ich, unpassenderweise grinsend. Aber die Vorstellung, daß sich jemand mit Hilfe eines CD-Players ins Jenseits beförderte, erschien mir nun einmal lächerlich.

»Quatsch«, entgegnete sie kühl und konservierte das Grinsen auf meinem Gesicht, indem sie es mit einer hauchdünnen Eisschicht überzog. »Was ich meine, ist, daß er der Typ war, der bekam, was er wollte. Und nicht nur privat. Das sollten Sie bedenken.«

»Sie meinen, daß er sich damit Feinde gemacht haben könnte?«

Es klopfte.

»Entschuldige, Hella.« Das Mädchen, das mir den Kaffee serviert hatte, stand in der Tür. Sie streifte mich mit einem kurzen, scheuen Blick. »Die Leute für das Casting sind da. Soll ich ihnen sagen, Sie –«

»Nein, nein!« Hella wedelte mit ihrer Zigarette. »Sag nichts. Ich bin sofort da.« Wie zur Entschuldigung zuckte sie die Achseln in meine Richtung. »Tja, tut mir leid. Aber wie Sie selbst sehen, hätten Sie mir diese Fragen besser vor dem Mord gestellt.«

»Vor dem Mord?«

»Ja. Jetzt ist keine Zeit mehr. Ich muß mich um alles alleine kümmern.«

Eine Sekunde später war sie verschwunden. Ich stand allein da mit meiner Frage, wie sie die letzte Bemerkung wohl gemeint hatte. Alles war so schnell gegangen, daß ich vorsichtshalber einen Blick aus dem Fenster warf, um mich anhand der Zigarettenkippe, die nach ihrem Sturz in den Hof einen verzweifelten, dünnen Rauchfaden zum Himmel schickte, zu vergewissern, daß ich mir die ganze Hella Weiß nicht eingebildet hatte. Aber in dieser Branche bedeutete Zeit Geld, und sie hatte das Gespräch eben auf eine kostengünstige Weise beendet.

Irgendwie hatte ich das Gefühl, ich hätte mir bis auf die letzte Frage den Besuch eigentlich sparen können. Jetzt hatte ich hier nichts mehr zu erwarten außer vielleicht einen weiteren Kaffee aus frisch gemahlenen Bohnen. Und das mußte nicht sein.

Die Tür zum Zimmer nebenan war nur angelehnt, und der Raum machte auf den ersten Blick den gleichen kreativen Eindruck wie die anderen. Eine hölzerne Haifischflosse, auf der ein Monitor inmitten mehrerer Papierstapel hockte wie ein heimlich lesesüchtiger Fernseher. In der Ecke ein riesiges, kakteenartiges Gewächs mit Dornen, die an Glasscherben erinnerten.

Es war der unauffällige, geschmackvolle Schriftzug auf der Tür, der meine Neugier weckte: *S. van Baer*. Immerhin hatte ich ja noch die Antwort auf meine Frage gut. Ich trat ein.

Rechts oberhalb der Tür hing ein Basketball-Korb. Aus dem Fernsehen wußte ich, daß er bei Filmschaffenden und Werbeleuten ein Muß war, unentbehrlich wie das Kruzifix im Arbeitszimmer eines Pfarrers. Daran konnte man sie jederzeit von Konzernchefs unterscheiden, die in ihrem Arbeitszimmer bekanntlich Golf spielen.

Etwas ungewöhnlicher war schon, daß unter dem Korb jemand stand. Eine lebensgroße Figur aus Pappmaché. Eine goldene Statue, die zweifellos einen *Oscar* darstellte, wenn sie auf den ersten Blick auch ein wenig an Ramses II erinnerte. Der *Oscar* stand nicht direkt unter dem Netz, sondern einen Schritt seitlich davon, als erwarte er jeden Moment einen Bilderbuchpaß, um ihn mit der Linken lässig in den Korb zu legen. *Sascha van Baer, für dreißig Jahre beste Regie. Von Harald Bönisch* stand auf dem kleinen Messingschild zu seinen Füßen. Ein Geburtstagsgeschenk also. Zwar wußte ich Saschas genaues Alter nicht, aber so lange konnte es mit der großen Freundschaft zwischen Bönisch und van Baer wohl noch nicht vorbei sein.

Daß es allerdings vorbei war, verschwieg auch die goldene Pappfigur nicht, im Gegenteil. Sie hatte dafür mit Unmengen winziger Einstiche gebüßt, die sie weniger einer Mumie als dem Heiligen Sebastian ähnlich machten. Das einstige Symbol dicker Freundschaft sah aus, als wäre es Opfer einer jämmerlichen Voodoo-Zeremonie geworden, und ich mußte unwillkürlich an Elsie denken und ihre dunklen Andeutungen über die Unmöglichkeit, dem Schicksal zu entkommen.

Dann fiel mein Blick auf den Papierkorb direkt neben dem *Oscar* und auf einen Haufen bunter, zerknüllter Zettelchen darin. Also keine Zauberei. Sascha hatte die Statue als Pinnwand mißbraucht, und offenbar hatte die Polizei sie schon auf die bekannte sensible Art nach brauchbaren Spuren untersucht. Ich kam zu spät.

Fast zu spät. Da war noch ein einziger roter Zettel, der unter den linken Fuß des *Oscars* gerutscht war. Einer von denen, die angeblich selbsthaftend sind und nach zwanzig Minuten einfach loslassen und zu Boden segeln. Deshalb hatten Mattaus Beamten ihn vermutlich auch übersehen. *So. abend 19.00 H.* stand auf dem Zettel. Sonntag abend. Das war der Abend des Mordes. Und H. für Holland? Elsie Holland? Unwahrscheinlich, daß Sascha Elsie mit ihrem Nachnamen notierte. Möglich, aber sehr unwahrscheinlich.

Auf dem Flur näherten sich Schritte.

»Also ich bin dann jetzt weg!« rief eine Frauenstimme, als wäre es damit getan, das einfach so zu verkünden. Dann war es still, weder Schritte noch Stimme. Offenbar hatte es tatsächlich funktioniert.

Auch für mich wurde es allmählich Zeit, mich zu verdrücken. Ein letzter Griff in den Papierkorb. Unter der Zettelschicht lag der Basketball – der hatte vielleicht die Beamten von einer weiteren Untersuchung abgehalten. Da war nämlich noch etwas darunter, eine Art Heft oder Zeitung ...

Ich zog es hervor. Ein Computerausdruck mit dem Titel *ERTAPPT! – Treatment von Sascha van Baer.*

Wieder Schritte. Es waren andere als vorhin, energischere. Ertappt, dachte ich, rollte die Seiten zusammen und steckte sie in meine Jackentasche. Dann stand Hella Weiß in der Tür. Sie lächelte. So hätte eine Schlange die Maus angelächelt, wenn sie lächeln könnte.

»Haben Sie gefunden, was Sie gesucht haben?«

Ich richtete mich auf.

»Tut mir leid, ich dachte – also ich wußte nicht, daß ...«

»Wahrscheinlich sind Sie auf dem Flur zu früh abgebogen und so in dieses Zimmer geraten.«

»Wahrscheinlich.«

»Gut. Dann werde ich Sie jetzt hinausbegleiten.« Sie wies mit dem Arm auf den Flur hinaus. »Wissen Sie, die meisten Leute finden die Tür alleine. Und für andere müßte man sogar auf dem Klo Hinweisschilder anbringen, wie man wieder hinauskommt. Tut mir leid, daß Sie dazu gehören.«

»Können Sie mir vielleicht noch sagen, wo Sie am Sonntag abend waren, so gegen neunzehn Uhr?«

Sie blieb stehen. Jetzt war sie wirklich wütend. »Packen Sie Ihre Schnüfflernase ein«, zischte sie. »Karneval ist längst vorbei. Und die anderen halten sich ja auch daran.«

»Mit Karneval hat das nicht das geringste zu tun«, gab ich bissig zurück und merkte an meiner Reaktion, daß sich der lädierte Höcker in meinem Gesicht allmählich zu einem wunden Punkt entwickelte.

Die Glastür mit dem blauen *BB*-Emblem schwang auf. Ich trat ins Treppenhaus hinaus. Und Hella Weiß folgte mir.

»Nur damit Ihre Phantasie sich nicht genauso verirrt«, sagte sie, über mir auf dem Treppenabsatz stehend. »Ich war zum Kino verabredet. Mit Harald Bönisch. Und er hat mich versetzt.«

»Danke«, antwortete ich und lächelte. »Ich werde das überprüfen.«

9

Ich fragte mich, ob das, was Sascha bekommen hatte, tatsächlich das war, was er gewollt hatte.

Und ob er es verdient hatte. Sascha hatte mit Sicherheit eine Menge verdient, so viel stand fest. Vielleicht zu viel.

Vielleicht war Elsie Holland ja nur Täterin im ›psychologischen‹ Sinn, wie sie das nannte. Aber das änderte nichts daran, daß sie über alle Einzelheiten des Mordes im Bilde gewesen war. Also blieb nur die Möglichkeit, daß sie den Badewannenmörder – oder die Mörderin – deckte, indem sie die psychisch Labile spielte.

Sie brauchte ja nur mich zu überzeugen. Denn mir hatte sie einmal das entscheidende Puzzlestück in die Hand gegeben.

Aber warum hatte sie das getan, wenn nicht aus Verzweiflung und Selbsthaß deswegen, *weil* sie die Tat begangen hatte? Henk hatte recht: Wieso ließ ich Mattau noch weiter im dunklen Keller herumtappen, wenn ich wußte, wo der Lichtschalter war?

Was sprach denn eigentlich so eindeutig für die Schuld Elsies? Sie hatte kein Alibi, dafür aber ein Motiv. Aber erstens leugnete sie das nicht, und zweitens war sie da nicht die einzige. Harald bot sich von selbst an. Und Hella – sie hatte ganz entschieden etwas dagegen gehabt, daß ich in Saschas Zimmer herumschnüffelte. Dabei war sie eigentlich nicht der Typ, der auf gutes Benehmen oder pietätvolles Andenken an einen Verstorbenen achtete.

Ins Büro zurückgekehrt, schaffte ich es einfach nicht mehr, mir einen Überblick über den Stand der Dinge zu verschaffen. Die Luft stand. Also fuhr ich nach Hause, duschte ausgiebig und dachte alles noch einmal durch, diesmal ausgeruht und entspannt.

Mit dem Erfolg, daß ich erst aufwachte, als es schon dämmerte. Ich sah auf die Uhr und stellte fest, daß ich schon seit einer Stunde mit Henk verabredet war.

Im *La Mancha* war es schon voll. Die weißen Plastikstühle und Plastiktische, die heute nachmittag noch zu einem strengen Stapel zusammengekettet gewesen waren, hatte man jetzt freigelassen. Wie ein Geschwür hatten sie den Bürgersteig zugewuchert. Und immer noch quollen sie auf die Straße hinaus, wo die Autos parkten. Befielen sie wie eine weiße Plastik-Bürgerinitiative für eine autofreie Innenstadt.

Mitten im Gewühl der bunten T-Shirts, Sonnenbrillen, männlichen Pferdeschwänze und amerikanischen Baseballmützen saß jemand in einem speckigen grauen Mantel, der so aussah, als säße er da schon seit Kriegsende, noch bevor die Trümmerfrauen dazu kamen aufzuräumen. Mattau, der ewige Clochard. Und daneben Henk.

Ich beschloß, mich wieder aus dem Staub zu machen, aber dann entdeckte mich Henk. Er hatte mir sogar einen Platz reserviert, wenn auch nur am Nebentisch. Also setzte ich mich zu einer Frau mit rotem Bürstenhaarschnitt, die auf ihren Freund einredete. Die beiden kamen offensichtlich aus dem Kino.

»Weißt du, was ich mich gefragt habe? Alles gut und schön. Aber ich frage mich einfach: Wieso hat das jetzt nichts bei mir ausgelöst? Ich meine –«

»Hast du den Hund endlich?« fragte Henk von der anderen Seite.

Ich versuchte irgendwo in dem Gewühl den Kellner zu entdecken. »Henk, ich wollte dich kurz sprechen.« Ich wandte mich, soweit das in dem Gedrängel ging, meinem Partner zu.

Der Typ am Nebentisch warf mir einen Blick zu. »Den Hund hab ich eigentlich von Anfang an als Symbol aufgefaßt«, sagte er.

Henk nahm einen riesigen Schluck aus seinem Glas. »Also schieß los.«

Ich sah an ihm vorbei und nickte dem Mann im speckigen Grau zu. Mattau grinste, als er mich bemerkte. Seine Oberlippe zierte ein Bart aus Bierschaum.

»Noch was von der köstlichen Knoblauchsauce«, meinte er dann, auf seinen Salat deutend, allerdings nicht zu mir, sondern zum Kellner hinter mir. Bevor ich den Arm heben konnte, war der schon wieder weg.

»Und das ist es, was ich meine, genau das ist der Punkt!« ereiferte sich die Frau mit dem Bürstenhaarschnitt.

Die Armlöcher ihres T-Shirts waren so weit, daß man durch sie hindurch die Tischkante sehen konnte. Und nicht nur die. Jedesmal, wenn die Rothaarige mit dem

Arm gestikulierte, hüpften ihre Brüste unter ihrem Top auf und ab.

»Das, worauf es ankommt, darfst du nicht zeigen. Die Leute müssen selbst draufkommen.«

Ihr Freund machte mittlerweile den fünften Versuch, ihr ins Wort zu fallen. Vergeblich. Er öffnete den Mund und machte ihn wieder zu.

»Das mit Elsie«, fing ich an.

Henks Miene verfinsterte sich merklich. »Kittel! Nicht heute abend.«

»Also paß auf. Ich hab vielleicht eine Spur.«

»Eine Spur?« mischte sich Mattau ein. Sein Gesicht befand sich gerade im Tiefflug über seinem Salat. »Das klingt interessant.«

»Aber das ist es nicht«, verschaffte sich der Fisch endlich Gehör. »Was heißt denn das überhaupt: das, worum es geht. Verstehst du, was ich sagen will ist: der Kick. Da liegt der Hund begraben. Schau, wenn du das nicht schaffst, dann ... kannst du höchstens noch die Klappe halten. Zu mehr reicht es dann nämlich nicht mehr.«

Klappe halten. Anstatt es zu tun, redeten sie ständig davon: Filmschaffende also, keine Kinobesucher.

»Raten Sie mal, was wir im Magen des Toten gefunden haben«, fuhr der Kommissar unbeirrt fort. »Schlaftabletten. Komische Art, sich auf eine Liebesnacht vorzubereiten, finden Sie nicht?«

»Das heißt doch nur, daß ihn jemand ermorden wollte«, gab ich zurück. »Eine Inszenierung. Kein Mord aus dem Affekt.«

»Jemand, der ihn nicht überwältigen konnte.« Mattau grinste vielsagend. »Eine Frau zum Beispiel.«

»Was ist mit Hellas Alibi?« wollte ich von Henk wissen.

»Wer ist jetzt wieder Hella?« fragte er zurück, betont uninteressiert.

»Hella Weiß. Die Geliebte von diesem Sascha. Sascha hatte am Sonntag abend eine Verabredung mit jemandem, der mit H anfängt.«

»Wie Hella.«

»Genau.«

Der Kellner drängelte sich vorbei, auf der Handfläche ein Tablett mit Biergläsern. Ich winkte ihn heran. Endlich kam er. Die Kinofrau schnappte sich das einzige volle Glas.

Mattau meldete sich. »Hella war zum Kino verabredet«, erklärte er mit vollem Mund. »Mit diesem Bönisch. Und Bönisch sagt, sie seien erst für den nächsten Tag verabredet gewesen. Tja.«

»Also gab es gar kein Kino.«

Die Gabel des Kommissars schwebte wie ein Bussard über einem Salatblatt und stach plötzlich zu. »Statt dessen einen Mord.«

»So ein Blödsinn: das Kino ist tot. Was heißt denn das schon?« warf die Filmfrau ein. »Ehrlich, ich kann es bald nicht mehr hören.«

»Sie meinen also«, Mattau war jetzt kaum noch zu verstehen, und das große Salatblatt, das aus seinem Mund ragte, wehrte sich verzweifelt, indem es Knoblauchdressing verspritzte, »van Baer hat sich möglicherweise mit dieser Hella getroffen?«

»Ja. Könnte doch sein.«

»Na schön.« Der Kommissar beugte sich vor. Zu spät wich ich aus. Beim ›sch‹ traf etwas Nasses meine Backe. »Aber wie kommt es dann zu Hellas Aussage?«

»Aussagen sind out. Wenn du heutzutage etwas zu sagen hast, dann mußt du die Leute dazu bringen, dir zuzuhören. Und das kannst du nur, indem du ihnen etwas sagst. Und zwar in einer Sprache, die sie verstehen.«

Während der Fisch seine atemberaubenden Weisheiten ausbreitete, tupfte ich mit einer Serviette mein Gesicht ab. »Henk, ich wollte dich eigentlich fragen, ob du deine Kontakte zum Fernsehen für mich spielen lassen kannst.«

»Beim Fernsehen ist es doch genau dasselbe«, meinte die Frau mit Resignation in der Stimme.

»Es geht um eine Show oder sowas Ähnliches. Trägt den Titel *ERTAPPT!*«

»*ERTAPPT!*« Henks Feuerzeug klickte. »Und was willst du wissen?«

Ich zuckte die Schultern. »Was du rauskriegen kannst.«

Endlich kam mein Bier. Endlich. Ich lehnte mich gemütlich zurück, bis mein Plastikstuhl auf den Hinterläufen stand, und verschränkte die Arme hinter dem Kopf.

»Aber heutzutage«, verlautete es direkt an meinem Ohr aus dem Fischmund, »brauchst du das Sensationelle. Du brauchst es einfach.«

»Die Frage ist nur, worin es besteht. Und ob die Kunst nicht darin besteht, es sichtbar zu machen, indem du es verhüllst.«

Was die Kurzhaarige betraf, so schien sie mir einiges von der Kunst zu verstehen, das Sensationelle sichtbar zu machen, indem sie es verhüllte. Man brauchte sie nur anzusehen. Beim Fisch mußte man sich schon eher fragen, was er mit sensationell meinte. Früher hatte das als wesentlich gegolten, was für die Augen unsichtbar war. War sensationell jetzt vielleicht das, was für die Nase sichtbar war? Oder für die Augen hörbar?

Ich griff nach meinem Glas. Es war nicht mehr da. Jedenfalls nicht mehr an seinem Platz. Es stand jetzt direkt neben Mattaus Salatteller mit einem satten Lippenabdruck aus Salatdressing am Rand.

Henk stieß mich an. »Wieso hab ich eigentlich nie einen, der meine Arbeit macht?«

»Solange du so schlagfertige Klientinnen hast«, antwortete ich und betastete meine Nase. »Tut mir leid, Henk. Da würde ich gegen meine eigenen Interessen handeln.«

»Aber sie hat dir doch keine verpaßt. Nach ihrer Version war es ein Dachbalken.«

Ich grinste böse. »So, das hat sie dir erzählt, ja? Sprach sie vielleicht auch davon, daß ich sie jetzt politisch fertigmachen will, oder was?«

Henk antwortete nicht. Er hatte einen Schluck Bier genommen und wartete noch damit, ihn hinunterzuschlukken. Manchmal saß er minutenlang so da und hielt das Bier zwischen seinen Backen gefangen.

Mattau beugte sich jetzt noch weiter zu mir herüber. »Und Sie trinken gar nichts?« fragte er fürsorglich.

Ich zuckte mit den Achseln. Der Kommissar lächelte und deutete mit seiner Gabel auf mich.

»Wissen Sie, Kittel«, sagte er. »Wenn der Tote – dieser van Baer – sich tatsächlich an dem Abend mit dieser Frau getroffen hat, dann paßt natürlich so einiges zusammen. Sie hätte dann kein Alibi. Andererseits«, er nahm einen genüßlichen Schluck von meinem Bier, »gefällt mir auch das wieder nicht so ganz.«

»Was?«

»Die Aussage von ihr. Das mit dem Kino. Normalerweise nennt man uns einen, der bestätigt, daß man ein Alibi hat. Und nicht einen, der bestätigt, daß man keins hat.«

»Verstehe ich nicht.«

»Wenn ich jemanden umgelegt hätte, Kittel, würden Sie dann bestätigen, daß ich zur fraglichen Zeit bei Ihnen gewesen bin?«

»Warum sollte ich?«

»Eben. Deshalb käme ich auch nicht auf die Idee, das auszusagen.«

»Und?«

Mattau hatte sich ein Stück aus einem steinalten Baguette herausgebrochen und versuchte, seine Salatsauce aufzutunken. »Vielleicht war es also wirklich so, wie sie sagt: ein Mißverständnis. Sie dachte, es wäre heute, und Bönisch meinte morgen. Passiert jeden Tag.«

Das Brot ließ sich nicht erweichen. Es kratzte wie Schmirgelpapier über den Tellerboden und dachte gar nicht daran, sich vollzusaugen.

»Also gut«, sagte ich. »Aber trotzdem könnte sie es getan haben. Und wenn, dann könnte sie auch einen Grund dafür gehabt haben.«

»Ein Motiv hat sie allemal: Eifersucht. In der Firma wurde darüber getratscht, daß die beiden liiert waren. Aber Sascha hat sich währenddessen wohl schon eine neue geangelt.«

Ich schüttelte den Kopf. »Eifersucht scheidet aus. Soviel ich weiß, hatte er so viele, daß es sich für ihn nicht mal lohnte, zwischen den Verabredungen das Wasser aus seiner Luxus-Wanne zu lassen. Außerdem war Hella auf Bettgeschichten nicht eifersüchtig. Sie hätte wahrscheinlich erst eine Szene gemacht, wenn er mit einer anderen eine TV-Show angeleiert hätte.«

»Tja, wenn das so ist ...« Mattau hatte es aufgegeben. Das Brotstück trieb auf der Salatsauce wie eine Eisscholle in der arktischen See. Leichter Schneefall hatte eingesetzt – Mattau kratzte sich wieder einmal am Kopf, der genau über dem Teller hing. Er dachte nach. »Aber vielleicht doch ...«

»Was?«

»Das mit der TV-Show, ist das nicht ein wenig – übertrieben? Können Sie sowas nachvollziehen?«

»Nein. Aber ich bin auch nicht Hella Weiß.«

»Das macht nichts. Nehmen wir doch einfach mal an, die Weiß wäre in Wirklichkeit gar nicht so knallhart, wie sie allen erzählt. Sie tut zwar so, als sei es ihr völlig schnuppe, wann und mit wem ihr Lover ins Bett geht. Aber in Wirklichkeit ist sie ganz schön sauer deswegen. Und gerade weil sie das nicht zugeben kann, staut sich in ihr was an, was sich dann irgendwann entlädt ...«

Ich mußte an das Steinchen des Puzzles denken, das ich sozusagen in der Tasche bei mir trug. Und mir wurde klar, daß ich nicht umsonst hergekommen war. Genau danach hatte ich doch gesucht. Nach einem Grund dafür, das Steinchen noch nicht herauszurücken. Und den hatte ich jetzt.

»Übrigens, was ist mit Ihrer Nase los?« unterbrach Mattau meine Betrachtungen. »Sind Sie an einen Quacksalber geraten? Oder hatten Sie die immer schon so?« Er berührte dabei seine. Wieso zeigten mir alle ihre Nase, wenn sie von meiner redeten?

»Kein Quacksalber«, brummte ich. »Eine entfernte Klientin.«

»Von diesen Kurpfuschern hört man in letzter Zeit ja immer wieder.«

»Mag sein.« Ich stand auf und hätte beinahe dem Köbes das Tablett aus der Hand geschlagen. Alle Gläser darauf waren leer.

»Kann ich noch eins haben?« fragte ich.

»Klar. Aber letzte Runde jetz'. Wejen der Nachbarn«, erklärte er und zog los.

Dann nicht. Ich wollte Henk zuwinken, aber er schaute gerade weg. Jiorgos, der Wirt, hatte sich zu ihm gesetzt. Also klopfte ich bei den Filmtypen auf den Tisch.

Ich räusperte mich. »Die Frage ist doch: Können wir heute überhaupt noch Fragen stellen? Was ich damit meine, ist: Machen wir es uns heutzutage nicht oft etwas zu einfach, wenn wir Fragen nur beantworten? Sollten wir nicht lernen, Fragen auszuhalten und sozusagen die Frage hinter der Frage aufzuspüren? Denn ist es nicht eigentlich so, daß wir Fragen über Fragen stellen, in Wirklichkeit aber nur Antworten wollen?«

Henk winkte mir zu. Meine beiden Tischnachbarn sahen mir entgeistert hinterher.

10

Es war eine wunderschöne Sommernacht, und die meisten hielten es für verschwendete Zeit, jetzt schon schlafen zu gehen. Alte Damen dehnten ihren üblichen Spaziergang mit dem Hund bis auf das Dreifache aus, brave Jugendliche saßen mit ihren Gitarren im Grüngürtel bei Kerzenlicht und Wein, Saufkumpane schlingerten gröhlend durch die Straßen und übergaben sich hemmungslos in die Ecken. Und die Hausnischen in den stilleren Gassen waren zum großen Teil von Pärchen besetzt, die man jetzt besser nicht störte.

Auch vor meinem Hauseingang hockte ein dunkler Umriß. An seiner Peripherie tanzte ein kleiner roter Punkt, der manchmal für einen Augenblick heller wurde, worauf sich der Umriß in Rauch hüllte. Henk konnte es nicht sein, schließlich hatte er gerade noch bei Jiorgos gesessen, außerdem war der Umriß nicht massig genug. Er war klein und gedrungen, fast weiblich.

Elsie Holland.

»Kommst du auch schon?« fragte sie, sobald sie mich

erkannt hatte. Ihre Hand hielt eine Bierdose, und ihre Augen hatten einen glasigen Schimmer.

»Ich wüßte nicht, daß wir verabredet waren.«

Sie stieß sich mit dem Rücken von der Hauswand ab, an der sie gelehnt hatte. »Kann ich bei dir übernachten?«

Ich war mir nicht sicher, ob sie wirklich betrunken war. Sie lallte nicht. Sie sprach nur etwas langsamer, getragener. Fest stand jedenfalls, daß sie nicht in der besten Verfassung war.

»Warum?«

Sie lachte verächtlich auf. »Warum. Gute Frage.«

»Ja, stimmt!« sagte ich freundlich.

»Genau deshalb, mein Lieber«, sagte sie. »Wetten, daß du bei jeder anderen nicht lange fragen würdest? Wie viele gibt es, bei denen du warum fragen würdest, wenn sie bei dir übernachten wollen?«

»So habe ich das nicht gemeint.«

Sie nahm ihren letzten Schluck aus der Dose. »Da sind die, bei denen du daran denkst, was alles abgehen kann. Und die, bei denen du nicht daran denkst. Hat Sascha jedenfalls gesagt. Und ich bin der zweite Typ.«

»Aber das ist Quatsch«, entgegnete ich. Irgendwie fühlte ich mich in die Enge getrieben. »Natürlich denke ich daran, ich meine –«

»Du denkst daran?«

»Ja. Aber jetzt komm erstmal rein, ja?«

Wir standen in der Wohnung. Die Bierdose war sie schon unterwegs losgeworden, auf einer der Fensterbänke im Treppenhaus.

»Nicht ganz so komfortabel wie bei dir«, sagte ich.

Den Rest ihrer Zigarette, die inzwischen nur noch ein runzeliger Rüssel aus Asche war, von sich weghaltend, blickte sie sich um, aber nicht um die Wohnung zu inspizieren. Sie war auf der Suche nach einem Aschenbecher. Bis ich die Obstschale herbeigeschafft hatte, die Henk für diese Zwecke benutzte, war es zu spät.

»Hast du was zu trinken?«

Ich suchte ihr ein möglichst kleines Glas aus. Es war um so schneller leer.

Elsie hielt es mir zum Nachgießen hin. »Klar denkst du dran.«

»Woran?«

»Daß du bei mir landen kannst. Leichte Beute. In meiner Lage bin ich bestimmt nicht wählerisch, denkst du.«

Von mir aus. Mir war egal, was ich dachte. Ich schob eine meiner Oldie-CDs rein und machte mir dann selbst einen Drink.

»Also gut«, sagte ich. »Aber warum bist du hier? Ich meine, deine Wohnung ist vielleicht etwas eng. Sicher gibt es schönere Teile. Aber wenn du dich hier mal umguckst, dann –«

»Wegen ihm.«

»Sascha?«

Mitsamt dem Glas in ihrer Hand ließ sie sich in einen Sessel fallen, worauf ich ihr neu eingießen mußte.

»Ich dachte, ich wäre ihn los. Aber er ist nicht tot zu kriegen. Er ist überall in dieser Wohnung, in dieser verfickten blöden Luxuswohnung. Alles hat er von seinem Scheißgeld gekauft. Und jetzt, jetzt steht er in jedem Zimmer. Er lauert hinter dem blöden Bücherregal. Er grinst mich an, wenn ich den Kühlschrank aufmache. Im Badezimmer ...« Sie verzog das Gesicht.

»Und was tut er?«

Elsie stierte in ihr Glas. »Ist das der Dank, sagt er.«

»Der Dank? Was?«

»Für all das. Den ganzen teuren Krempel. Daß er in seiner goldenen Wanne verreckt ist.«

»Verstehe«, nickte ich. Der Unterton in ihrer Stimme reichte mühelos, um Sascha van Baer nicht nur einmal zu ermorden, sondern mindestens fünfmal. »Aber die Sache ist die, daß er ja nicht einfach so ... verreckt ist.«

When love goes wrong, nothing goes wright, sang der CD-Player, als hätte ich ihn gebeten, sich am Gespräch zu beteiligen. Von der Straße herauf gellte betrunkenes, schrilles Lachen.

»Weißt du, was er gesagt hat? – Du bist nicht schlecht. Ehrlich, du bist gut. Aber Hella, die hat das gewisse Etwas.«

Für mich hörte sich das an wie ein freies Zitat aus dem Märchen von Schneewittchen und den sieben Zwergen.

»Wirklich nett von ihm«, sagte ich.

Aber sie ließ meinen Solidarisierungsversuch nicht gelten. »Komm, du denkst genau so.«

»Daß Hella das gewisse Etwas hat?«

»Und du hast recht. Er hat recht. Wenn er auch geschmeichelt hat. Nicht schlecht. Das war ich immer: nicht schlecht.«

In ihrem eigenen Interesse war es das Beste, erst einmal dafür zu sorgen, daß die Flasche verschwand. Aber Elsie schien meine Absicht zu erraten. Sie goß sich nach und stellte dann die Flasche ab, während sie aber den Hals weiter umklammerte. Bei dem geringsten Fluchtversuch der Flasche würde sie zudrücken.

»In der Schule war ich nicht schlecht«, setzte sie ihren Monolog inzwischen fort. »Alles ist ganz gut gelaufen. Die anderen, die waren gut. Brillant. Die hatten das gewisse Etwas. Ich hätte frühzeitig fragen sollen, wo es das gibt. Das gewisse Etwas. Aber wenn ich den Laden wüßte, dann stünde mit Sicherheit eine Schlange davor. Und ich wäre ganz hinten. Und jetzt ...« Sie gähnte ausgiebig, aber verlor immer noch nicht den Faden.

»Jetzt habe ich sie alle aus den Augen verloren. Nicht mein Umgang. Sie sind Richterinnen, Medizinerinnen oder Schauspielerinnen. Später, als ich während des Studiums gejobbt habe, stand ich eines Tages als Aushilfsputzfrau im Haus einer ehemaligen Mitschülerin, die das große Los gezogen hat. Ihr Mann ist nämlich Gehirnchirurg.«

»Und als Aushilfsputzfrau. Warst du da gut?«

Wieder mit dem Glas in der Hand winkte sie ab. Glücklicherweise war es leer. Wenn auch nicht lange. »Ich wollte schreiben. Natürlich hatte ich keinen Erfolg.«

»Natürlich.«

»Sie können sich nicht verkaufen, haben die gesagt, daran liegt es. Weißt du, was ich denen gesagt habe?«

»Ja. Hast du schon mal erzählt.«

»Wenn ich das könnte, wäre ich wahrscheinlich auch

nicht hier. Sondern auf dem Strich.«

Im Hintergrund sang jetzt Ella Fitzgerald *Don't cry, my baby don't you cry ...* Ich wußte, daß die Welt schlecht war. Das war mir nichts Neues. Wieso hatte ich Elsie gegenüber das Gefühl, ein naiver Trottel zu sein, der noch an den Weihnachtsmann glaubte und Gott für einen guten Mann hielt?

»Und das mit Sascha?« fragte ich.

»Was soll damit sein? Genau diesselbe Geschichte. Das heißt, zuerst fand er mich sogar toll. Unwiderstehlich. Aber nur weil ihn die Tussi vor mir rausgeschmissen hatte und er eine Schulter zum Ausweinen brauchte. Trauerarbeit nannte er das. Beziehung aufarbeiten und diesen ganzen Schwachsinn. Und dafür hat er mir alles versprochen. Sogar die Verfilmung meiner Manuskripte. Was er natürlich nie ernst meinte.«

»Natürlich«, bestätigte ich zum zweiten Mal.

»Natürlich mußte ausgerechnet ich an einen solchen Typ geraten. Ausgerechnet ich mußte ihn für die große Liebe halten. Und ausgerechnet ich hielt natürlich Hella für meine beste Freundin.«

Warum saß ausgerechnet ich hier mit dieser Frau zusammen? Ich war ihr nicht gewachsen. Sie bemerkte, daß ich ihr schon wieder nicht mehr ganz folgen konnte, und das schien ihren schwarzen Redefluß noch zu beschleunigen. Es konnte nicht mehr lange dauern, bis er zu einer Flut angewachsen war, die mich unweigerlich hinwegspülen würde.

»Hella«, sagte ich müde, »könnte es doch auch getan haben.«

»Was? Den Mord?«

Ich blinzelte mit den Augen. »Immerhin hätte sie ein Motiv gehabt. Oder zwei ...«

»Wenn sie es getan hat«, erklärte Elsie mit Nachdruck, »dann kommt sie auch damit durch.«

»Wieso das?«

»Weil sie zu denen gehört, die immer mit allem durchkommen. Für mich ist sie eine ausgesprochene Klotype.«

Ein paar Sekunden lang muß ich sie mit offenem Mund

angestarrt haben, aber ich merkte es erst, als sie zurückstarrte.

»Eine was?« erkundigte ich mich.

»Wenn du in der Stadt bist und dringend aufs Klo mußt, was passiert? Du findest eins, aber es ist gerade besetzt. So geht es mir immer.«

»Ach, ich verstehe: Und Hella gehört zu denen, die ein freies finden.«

»Das sind die anderen.« Elsie lächelte nachsichtig, wenn auch bedauernd. »Aber zu denen gehört Hella nicht.«

»Nein?«

»Sie ist diejenige, die immer gerade drauf sitzt.«

Fast eine ganze Flasche Ouzo hatte sie leergemacht, und immer noch redete sie auf mich ein. Es war unheimlich. Machte sie mir etwas vor? Dieser ausgefeilte, bis ins kleinste durchdachte düstere Blick auf die Welt. Sie war ein schwarzer Todesengel, der sich als Hummel verkleidet auf alle Blüten setzte, nicht um sie zu bestäuben, sondern um sie, die arglos blühenden, mit Pestiziden langsam und qualvoll zu vergiften. Im Grunde war vielleicht alles nur ein enttäuschter Glaube an das Gute im Menschen. Durchaus möglich. Aber was konnte man schon dafür geben, wenn jemand wie Elsie Holland an das Gute im Menschen glaubte? Wo sie gleichzeitig und noch unerschütterlicher an das Böse im Guten glaubte.

Ich rieb mir die Augen. »Wenn Hella es war, werde ich dafür sorgen, daß sie damit nicht durchkommt.«

»Warum?«

»Weil das ... eine Frage der Gerechtigkeit ist.«

»Gerecht wäre, wenn sie irgendwann mal eins ordentlich auf die Rübe kriegen würde.«

»So.« Ich gähnte ungeniert. »Weil sie zu lange auf dem Klo war, oder was?«

»Vielleicht. Irgendwann bin ich schließlich auch mal dran. Aber Gerechtigkeit«, Elsie sagte das mit einer gewissen Erleichterung in der Stimme, »das ist was für katholische Mädcheninternate.«

Kurz darauf war ich eingeschlafen.

Später, als es schon beinahe hell war, wurde ich von einem lauten Schnarchen wach. Es war ein gespenstischer Anblick: Mir gegenüber saß immer noch Elsie Holland, etwas in sich zusammengesunken, aber ihre Hand hielt nach wie vor den Flaschenhals umklammert. Sie schlief fest, aber schnarchte nicht, also mußte ich mich selbst geweckt haben. Während ich mich fragte, was sie mir noch erzählt hatte, raffte ich mich auf, um wenigstens den Rest der Nacht im Bett zu verbringen. Aufräumen konnte ich morgen immer noch.

11

Ich hörte Vogelzwitschern, aber während ich noch verschlafen blinzelte, wußte ich, daß das nicht sein konnte. In der Innenstadt gab es keine Vögel. Wo sollten die auch parken?

Es war das Telefon. Es klingelte von der anderen Ecke des Zimmers und tat so, als würde es nie mehr aufhören können zu klingeln. Also raffte ich mich auf, krabbelte auf allen Vieren hin und nahm den Hörer in die Hand: Freizeichen.

Ich setzte mich hin und versuchte zu atmen. Aber die Luft hätte sogar einen Strohhalm verstopft. Wenn das der Morgen war, wie würde der Mittag sein?

Es dauerte eine ganze Weile, bis mir klar wurde, daß das schon der Mittag war. Der Sessel, in dem Elsie gelungert hatte, war leer, genauso wie die Flasche, die auf dem Tisch stand. Daneben ein Zettel: *Schlaf dich aus. Ich bin jetzt weg. Elsie.*

Immerhin hatte sie sich bei ihrer Nachricht streng an die Fakten gehalten. Ich trat ans Fenster und hielt mir die Hand über die Augen. Der Hof unten, die Fensterscheiben gegenüber, die Mauern – alles blendete, daß die Augen schmerzten. Die Sonne hatte alle Eingänge umstellt und wartete nur darauf, daß ich herauskam. Aber so leicht sollte sie mich nicht bekommen.

Mit Hilfe der Plastik-Jalousien verdunkelte ich den

Raum, so gut es ging. Dann setzte ich einen Kaffee auf und verzog mich vor den Fernseher.

Eine Moderatorin mit einer Stimme wie die einer weiblichen Säge war gerade dabei, einen Studiogast zu begrüßen. Riesige bunte Papplettern halfen dem Zuschauer, sich während der ganzen Dauer der Sendung an den Titel zu erinnern: *Schäm dich nicht.*

»Die Sexualität und ihre besonderen – Ausformungen«, sagte die Frau, »sind mehr denn je Themen in den Medien. Und das ist gut so. Denn das gibt Menschen wie Herrn Lampe –«

»Lampé«, widersprach der Mann, der ihr gegenüber saß. Er hatte ein rundes, leicht aufgedunsenes Gesicht und längliche, silberne Ohrringe, die an Gürtelschnallen erinnerten. »Mit Betonung auf der letzten Silbe. Lampé.«

»Ja«, fuhr die Säge fort. Etwas an ihr erinnerte mich an Hella. »Das gibt Herrn Lampé Gelegenheit, über Dinge zu sprechen, an die bis vor kurzer Zeit noch niemand zu denken gewagt hätte. Über Dinge zu reden, das ist immer gut, nicht nur für unseren Gast hier und seine persönliche Entwicklung. Herr Lampé, wollen Sie uns einfach einmal Ihre Geschichte erzählen?«

»Ja«, nickte er.

Und damit war die Frage beantwortet. Zwar sagte er noch was, aber gegen die grelle Stimme der Moderatorin hatte er keine Chance.

»Ihre Geschichte ist ungewöhnlich«, redete sie. »Aber was soll das schon besagen? Was ist ungewöhnlich, und was ist gewöhnlich? Wer will das entscheiden?« Der Klang ihrer Stimme wechselte plötzlich. Es war Verständnis darin, Betroffenheit und ein wenig Anklage. Der für das Fernsehen typische Versuch, die gesichtslose Masse der Zuschauer aufzurütteln gegen die Gefühlskälte der gesichtslosen Gesellschaft. Wobei es sich bei beiden Massen um ein und dieselbe handelte.

»Herr Lampé liebt eine Kaffeekanne.«

Gut, daß sie das sagte. Den Kaffee hatte ich ganz vergessen. Als ich mit der heißen Tasse aus der Küche zurückkam, war Herr Lampé endlich zu Wort gekommen.

»Eine lange Zeit wagte ich gar nicht, dieses – Gefühl zu akzeptieren. Ich ließ es nicht zu, verstehen Sie?«

»Kein Wunder. Denken Sie nur an die Zwänge unserer bürgerlichen Moralvorstellungen, die so etwas verurteilen. Kriege, Schmiergeldaffären, Raub und Betrug, schön und gut – aber mit einer Kaffeekanne ins Bett gehen, nein, das darf nicht sein.«

»Ja, und deshalb fühlte ich mich so ... schmutzig.«

»Schlecht.«

»Ja, auch das. Schmutzig und schlecht.«

Die Säge beugte sich vor, wurde jetzt regelrecht intim. »Reden Sie einfach darüber«, schlug sie vor.

»Also meine Frau, wissen Sie, hat mich nie verstanden. Sie war nicht mal eifersüchtig. Wenn sie wenigstens eifersüchtig gewesen wäre. Aber sie sprach immer nur von ›diesem albernen Ding‹. Das hat sehr weh getan.«

Ich fand, daß es genug war und verjagte die beiden mit einem Druck auf die Fernbedienung. In Griffweite auf dem Boden lag meine Beute aus Saschas Firma: das Treatment mit dem Titel *ERTAPPT!*.

Obwohl ich so gut wie nichts von diesem Geschäft verstand, schien mir doch eins nach den ersten zwei Seiten klar: das Skript hatte niemand im Papierkorb versteckt. Es hatte da gelegen, weil es dahin gehörte. Das ganze Projekt war eine obskure Mischung aus Versteckter Kamera und Reportage aus dem Rotlicht-Millieu und anderen verrufenen Bereichen. Nichts Neues also. Übrigens schien die eigentliche Idee von Hella Weiß zu stammen, die in einer Art Vorbemerkung das Konzept beschrieb. Während ihrer Zeit beim Privatsender hatte sie eine Studie über Politiker und Führungspersönlichkeiten gemacht. Über Machtmenschen, deren Sexualleben sehr vom Machtimpuls dominiert wird. Ein Thema, wie geschaffen für die Infotainment-Manie der TV-Kanäle.

In *ERTAPPT!* würde gefragt, schrieb Hella, wer hinter den Menschen in Gummimasken eigentlich stünde, den Besuchern von Puffs und Pornoläden etc. Damit sollte alles authentischer als die ewigen Bekennertalkshows werden, die ja inzwischen nur noch Leute mit ausgeprägten exhibitionistischen Neigungen einfangen würden. Aber auch spannender und offener als die drögen Reportagen, in denen Leute mit schwarzem Balken vor dem Gesicht oder mit Donald-Duck-Stimme auftraten.

So weit, so gut. Ich dachte an Hellas Bemerkung, daß Sascha sich mit seiner Arbeit Feinde gemacht habe. Und in Gedanken ging ich einen Schritt weiter als *ERTAPPT!*. Einen kleinen Schritt nur. Und aus dem, was ein gewiefter Reality-TV Moderator vielleicht aufklärerischen, tabulosen Journalismus nannte, wurde etwas, das man anderenorts schlicht als Erpressung bezeichnete.

»Und Sie bringen die Leute, die zu Ihnen kommen, tatsächlich dazu, jemanden umzubringen?« fragte eine Stimme im Fernsehen. Ich schreckte hoch. Aus alter Gewohnheit hatte ich das Ding nicht aus- sondern umgestellt. Mit dem Erfolg, daß ich bei einer anderen Talkshow gelandet war. Einem Fragesteller, der dem Talkopfer aus dem anderen Kanal ähnelte, saß jetzt eine große, gesunde Frau gegenüber. Sie war in weite, wehende Stoffe gehüllt, die naturbelassen waren wie auch ihre Frisur, ihre Schuhe, ja wie sie wahrscheinlich selbst. Sie lächelte naturbelassen.

»Da haben Sie's ja schon. Das ist ein eindeutig wertendes Wort. Umbringen, Mord, Totschlag. Da will ich ja heran. Diese Schuldgefühle, die mit gewissen Taten verbunden werden. Der Mensch soll keine Schuldgefühle haben. Ich möchte, daß er frei ist.«

»Die großen Religionen sind ja – wenn man die betreffenden Stellungnahmen einmal betrachtet – ziemlich mordfeindlich, würden Sie das auch so sehen?«

»Oh ja. Das kann man wohl sagen. Sie haben die Menschen mit Schuldgefühlen nur so vollgestopft.«

Diesmal erlöste mich der Werbeblock. Ich war mir auf einmal gar nicht mehr so sicher, ob das Treatment in den Müll gehörte. Mit welcher Berechtigung geisterten denn die Naturbelassene und der Kaffeekannen-Mann über den Bildschirm? Oder war das Ausstrahlen einer Sendung die dem Medienzeitalter angemessene Form der Müllentsorgung?

Harald Bönisch hatte recht gehabt. Die Quoten waren in die Höhe geschnellt. Aber den Fernsehzuschauer von einst gab es nicht mehr. Er war ausgestorben wie das Einhorn, bei dem man gar nicht wußte, ob es je existiert hatte. Für diese neue Art Fernsehen brauchte man nur Gaffer. Schaulustige. Und die saßen millionenfach vor den Bildschirmen.

Es klingelte. Henk kam die Treppen heraufgestampft. Die Hitze machte seinen durch Teer mißhandelten Atemorganen zu schaffen. Als er oben war, hörte er sich an wie ein vollbeladener Siebenkommafünf-Tonner beim Bremsen.

»Wieso bist du da?« japste er. »Ich hab angerufen, und du gehst nicht ran.«

»Wieso kommst du dann her?«

»Weil ich dich an unsere Abmachung erinnern wollte.«

Mit routiniertem Griff zog er den Unterteller unter meiner Kaffeetasse weg. Fast zärtlich träufelte er die Asche darauf, als sei nicht er nikotinsüchtig, sondern die Untertasse aschesüchtig.

»Welche Abmachung?« fragte ich.

»Der Fall Schliefenbeck. Schon vergessen?«

»Nein«, sagte ich. »Wau, wau.«

»Genau den. Leider hast du den Namen sehr wohl vergessen.«

»Welchen Namen?«

»Den von dem Hund, du Idiot. Du hast ihr einen Brief geschrieben, und in dem Brief hast du den Köter Jean-Luc genannt.«

Ich machte ein unschuldiges Gesicht. »Und so heißt er nicht?«

Henk griff sich an den Kopf. »Nein! Das wäre nicht passiert, wenn du nicht deine gesamte Freizeit damit zubrächtest, SF-Serien zu glotzen. Jean-Luc! Er heißt Jean-Claude.«

»Also gut.« Ich hatte keine Lust, mich mit ihm darüber zu streiten.

Henk fand erstaunlich schnell seine Gelassenheit wieder. »Jetzt tu das bloß nicht als Lappalie ab«, warnte er mich. »Die Alte hat bei mir angerufen. Sie denkt darüber nach, uns den Fall zu entziehen. Weißt du, was das bedeutet? – Das heißt, daß wir so gut wie pleite sind! Vergiß nicht, daß wir zur Zeit mitten im Sommerloch stekken!«

Ich wußte nicht, was ich dazu sagen sollte. »Na schön, dann also Jean-Claude«, meinte ich dann.

»Verdammt, das ist nicht komisch, Kittel. Die Alte ist tief getroffen. Das ist ungefähr so, als würdest du bei einer Beerdigung der Witwe die Hand schütteln und, anstatt zu kondolieren, nach der nächsten Toilette fragen.«

Ich zuckte die Achseln. »Also gut, Henk. Ich werde tun, was ich kann.«

»Tu, was du willst. Aber schaff den Köter her.«

»Hast du beim Fernsehen irgendwas erreicht?«

Als hätte ich ihn damit aufgefordert fernzusehen, ließ er sich im Sessel nieder und nippte an meinem Kaffee. »Der ist ja zuckersüß!«

»Ist ja auch mein Kaffee. Ich meine wegen dieser Reality-Sache. *ERTAPPT!*«

»ERTAPPT?«

Ich warf ihm das Skript in den Schoß. »Das habe ich bei Sascha gefunden.«

Ohne großes Interesse blätterte Henk darin herum.

»Nun, das Praktische – das gibt es nicht schon am ersten Tag.« Da waren sie wieder: die Naturbelassene und ihr pfannkuchengesichtiger Zuhörer. »Da herrscht ausdrückliches Mordverbot. Wenn der Prozeß einmal in Gang gekommen ist, dann kann es auch schon mal zu einem Mord kommen. Das heißt: von Mord reden wir dann nicht mehr, das ist ja das Schöne daran. Die Menschen haben zu diesem Zeitpunkt eine völlig neue Beziehung zum Töten.«

»Wie nennen Sie es, wenn ich fragen darf?«

»Wir sprechen von ausleben.«

»Ausleben?«

»Ja. Wir leben unsere Gefühle und geheimen Wünsche aus. Und den betreffenden Menschen.«

»Was ist mit dem?«

»Den leben wir auch aus. Aus und vorbei.«

»Verstehe.«

»Wir haben uns das ganze meditativ angeeignet vor dem Hintergrund der Wiedergeburtslehre und des Auslöschungs-Tantra.«

»Sag mal, was guckst du dir da eigentlich an?« fragte Henk. Kurzerhand nahm er die Fernbedienung und schaltete um.

»Meine Damen und Herren«, verkündete die Sägestimme. »Zum ersten Mal hat jemand den Mut, ein Tabu zu brechen. Berichtet von seiner leidenschaftlichen Affäre mit einem Haushaltsgegenstand und von der Trennung. Viele durchleben solche Trennungen, wie viele, wissen wir nicht. Da ist Leid, da geht etwas kaputt, und die Betroffenen brauchen Zuspruch und Beratung. Was ist schon normal, was unnormal, wer will das entscheiden? Haben wir nicht alle in uns das Bedürfnis, es einmal mit einer Buchstütze oder einer Käseglocke zu treiben? Die Antwort ist ja, nur haben wir nicht den Mut, es zuzugeben! Einer der wenigen, die den Mut haben, ist Herr Lampe, dem wir –«

»Lampé!«

»Er treibt es mit einer Kanne«, erklärte ich Henk.

»Kanne?« Henk verzog das Gesicht. »Ich habe Lampe verstanden.«

Ich schaltete aus. Wir waren allein.

»Lampé«, verbesserte ich ihn. »Was sagst du dazu?« Ich deutete auf das Manuskript.

»Interessante Idee«, meinte er. »Ist das schon gelaufen?«

»Das wollte ich ja von dir wissen. Ich hab's in Saschas Papierkorb gefunden.«

Er zuckte die Achseln. »Dann war es vielleicht nicht gut genug.«

»Möglich. Aber vielleicht war es auch etwas anderes.«

»Und was?«

»In der Sendung will man wissen, wer die Leute hinter den Masken sind. Wenn jetzt die Leute aber nicht wollen, daß man das weiß? Wenn sie finden, daß das niemand etwas angeht? Vielleicht ist es daran gescheitert.«

»Du meinst sowas wie Epressung.«

»Könnte doch sein.«

Henk war nicht besonders beeindruckt. »Wenn es im Müll gelandet ist, dann kann es ja wohl kaum jemandem schaden.«

»Das ist doch nur ein Exemplar, Henk. Vielleicht eine erste Fassung, ein Rohentwurf. Daß das jemand weggeschmissen hat, heißt nicht, daß die Show gestorben ist.«

Henk stand auf. Seine Kippe war so klein, daß er mit zusammengepreßten Lippen daran ziehen mußte, damit sie ihm nicht mitsamt dem rotglühenden Ende in den Mund flutschte.

»Weißt du, mein Lieber, wie die Lösung des Falles heißt? Jean-Claude.«

Er überreichte mir die Fernbedienung, als sei sie ein altes Erbstück, das mich von jetzt an immer an ihn erinnern sollte. »Merk dir das gut. Nicht Jean-Luc. Denn wenn du den Hund nicht bald findest, dann ist es aus mit dem guten Leben, glaub mir. Und mit den faulen Sommertagen auch. Denn die Glotze, die holen sie dann ab. Und du sitzt hier im Dunkeln.«

12

Henk und dieser blöde Kläffer. Immer mehr hatte ich das Gefühl, daß er die Schliefenbeck nur vorschob. In Wirklichkeit gab es da eine geheime, tief in seinem Unterbewußtsein verwurzelte Vorliebe für Vierbeiner. Nur, wen interessierte das schon? Zu Zeit kamen nur Leute an, die es mindestens mit ihrem Kaffeegeschirr trieben.

Also gut, er sollte seinen Köter bekommen. Wenn ich auch nach wie vor keinen Augenblick an die Entführungsgeschichte glaubte. Wer sollte schon ein Schoßtier kidnappen, das so verhätschelt war, daß die Geiselhaft mehr Geld verschlang, als durch das Lösegeld je wieder hereinkommen konnte. Die Berge von Hundehaaren und das ewige Gassigehen nicht mal eingerechnet. Warum sollte sich der gute Jean-Claude nicht aus dem Staub gemacht haben, zum Beispiel deshalb, weil er sein Frauchen verdächtigte, ihn zu Tode mästen zu wollen? Oder aber er hatte einfach die Langeweile der Plüschsessel gegen die grenzenlose Freiheit des Grüngürtels eingetauscht.

Grüngürtel. Ich warf einen Blick auf das Bündel Papiere, das Henk mir dagelassen hatte. Die ›Akte Jean-Claude‹. Da waren bisher vier Hinweise von Zeugen, die den Hund gesehen haben wollten. Mal allein, mal in Begleitung einer kräftigen männlichen Person. Das war nicht gerade viel, aber Henk hatte das wohl gereicht.

»Die Tiere sind ziemlich auffällig und nicht gerade schön«, hatte er festgestellt. »Vielleicht gibt es ein paar davon, aber wenn es viele gäbe, hätte sich längst eine Bürgerinitiative gegen sie gebildet, da kannst du sicher sein.«

Vielleicht hatte er ja recht. Auf dem Foto erinnerte Jean-Claude tatsächlich an eine vierbeinige Wärmflasche mit einem häßlichen, undichten Verschluß, aus dem es ständig tropfte. War es aber der Hund, dann war er nur einmal im Rheinpark gesichtet worden, wo ich ihn vergeblich gesucht hatte. Und dreimal im Grüngürtel. Ganz in der Nähe von Schliefenbecks Luxuswohnsitz.

Eine milde, kaum spürbare Brise machte diesen Sommerabend erträglicher als die vorangegangenen. Ich schwang mich auf mein Fahrrad.

Das Schutzblech war immer noch verbogen vom Sturz auf der Brücke und beschwerte sich mit lautem Klappern, daß ich es nicht ausgetauscht hatte. Das Klappern verdarb mir den Abend. Vögel und Kinder nahmen Reißaus, und alte Damen drehten sich nach mir um. Auf der Karre hielten sie mich wahrscheinlich für einen Studenten. Mir wäre es lieber gewesen, wenn sich beim Unfall der Lenker verhakt hätte, denn den brauchte ich nicht. Es ging immer geradeaus, Block für Block, Ampel für Ampel, Kilometer für Kilometer. Die große, vierspurige Straße teilte die Stadt sauber in zwei Hälften. Ein Querschnitt, von Soziologen vorgenommen, um mit der Pinzette die einzelnen Stadtteile voneinander abzuheben wie Gewebeschichten und daraus irgendwelche neuen Erkenntnisse zu gewinnen. Die Wunde war nie verheilt und diente jetzt als eine Art Kanüle, um die umsatzhungrige Innenstadt ständig mit Touristen aus dem Umland zu versorgen.

Am Ende des Querschnitts, sozusagen mit der Hand am Griff des Messers, erstreckten sich – aufgelockert von Grünflächen – die besseren Gegenden. Freistehende, weiß geklinkerte Häuser, ausgestattet mit durchschnittlich zwei Garagen, umgeben von sauber geschnittenem Rasen und geschützt von auffälligen Alarmanlagen.

Freitag abend. Die Luft roch nach frischgemähtem Gras. In einigen Gärten wurden Grillparties vorbereitet.

Jean-Claude würde ich nicht so einfach finden. Wenn er hier irgendwo war, führte er das Leben eines Ausgestoßenen, der jederzeit damit rechnen mußte, hier, in der Gegend der Geschäftemacher, für sein Geschäft mit dem Leben zu bezahlen. Denn wo sollte er es verrichten, wenn nicht auf einer dieser vorbildlich gepflegten Grünflächen, die sich im sanften Nebel der Rasensprenger labten?

Aber das war mir egal. Was mich eigentlich hierher führte, war nicht der Hund oder die Tatsache, daß sein verrücktes Frauchen hier zu Hause war. Sondern, daß zwei oder drei Straßen weiter Hella Weiß wohnte.

Immer mehr hatte ich das Gefühl, daß Hella der Schlüssel zum Mordfall van Baer war. Egal, welche Schublade man in diesem Schrank aufzog – man stieß immer wieder auf ihren Namen.

Sie war die beste Freundin der Hauptverdächtigen. Aber über eine eventuelle Komplizenschaft brauchte man gar nicht erst nachzudenken. Elsie wünschte ihrer Busenfreundin die Pest an den Hals. Sie war grün vor Neid auf Hellas Karriere, und das nicht nur im Beruf. Hella dagegen schien Elsie nicht mal böse zu sein. Zugegeben, sie nahm sie nicht ganz ernst, aber konnte man ihr das vorwerfen?

Hella hatte mir geraten, den Schuldigen unter Saschas Geschäftspartnern zu suchen. Aber mit keinem Wort hatte sie dieses Treatment erwähnt. Immerhin war sie selbst daran beteiligt gewesen. Dann der Zettel an Saschas Oscar-Pinnwand. *So abend, 19.00, H.* Das war ungefähr die Tatzeit.

Wieder passierte ich eine Gartenparty. Ein junges Pärchen im Partnerlook hatte gerade seine ersten Grillwürstchen ergattert. Jetzt bissen sie gleichzeitig hinein, vorsichtig, weil die Dinger heiß waren, und aus respektvollem Abstand, mit vorgerecktem Hals, damit kein Senf auf die Hose tropfte. Mit vollem Mund starrten sie mir hinterher, und es sah lächerlich und anzüglich zugleich aus. Offenbar gehörten sie zu denen, für die Fahrräder Dinger waren, die man auf dem Autodach befestigte und spazierenfuhr. Dann wurde mir klar, daß es die Klapperei war, die ihre Aufmerksamkeit erregt hatte. Ich stieg ab und trat gegen das Schutzblech. Mit dem Erfolg, daß sich das Hinterrad lockerte und die Kette absprang. Verdammtes Ding! Werkzeug hatte ich natürlich nicht dabei. Jetzt konnte ich zu Fuß nach Hause gehen.

Während ich die Schrottkiste neben mir herschob, brannte mir die Aufmerksamkeit der gesamten Umgebung ein Loch in den Rücken. Alle starrten hinter mir her, und ich kam mir vor wie in einem dieser Filme, wo steinreiche Typen im Schrittempo durch irgendwelche Slums fahren und dabei eine Wolke von zerlumpten, johlenden Kindern hinter sich herziehen. Hier waren es Erwachsene im Smoking oder tiefen Dekolletés, mit Sektgläsern in der Hand. Ich stellte das Rad ab und legte nicht einmal das Schloß um. So konnte ich sie ablenken. Während ich das Fahrrad hinter mir zurückließ, stellte ich mir vor, wie sie sich langsam aus ihren Gärten wagten, erst einzeln und dann in Horden, um es neugierig zu beschnuppern und zu befühlen, sobald ich außer Sichtweite war.

Hellas Haus lag abseits von der Straße, mitten in einem original japanischen Garten mit seltenen Pflanzen und Teichen, die nicht größer waren als Salatschüsseln. Man übersah das Gebäude fast, aber nur weil es so großzügig verglast war, daß das heruntergezogene Dach über dem

Boden zu schweben schien. Ich fragte mich, ob man das Haus zum Einsturz bringen konnte, wenn man eine der tragenden Scheiben einwarf, und widerstand der Versuchung, das nachzuprüfen. Noch bevor ich den Klingelknopf betätigen konnte, ortete mich ein Bewegungsmelder und blendete mich mit weißem Licht, obwohl es noch lange nicht dunkel war. Für einen Augenblick stand ich in geduckter Haltung da und machte mich auf eine MG-Salve oder eine zähnefletschende Dogge gefaßt.

Ein von einem esoterischen Klangkünstler entworfenes Ding-Dong ertönte. Ich wartete und übte einen versöhnlichen Gesichtsausdruck. Bei der Gelegenheit bemerkte ich die Kettenschmiere auf meinen Handflächen. Erneutes Ding-Dong. Soviel zu meiner Idee, einen unangemeldeten Besuch zu machen und damit – wie Henk es gerne ausdrückte – auf Hinweise zu stoßen, die sonst vielleicht frisiert waren.

Ich trat von der Tür zurück und sah jetzt, daß auf der anderen Seite des Glashauses ein etwas größerer Teich war. Von der Gartenseite führte ein japanisches Brückchen, so zierlich, daß es selbst unter einem Kleinkind zusammengebrochen wäre, auf eine Terrasse. Dort stand ein Liegestuhl, Gott sei Dank in Originalgröße, daneben eine aufgeschlagene Computerzeitschrift. Ein Aschenbecher mit den Überresten einer Zigarette, die sich selbst geraucht hatte. Rücken- und Sitzfläche des Liegestuhls waren naß. Hella hatte ein Bad genommen, nur wo? Die Gartenteiche schieden ja wohl aus.

»Hallo?« rief ich. Die Terrassentür war offen. Auf einem der Nachbargrundstücke startete knatternd ein Rasenmäher. Ich trat ein.

Das gesamte Erdgeschoß bestand aus nur einem Raum. An den Wänden hing mehr moderne Kunst als in einer Galerie, und zwischen den einzelnen Objekten standen schlanke Säulen, die jeweils eine Hydropflanze trugen. Alles war sauber und aufgeräumt, was wohl daran lag, daß Hella gar nicht so recht dazu kam, das Haus zu bewohnen.

»Hallo?«

Keine Antwort. Eine geschwungene Holztreppe führte nach oben. Ich warf einen Blick in das lichtdurchflutete Badezimmer. Weiße Kacheln und ein riesiger beschlagener Spiegel. Eine große, runde Badewanne. Kein Wasser darin, aber Reste von Badeschaum. Von irgendwoher schlich sich ein ungutes Gefühl an. Ich flüchtete wieder nach unten.

»Frau Weiß?« rief ich.

Ich bemerkte ein Buch, das auf dem Boden lag. Die Abendsonne deutete mit einem langen Finger aus Licht darauf, der durch die Fensterfront gegenüber hereinfiel und über die hellgrauen Bodenfliesen kroch. Es waren mehrere Bücher, und ich mußte zugeben, daß ich Hella falsch eingeschätzt hatte: Hier war Unordnung. Sofort bekam die Ecke etwas Gemütliches, etwas wie Privat sphäre.

Aber der Unordung fehlte jeder Übergang und jedes Maß. Das machte mich doch etwas stutzig. Und ich entdeckte ein ganzes Regal, das einmal ein eleganter Raumteiler gewesen sein mußte. Schwarz gebeiztes Holz mit Glaselementen. Im Umfallen hatte es seinen gesamten Inhalt in den Raum geschleudert wie in einem letzten verzweifelten Versuch, seinen heimtückischen Angreifer zu treffen. Dann fand ich Hella.

Sie lag auf dem Bauch, und ihr auberginenfarbener Morgenmantel aus Seide war so weit verrutscht, daß ich sehen konnte, daß sie darunter nichts trug. Sie war eindeutig diejenige, die das Regal zu Fall gebracht hatte, aber sie war keine heimtückische Angreiferin. Sie hatte unwillkürlich nach dem Regal gegriffen und es mit umgerissen. Ich kam zu spät, um ihr aufzuhelfen, und es hätte ihr auch wenig genützt. Ihr Hinterkopf war eine einzige, blutige Wunde.

13

Harvard University. Der silberne Schriftzug hinten auf dem auberginenfarbenen Bademantel erinnerte an einen

Umhang, wie ihn Boxchampions tragen. Wahrscheinlich kam mir deshalb Haralds Bemerkung in den Sinn, wonach Sascha und Hella in einem ständigen Endspiel gewesen waren.

Wenn dies so war, dann sah es im Moment ganz nach Ausgleich aus. Oder befanden wir uns in einer Art Elfmeterschießen, das gnadenlos fortgesetzt wurde? Zu gerne hätte ich einen Blick auf die Mannschaftsaufstellung geworfen ...

»Vielleicht haben die beiden Morde ja gar nichts miteinander zu tun«, sagte ich vor mich hin.

»Das müssen ausgerechnet Sie sagen.« Mattau grinste mich müde an. Wie eine riesige Mottenkugel hockte er an Hellas Tisch aus Kristallglas und kratzte sich nachdenklich. Er starrte auf seine Knie, die unter der Platte standen, und sah zu, wie sie langsam unter der Schuppendecke verschwanden. Der Fall mußte ihm wirklich zu schaffen machen.

»Wo Sie eines der Glieder sind, die beide Fälle miteinander verbinden.«

Ich zuckte mit den Schultern. Er tat mir fast leid. »Ich kann Ihnen wirklich nicht viel erzählen. Ich kam hier herein und habe sie so gefunden.«

Ein junger Typ von der Spurensicherung trat an den Tisch. Helle Hose und sommerliches T-Shirt. Gegen den Wintermantel des Inspektors wirkte seine Kleidung wie Unterwäsche.

»Der Pathologe will sich noch nicht festlegen«, sagte er. »Aber bisher deutet alles darauf hin, daß sie mit dem CD-Player erschlagen worden ist.«

»Da haben Sie's«, mit einer unwilligen Handbewegung, als sei er eine lästige Fliege, schickte Mattau den Mann zurück an seine Arbeit. »Die gleiche Mordwaffe. Und Sie wollen mir erzählen, Kittel, das sind zwei völlig verschiedene Kisten.«

»Will ich ja gar nicht.«

»Was haben Sie überhaupt hier gewollt?«

»Ich wollte Hella etwas fragen. Sonst nichts.«

»Im Fall van Baer.«

»Ja.« Ich stand auf, trat auf die Terrasse hinaus und ließ meinen Blick über die Stadtrandidylle schweifen. Die Sonne war jetzt fast untergegangen, und die Vögel sangen, als stünden sie unter Leistungsdruck. Vielleicht hatte man ihnen gesagt, sobald das Licht aus ist, muß auch geschlafen werden. In dieser ordentlichen Gegend durchaus denkbar. Ich sah den japanischen Garten, dahinter einen formschönen Zaun. Und dahinter einen großen Rasen mit Plastiksitzgruppe und rustikaler Laube.

Ein Mord paßte nicht hierher. Diese Gartenmenschen wollten niemandem Böses. Vielleicht wollten sie nicht jeden bei ihren Festen dabei haben. Aber sie waren keine Killer. Bestimmt ahnten sie, daß die Welt nicht gut war und daß es darin ziemlich häßliche Dinge gab. Aber hier bestanden sie darauf, sich mit Wichtigerem zu beschäftigen. Sie liebten das friedliche Leben, wo einer dem anderen nicht in die Karten guckte, und wenn sie mal was aufschreckte, dann war es ein defekter Rasenmäher oder der Einbruch im Haus um die Ecke.

»Es gibt da ein paar Dinge, die mir komisch vorkommen«, sagte ich in den Garten hinaus. »Eins von van Baers Projekten in der Firma. Übrigens hat er es zusammen mit Frau Weiß entwickelt. Und dann ... Ehrlich gesagt, einiges deutete möglicherweise daraufhin, daß –«

»Daß Frau Weiß die Täterin ist?« Mattau war plötzlich interessiert. Er schwang sich auf und stellte sich neben mich. Der vielbeschworene Muff von tausend Jahren – wenn er tatsächlich irgendwo saß, dann hier neben mir. Unter Mattaus Mantel.

»Tja, das tut mir dann ja jetzt doppelt leid für Sie, Kittel.« Seine Laune schien sich zu bessern. »Aber so kann man sich täuschen, was?«

Ich schüttelte langsam den Kopf. »Die Sache ist damit noch nicht erledigt.«

Aber der Inspektor wollte nichts davon wissen. »Hauen Sie schon ab, Kittel. Ich hab einen schweren Tag hinter mir. Erwarten Sie nicht von mir, daß ich Sie jetzt zum Verdächtigen ernenne und über Ihre Rechte belehre. Nicht heute.«

Die Spurensicherung war immer noch emsig bei der Arbeit. Die Leute knipsten, pinselten und sammelten kleine, unsichtbare Staubpartikel ein, packten sie in winzige Tütchen. Nur ihr Chef stand mit den Händen in den Taschen an der Terrassentür und begutachtete den malerischen Garten im Abendlicht – ein erster Interessent, der erwog, das Haus nach dem tragischen Todesfall vielleicht zu kaufen. Er stand düster und unbeweglich wie ein Möbelstück, und ich fragte mich, wie lange es dauern würde, bis ihn seine eigene Mordkommission auf Fingerabdrükke untersuchen würde.

»Also dann«, meinte ich.

Mattau drehte sich nicht mal um. »Ist Ihnen vielleicht irgendwas aufgefallen?«

Der Ton dieser Frage war beleidigend. Er warf mir die Frage einfach so hinterher, als mache er sich schon lange keine Illusionen mehr, daß mir irgend etwas auffallen könnte.

»Als ich kam, war der Liegestuhl da vorne naß«, erzählte ich, »und daneben rauchte eine Zigarette. Jemand muß dort kurz vorher gesessen haben.«

»Jemand Nasses.«

»Hella war es. Sie hatte gebadet. Und danach hat sie sich noch was hingehauen. Auf der Terrasse, in die Abendsonne.«

»Von mir aus. Sie liegt also in dem Stuhl. Und dann kommt jemand.«

»Der Mörder.«

»Oder die Mörderin.«

»Wieso?«

»Sie hat sich nicht großartig angezogen. Nur einen Bademantel übergeworfen.«

Offenbar war Mattau in einem katholischen Internat aufgewachsen, bevor er auf die Polizeischule ging.

»Das könnte auch auf einen Mann deuten«, sagte ich nachsichtig. »Vielleicht sogar ganz besonders.«

»Sie vergessen, Kittel, daß der Mann, auf den es hauptsächlich deuten könnte, nicht mehr unter den Lebenden weilt.«

Ich zuckte die Schultern. »Also gut. Was dann?«

»Das Telefon klingelt. Sie geht ran, aber hinter der Treppe wartet schon die Mörderin mit dem CD-Player in der Hand.«

Mit seiner speziellen Wortwahl konnte er vielleicht bei Feministinnen Eindruck schinden, aber mich irritierte das. »Wieso sagen Sie immer Mörderin? Sie wissen doch noch gar nicht, wer –«

Langsam und genüßlich ließ Mattau seinen belehrenden Zeigefinger auf mein Gesicht zuschweben wie ein Zahnarzt, dessen Bohrer im Landeanflug ist. »Ich sage das, weil sie ein Motiv hat. Und zwar ein so glasklares, daß sich alle Gerichte der Welt die Finger danach lecken. Dieses arme Mädchen hier war ihre beste Freundin und hat ihr den Typen ausgespannt.«

»Aber darf ich Sie daran erinnern, daß Sie selbst –«

»Ich weiß, ich weiß«, lächelte er. »Wissen Sie, zuerst war mir das Ganze zu offensichtlich, Kittel. Und deshalb war ich vorsichtig.«

»Und jetzt?«

Das Lächeln verschwand plötzlich. Es war wie abgeschaltet. Und seine Stimme war kalt wie der Zahnarztbohrer. Ein Bohrer mit rheinischem Akzent. »Jetzt ist sie wieder im Spiel, Kittel. Tut mir leid. Aber ich kann mir keine persönlichen Vorlieben leisten. Darin unterscheidet sich mein Job nämlich von Ihrem.«

Auf der gegenüberliegenden Straßenseite hatten sich doch ein paar tuschelnde Anwohner eingefunden. Schockiert schienen sich nicht gerade zu sein, höchstens ein bißchen verstört. In ihrem sommerlichen Outfit sahen sie auch eher aus wie Überraschungsgäste, die gekommen waren, um der Ermordeten ein Ständchen zu bringen, sobald sie das Haus verließ, und sich nur nicht darüber einig waren, wer von wo aus sang.

Aber Hella Weiß würde das Haus nicht mehr verlassen, jedenfalls nicht lebend. Soviel stand fest.

Wenigstens hatte der Mord bewirkt, daß ich jetzt zu meinem Fahrrad-Wrack gehen konnte, ohne daß jemand

Notiz von mir nahm. Doch was hatte ich schon davon? Ich überlegte kurz, ob ich zurückgehen und Mattau nach einem Schraubenzieher fragen sollte. Dann machte ich mich doch auf den Weg zur nächsten Bushhaltestelle.

Ich war also gerade dabei, diese Oase exklusiver Friedlichkeit zu verlassen, als ich einen kleinen Hund bemerkte, der den Bürgersteig gegenüber entlang tippelte, die Nase wie magnetisch an den Boden geheftet. Er war offensichtlich alleine unterwegs, ohne jede menschliche Begleitung, und das ließ mich etwas genauer hinschauen. Es war kein sehr schönes Exemplar von einem Hund, daher kramte ich das Foto hervor, das Henk mir für solche Fälle aufgedrängt hatte.

Im nächsten Moment wechselte ich die Straßenseite. Es bestand kein Zweifel: das war Schliefenbecks Köter. Etwas zu fett, O-Beine, die Schnauze eingedrückt, als habe er eine chronische Sehstörung, die ihn Entfernungen völlig falsch einschätzen ließ.

»Heh, Jean-Luc«, rief ich.

Der Hund reagierte nicht. Zum Glück fiel mir sein richtiger Name ein. »Entschuldige: Jean-Claude!«

Jetzt blieb er stehen und sah mich an, erwartungsvoll grinsend. In Ermangelung eines Schwanzes wedelte er mit einem knopfgroßen Etwas, das sich an der entsprechenden Stelle befand.

»Tut mir leid, daß ich dir deine gute Lauen verderben muß«, sagte ich. »Aber die Ferien sind erst mal vorbei.«

Der Bus kam. Ich schnappte mir kurzerhand den Köter und stieg ein. Während der Fahrt hechelte das Tier unentwegt, und immer wieder hingen nasse Fäden aus seinem Mund, als hätte er eine Menge unverdauliches Klebzeug gefressen.

Die Nacht war schwül, und Jean-Claudes Geschnarche ließ mich kaum einschlafen. Dann träumte ich, daß er durch meine Wohnung stampfte und ein Bücherregal umriß.

Ich schreckte hoch. Meine Nachbarn unten hatten die Anlage aufgedreht, und irgend jemand beschwerte sich lautstark. Er beschwerte sich immer lauter, bis sich seine

Stimme vor Wut überschlug, und das ließ mich endgültig wach werden.

Es wurde gerade erst hell, und doch war die Nacht schon zu Ende. Beschwert hatte sich niemand. Das wütende Gebrüll gehörte dazu, es machte gemeinsame Sache mit dem Lärm, und alles zusammen verschmolz zu einem aggressiven Brei, der das Gehirn verstopfte und direkt zum Bauch vordrang. Bei mir setzte die Wirkung nach wenigen Minuten ein. Ich überlegte, wo ich meinen Revolver hingelegt hatte, und war fest entschlossen, dem Spuk gewaltsam ein Ende zu bereiten. Dann kehrte auf einen Schlag Ruhe ein, und ich döste wieder weg. Vielleicht hatte ja jemand anders die gleiche Idee gehabt.

14

Der nächste Tag startete unter keinem sehr guten Stern. Ich hatte eindeutig zu wenig geschlafen. Der Hund machte einen hungrigen Eindruck, aber meine Hoffnung, daß er sich mit meinen alten Vorräten begnügen würde, erwies sich als trügerisch. Jean-Claude war Besseres gewöhnt, viel Besseres. Selbst als ich ihm mein eigenes Frühstück anbot, ließ er es nach kurzem Schnüffeln angewidert stehen.

Ich wählte Elsies Nummer, um ihr schonend beizubringen, was sich gestern ereignet hatte. Oder wollte ich sie vorwarnen und auf Mattaus Besuch vorbereiten? Keine Ahnung. Doch es spielte auch keine Rolle. Sie war nicht da. Vielleicht war mir Mattau zuvorgekommen.

Ich fand, daß der Hund es sich selbst zu verdanken hatte, wenn er sich nüchtern auf den Weg nach Hause machen mußte. Er nicht. Er gab mir die Schuld und nahm Rache. Erst als ich mich auf einem roten Kiesweg Schliefenbecks Haustür näherte, bemerkte ich, daß er mir im Bus auf die Hose gepinkelt hatte. Zwar nicht viel, aber dafür genau an einer Stelle, die mich zwang, jeden extra darauf hinzuweisen, daß es der Hund gewesen war, wenn ich nicht wollte, daß man es mir selbst anlastete.

Frau Dr. Schliefenbeck erkannte ich sofort, als sie die Tür öffnete. Sie hatte ein strenges Gesicht und die Angewohnheit, den Unterkiefer vorzuschieben. Genau wie ihr Hund.

»Guten Tag«, sagte ich. »Mein Name ist Kittel. Von der Detektei. Ich bin nur gekommen, ihn zurückzubringen.«

»Wen?« fragte sie.

»Ihren Hund. Jean-Claude.«

Endlich hellte sich ihre Miene auf, aber nur kurz. Vielleicht hielt sie ihr Gesicht für einsturzgefährdet und vermied deshalb ein zu breites Lächeln. »Sie haben ihn endlich? Wo ist er?«

»Na hier.« Ich packte den Hund und hielt ihn ihr hin wie ein Bündel tropfnasser Wäsche. Aber sie nahm ihn nicht entgegen, sondern beäugte ihn skeptisch, als wäre er tatsächlich ein Bündel Wäsche. Wäsche, die nicht aus ihrem Schrank stammte. Und schon gar nicht aus ihrer Waschmaschine.

»Wer ist das?« fragte sie nach einer Weile ziemlich kühl.

Ich hob den Mops höher. »Jean-Claude«, sagte ich.

Etwas in ihrem Gesicht zuckte.

»Stimmt was nicht mit ihm?« fragte ich.

Es zuckte nochmal. »Das ist nicht Jean-Claude«, zischte sie. »Wie kommen Sie nur darauf? Das ist nur irgendein – Hund.«

»Aber –«

»Jean-Claude ist viel kleiner. Er ist dunkel um den Kragen. Außerdem«, sie kaute ihren letzten Einwand, bevor sie ihn aussprach, »ist er ein Rüde.«

Damit schlug sie mir die Tür vor der Nase zu. Ich mußte zugeben, auf die Unterseite des Hundes hatte ich bisher keinen Blick geworfen. Achselzuckend machte ich kehrt.

Die Hündin, die nicht Jean-Claude hieß, lief mir noch ein paar Straßen hinterher, dann fand sie etwas Undefinierbares in einem Gebüsch, das interessanter war als ich und schmackhafter als mein Frühstück. Na schön. Ich brauchte jetzt nur noch mein Fahrrad. Und dann mußte ich mir überlegen, wie ich Henk diesen kleinen Auftritt verkaufen wollte. Ihn anzurufen war mit Sicherheit das erste, was Frauchen getan hatte, nachdem sie mir die Tür ins Gesicht geschlagen hatte.

Ich bückte mich, um einen letzten Versuch mit der Kette zu machen, in der Hoffnung, das Rad nicht den ganzen Weg schieben zu müssen. Da hörte ich hinter mir ein Geräusch.

»Das ist der Mann«, sagte eine piepsige Kinderstimme. Ich drehte mich langsam um. Da stand ein kleiner dicklicher Junge mit einer ganzen Abordnung Erwachsener im Schlepptau. Sie alle starrten mich mit einem Blick an, der nichts Gutes ahnen ließ. Als sei ich Jack the Ripper persönlich. Und gleichzeitig war es Jack the Ripper, der mich aus diesen Augen anstarrte.

»Hundefänger!« rief eine Frau mit haßerstickter Stimme.

Das war es also. Ich grinste. »Moment«, sagte ich und hob die Hände. »Ich habe den Hund nicht – was Sie denken. Vielleicht sah das so aus, aber ich – hab ihn nur ... geborgt. Und es war der falsche. Ein Versehen. Ich hab ihn übrigens längst zurückgebracht, also ...« Damit machte ich alles nur noch schlimmer.

»Was haben Sie mit unseren Hunden gemacht?« beharrte die Frau. Ich begann zu schwitzen. Die Abordnung kam näher. Harmlose Tierfreunde wie die Schliefenbeck, aber in ihren Augen war dieser kleine, boshafte Funke, der nette Mädchen und Jungen dazu bringt, Frösche zu fangen und sie mit einem Strohhalm aufzupusten wie Luftballons. Für sie war ich ein Monstrum, das nachts in die Kinderzimmer einsteigt und ihren kleinen Lieblingen die Haustiere unter dem Kopfkissen wegklaut. Sowas kannten sie aus dem Fernsehen, und sie brannten darauf, mit mir das zu machen, was man im Fernsehen mit solchen Typen machte. Es hatte also keinen Sinn zu leugnen. Nur mich zu verdrücken.

Aber dann merkte ich, daß sie sich nicht einfach so angesammelt hatten. Und daß sie mich nicht einfach so verjagen wollten. Sie wollten mich haben und kamen deshalb von zwei Seiten. Mir blieb nur noch ein Weg.

Urplötzlich sprang ich vor und stieß einen atavistischen Schrei aus. Das ließ sie genau den halben Meter zurückprallen, den ich brauchte. Zwei Sätze durch einen Vorgarten und einen Satz über eine kniehohe Buchsbaumhecke. Im letzten Moment wich ich einem gedeckten Frühstückstisch aus, der ganz plötzlich vor mir auf einem Rasen aufragte.

Doch so schnell hängte ich sie nicht ab. Sie waren hinter mir und hetzten mich von Vorgarten zu Vorgarten. Während ich ächzend um mein Leben rannte, ging mir durch den Kopf, daß man nach einem Mordmotiv bei Hella gar nicht so lange suchen mußte. Vielleicht hatte sie nur eine unbedachte Bemerkung über Haustiere im allgemeinen gemacht, die bei irgend jemandem hier schief angekommen war.

Meine Flucht blieb in einer Menschenansammlung stecken. Es war eine besondere Ansammlung anläßlich einer Hochzeit. Freunde und Verwandte des Brautpaares in Festgarderobe mit Sektgläsern in der Hand. Denkbar schlechte Chancen, mich unauffällig darunter zu mischen. Ich stand da, atemlos keuchend, als eine Frau auf mich zutrippelte. Sie trug ein Kleid, das im Rücken so weit ausgeschnitten war, daß es auf aufreizende Weise den Nachweis erbrachte, daß sich der Hintern tatsächlich in zwei Backen teilte. Sie balancierte ein leeres Sektglas in ihren manikürten Fingern und ließ es dicht vor meinen Augen ein wenig hin und herpendeln, als wäre ich ein Menschenaffe, den sie hypnotisieren wollte. Dann schenkte sie mir ein undefinierbares Jetsetlächeln.

»Hier sind Flecken drauf«, sagte sie. »Geben Sie mir ein neues.«

Durch die Flecken hindurch sah ich die Meute meiner Verfolger, die sich am Gartenrand allmählich sammelte. Zwei von ihnen hatten schon den Rasen betreten. Sie ahnten, daß ich hier untergeschlüpft war. Gar nicht so einfach, unbemerkt wieder abzuhauen. Also kam mir der Job gerade recht.

»Sehr gern«, nickte ich, schenkte der rückwärts Dekolletierten ein devotes Lakaien-Lächeln und schnappte mir das Glas. Die Leute vom Party-Service, die um das kalte Buffet herumstanden, sahen mir tatsächlich etwas ähnlich. Bis auf einen, um die Fünfzig, mit weit offenstehendem Hemd und goldenem Kettchen um den Hals. Wohl so eine Art Hochzeitsmanager. Ich trat auf ihn zu.

»Da drüben«, ich deutete zur Straße, »sind Leute, die offensichtlich nicht eingeladen sind. Was sollen wir mit -«

»Ach nee. Dat is doch ...« Der Partychef verzog das Gesicht, als hätte ich ihm gegen das Schienenbein getreten. »Sin dat am Ende widder diese Umweltschützer?«

Ohne meine Antwort abzuwarten, wandte er sich an einen Typen von der Statur eines Bulldozers, der gerade mit der Grillkohle beschäftigt war.

»Hör mal, zeich denen doch noch mal, wo die Tür is, ja? Aber diesmal so, dat se dat auch kapieren.«

»Is jut, Chef«, sagte der Riese, ließ die Kohle Kohle sein und stampfte los. Ganz klar, für die Rächer der Schoßtiere brachen ein paar ungemütliche Minuten an. Ich stellte mir vor, wie sie darauf beharrten, daß es sich um ein Mißverständnis handelte. Das hatte ungefähr soviel Sinn, wie einen heranrasenden Intercity durch Zurufe zum Halten überreden zu wollen.

Das klamme Gefühl in meinem Bauch verschwand erst zwanzig Minuten später, als ich den Grüngürtel zwischen mich und die aufrechte Bürgerwehr gelegt hatte. Als ich zurück war in der zivilisierten Welt, wo es schmucklose Reihenhäuser gab. Wo übergewichtige Männer mit nacktem Oberkörper ihre Autos pflegten, während das Radio dazu dudelte und die Kinder plärrten.

Zu Hause fand ich einen Zettel vor, der zwar nicht unterschrieben war, aber in seiner geradezu mönchischen Beschränkung auf Fakten eindeutig auf Elsie deutete: *Wenn man dich braucht, bist du nicht da.*

Das Türschloß war wieder einmal kaputt. Sie hatte das schon herausgefunden und die Nachricht auf den Couchtisch gelegt. Ich hätte nur gerne gewußt: War sie an diesem Morgen dagewesen? Oder hatte der Zettel gestern schon auf dem Tisch gelegen, ohne daß ich ihn bemerkt hatte? Ich ließ Elsies Telefon eine ganze Minute lang klingeln, sie meldete sich nicht.

Im Kühlschrank war noch eine halbe Pizza, genau das richtige bei dem Wetter. Sie war nicht mehr die jüngste und weich wie eine Banane. Außerdem verschimmelt, aber das bemerkte ich blöderweise erst nach dem dritten Stück.

Also schmiß ich den Rest weg und erklärte das Mittagessen für beendet. Dann nahm ich mir Saschas Reality Show noch einmal vor. Vielleicht war sie ja ein Flop. Möglicherweise hatte dieses Manuskript nie über den Rand des Papierkorbes gesehen. Aber Sascha van Baer und Hella Weiß, die Autoren des Skripts, waren beide tot. Und es war bestimmt nicht der Fluch des Pharao, der sie getötet hatte ...

Eine Erschütterung des Bodens riß mich aus meinen Gedanken. Etwas Schweres war umgefallen. Sofort sah ich mein Bücherregal vor mir und hatte ein merkwürdiges Gefühl dabei.

Aber das Regal stand noch. Ich schaute im Schlafzimmer nach. Nichts. Alles war an seinem Platz. Bis auf ... irgend etwas stimmte nicht. Ich hatte das Bett nicht gemacht, also mußte es zerwühlt sein. Aber ich konnte mich nicht entsinnen, daß das Bettzeug heute morgen auf dem Boden neben dem Bett gelegen hatte.

Ich nahm das Laken hoch. Da lag Elsie. Zusammengerollt. Ihr Gesicht war bleich wie der Tod. Sie murmelte Unverständliches.

»... nicht schlafen bei dem Lärm!«

Lärm. Sie hatte recht. Immer wenn unter mir das akustische Geschütz zu feuern begann, ruckelte der Wecker auf dem Nachttisch, immer weiter, bis er kopfüber hinunterstürzte. Jetzt stand er noch oben, aber am äußersten Rand des Abgrunds.

»Elsie?« sagte ich. Die Lärmerei war doch schon vorbei gewesen, als ich kam. Wieso wollte sie überhaupt schlafen?

Dann sah ich noch etwas auf dem Nachttisch. Eindeutig ein Tabletten-Fläschchen. Es war leer.

15

»Ist sie außer Gefahr?« fragte ich.

Der Stationsarzt spitzte den Mund und rückte die beiden Kulies in seiner Brusttasche zurecht, als wäre ich ein Spiegel, in dem er sich sehen konnte.

»Sie war nie in Gefahr«, belehrte er mich knapp. »Diese Tabletten hätten sie jedenfalls nicht umgebracht.«

Ich atmete erleichtert auf, was ihm nicht zu gefallen schien.

»Da ist natürlich noch die Suizidneigung als solche. Und diese Gefahr ist noch nicht gebannt. Wissen Sie, wie viele solcher Fälle wir hier im Monat haben?«

»Nein«, sagte ich.

Er schien es auch nicht zu wissen oder wenn doch, dann wollte er es mir nicht verraten. »Daß sie von dem Zeug nicht mal eingeschlafen ist«, sagte er statt dessen, »wundert mich allerdings. Wie haben Sie es nur geschafft, sie wachzuhalten?«

Ich hatte das nicht geschafft. Eine riesige Abrißbirne hatte das geschafft, die monoton und unbarmherzig gegen das Gehirn klatschte, so lange bis nur noch ein blöde glotzender, mit Matsch gefüllter Behälter übrigblieb. Ein Lärm, der so unvorstellbar war, daß er sogar die Toten davon abhielt, in ihre Gräber zu steigen. Und dafür sollte ich mich jetzt noch bedanken?

»Sie sollten dankbar sein«, riet der Arzt.

Er wußte eben nicht, wovon er sprach. »Kann ich sie sehen?«

Bedauernd hob er die Schultern. »Heute nicht mehr. Lassen Sie sie jetzt erst mal. Alles weitere kommt dann morgen.« Er deutete auf seine Nase. »Das sollten Sie behandeln lassen.«

»Zu spät«, widersprach ich. »Das ist eine Kriegsverletzung.«

Ein irritierter Blick, ein kurzer, fahriger Händedruck. Ich blickte ihm nach, wie er den schnurgeraden Gang entlangeilte und dabei immer kleiner wurde, bis ihn eine Schwester stoppte, die plötzlich hinter ihm aus einem Zimmer trat. Er drehte sich um, da näherte sich aus der anderen Richtung eine weitere Schwester. Es sah fast so aus, als sei er in einen Hinterhalt geraten.

Obwohl es eigentlich noch Nachmittag war, war das Abendessen schon beendet. Geschirr schepperte, Besteck klapperte, und ein Gemisch aus Pfefferminz, Hühnerbrühe und nicht mehr ganz frischer Bettwäsche lag in der Luft. Überall dominierte ein milder Grünton, der an Schonkost erinnerte. An den Wänden gerahmte Blätter aus einem billigen Fotokalender. Gold schimmernder Strand im Abendlicht, die verschneite Zugspitze im Winterlicht. Ein Wegkreuz im Gegenlicht.

Henk ließ sich nicht blicken, obwohl ich ihm eine kurze Nachricht auf Band gesprochen hatte. Dafür näherte sich vom anderen Ende des Ganges her jetzt Mattau. Er hatte wieder einmal am Fenster gestanden, die Hände in den Taschen, und den Blick über die Stadt genossen. Neunter Stock. Ein Patient, der hier aus der Narkose aufwachte, konnte bei diesem Anblick schnell dem Wahn verfallen, er sei schon im Himmel.

»Na, was meinen Sie, Kittel«, begann der Kommissar und legte in einer vertraulichen Geste seinen muffigen Arm um meine Schultern. »Ich lade Sie zu einem Pfefferminztee ein. So wie ich das sehe, wird das heute ja sowieso nichts mehr.«

Eigentlich war die Besuchszeit längst zu Ende. Das Personal in der Krankenhaus-Cafeteria hatte Feierabend, aber es gab einen Kaffee-Automaten, und deswegen war noch was los. An drei oder vier Tischen saßen Patienten in bunten Bademänteln mit Angehörigen zusammen und unterhielten sich mit gedämpfter Stimme, als heckten sie gemeinsam Fluchtpläne aus.

»Und Sie glauben wirklich«, sagte ich, meine Stimme dem allgemeinen Gemurmel anpassend, »daß sie diese Morde auf dem Gewissen hat?«

Mattau musterte mich über den Rand seiner Papptasse hinweg. »Elsie Holland hat etwas damit zu tun.«

»Aber Sie halten sie nicht für schuldig.«

»*Sie* tut es.« Seine Augen deuteten vielsagend nach oben. »Sie hält sich für schuldig. Wäre sie sonst hier?«

Ich lachte spöttisch auf und erntete damit einen strafenden Blick vom Nebentisch. »Die Polizei, dein Freund und Psychologe«, grinste ich. »Wie reimt sich das denn für Sie zusammen, Kommissar? Wer sich selbst umbringt, der macht auch vor anderen nicht halt, oder wie?«

Mattau schlürfte geräuschvoll an seinem Kaffee und stellte die Tasse ab. »Vielleicht reimt es sich bald zusammen. Besser als Sie ahnen.«

»Aber Sie haben doch immer noch keine richtige Spur.«

Er tastete nach irgend etwas in seiner Manteltasche. »Diese Frau«, sagte er trotzig, »ist äußerst labil. Das heißt, daß sie grundsätzlich zu allem fähig ist. Und es gibt zwei Leute in ihrem Leben, bei denen sich diese Fähigkeit auszahlte: die beiden Ermordeten.«

Ich trank einen Schluck, sah in die Tasse und war überrascht von der dunklen Farbe. Wie schafften die das bloß, ganz normales Wasser schwarz zu färben, ohne daß es einen Nachgeschmack gab?

»Aber es reicht doch nicht, daß jemand gute Gründe hatte, einen Mord zu begehen. Da müssen doch –«

»Ja, ja, Kittel, ich weiß. Kommt sofort. Also erstens: sie hat kein Alibi. Sie hatte den Freitag nachmittag frei. Ihr Chef hat händeringend versucht, sie zu erreichen, weil da irgendwas mit einer Kundin war, das sie klären konnte. Sie war aber nicht zu Hause.«

Ich stellte mir Lady Mcbeth vor. Daß er sie händeringend erreichen wollte, klang glaubhaft. Alles was er tat, tat er händeringend. Selbst telefonieren. »Bei dem Wetter war sie schwimmen. Oder im Biergarten.«

»Möglich, Kittel. Aber da ist noch was: ihre Fingerabdrücke – ach, Scheiße!«

Beim Herumtasten in seiner Seitentasche hatte der Kommissar nicht auf den Ellenbogen geachtet. Und der hatte die Tasse vom Tisch gefegt. Ich schnappte mir eine

Papierserviette, hockte mich neben den kleinen See auf dem Boden und half ihm aufzuwischen.

»Was ist mit ihren Fingerabdrücken?« wollte ich wissen.

»Sie sind da. Am Tatort.«

Ich hörte mit der Tupferei auf. »Das ist allerdings erstaunlich. Wo die beiden doch kaum etwas miteinander zu tun hatten. Außer daß sie Freundinnen waren.«

Meine Ironie beeindruckte den Kommissar wenig. »Eins kommt zum anderen«, sagte er. »Alles Kleinigkeiten, die vielleicht nicht besonders erstaunlich sind. Kinkerlitzchen. Nur, wenn die dann alle zusammengekommen sind, dann hilft ihr keiner mehr.«

Ich fragte mich, ob die anderen Leute um uns herum unserer Unterhaltung folgen konnten. Auf jeden Fall sahen sie uns zu. Daß sie uns bis jetzt in Ruhe ließen, konnte bedeuten, daß sie uns für Patienten aus der Psychiatrischen hielten.

»Das heißt«, sagte ich, »Sie nehmen sie also fest.«

»Aber Kittel, wir sind hier nicht im Wilden Westen. Wenn ich sie festnehmen will, brauche ich Beweise.«

»Und die haben Sie nicht.«

»Noch nicht genug.« Mattau kramte wieder in seinen Taschen. »Und deswegen behalte ich sie im Auge.« Sein Gesicht hellte sich plötzlich auf, und er zog etwas aus seiner Tasche. Eine arg zerdrückte Packung Zigaretten.

»Sie haben nicht zufällig Feuer?«

Ich zuckte zusammen. Bei allem, was wir uns schon geleistet hatten, ging das jetzt den berühmten Millimeter zu weit. Wir würden hier nicht mehr lebend rauskommen.

»Man darf hier nicht rauchen«, beschwor ich den Kommissar mit gedämpfter Stimme. »Jedenfalls nicht hier. Das ist die Nichtraucher-Ecke.«

Enttäuschung machte sich auf seinem Gesicht breit, und mitten aus der Enttäuschung deutete anklagend die jungfräuliche Zigarette auf mich.

»Tut mir leid«, meinte ich.

Dann verschwand die Enttäuschung urplötzlich, und

im selben Moment klickte hinter mir ein Feuerzeug. Ohne mich umzudrehen, wußte ich, wer hinter mir stand.

»Keine Angst, Kittel«, sagte Mattau und nickte Henk dankbar mit der qualmenden Zigarette zu. Er erhob sich. »Ich bin sowieso weg. Also dann – wir laufen uns schon früh genug wieder über den Weg, was?«

Ich atmete langsam aus. »Gibt's irgendwas Neues inzwischen?« wandte ich mich an Henk.

Der starrte düster in die noch nicht ganz getrocknete Kaffeepfütze auf dem Boden. »Wir haben soeben unsere beste Klientin verloren. Das gibt es Neues.«

Eine warme Welle des Mitgefühls durchflutete mich. »Beruhige dich, Henk, und setz dich erst mal. Sie kommt durch. Hat noch mal Glück gehabt.«

Er sah mich an, als hätte ich einen schlechten Witz gemacht. Schlimmer noch: Als sei ich dieser schlechte Witz. »Ach was, die meine ich doch nicht! Ich rede von der Schliefenbeck. Sie fühlt sich von uns nicht kompetent betreut. Und deshalb – pfft.«

»Wird sie auch nicht.« Die warme Welle in mir war schlagartig verebbt. »Die braucht einen Psychiater. Oder einen Tierarzt.«

»Spar dir deine Scherze. Ich kann mir jetzt überlegen, wie ich die nächste Rate für den Wagen auftreibe.«

Ich dachte an mein Fahrrad, das ich wegen des Köters dem wütenden Mob überlassen hatte. Henk tat mir nicht leid. »Vielleicht weißt du es ja noch nicht«, sagte ich. »Aber Elsie Holland hat versucht, sich das Leben zu nehmen. In meiner Wohnung.«

Henk zündete sich eine an. Ich sah mich ängstlich um. Aber Gott sei Dank waren wir inzwischen allein.

»Tja, was soll ich sagen?« Er grinste. »Die ist ideal für sowas. Wenn ich mich umbringen wollte, würde ich das auch da machen.«

»Mattau denkt, Elsie hat die beiden Morde begangen.«

»Und du glaubst natürlich an ihre Unschuld.«

»Das hab ich nicht gesagt.«

Er blies einen erstaunten Kringel in meine Richtung. »Nicht?«

»Vor fast einer Woche hat sie mir erzählt, wie sie Sascha umgebracht hat. Und ich habe noch drüber gelacht, weil ich dachte, sie macht einen Witz. Und dann war Sascha tot.«

»Aber du dachtest nicht wirklich, sie ...«

»Weißt du, was sie mir dann später noch erzählt hat?«

»Nein.«

»Daß Hella auch drankommt.«

»Und jetzt hat es diese Hella erwischt. Verstehe. Schöner Witz.«

»Aber sie hat ja nicht einfach gesagt: Es wird sie erwischen. Sie sprach davon, daß ihr jemand eins über den Schädel gibt. Und genau das ist passiert. Mit einem CD-Player.«

Henk grinste seine Kippe an. »Interessant. Die gleiche Waffe. Erst der Strom, dann rohe Gewalt. Was kommt als nächstes? Mit dem Netzkabel erdrosselt. Oder mit einer CD die Gurgel durchtrennt ...«

»Sie sagt, sie hätte die beiden nicht getötet, aber ihren Tod gewollt. Und das hätte ihnen dann den Tod eingebracht.«

Henk stutzte. »Versteh ich nicht.«

»Meinst du, sowas gibt es? Daß jemand einem anderen den Tod *wünscht*, und damit ...«

Er lächelte mild. »Klar gibt es das, Kittel. Hab ich neulich noch im UFO-Magazin gelesen. Aber wenn ich dir einen Rat geben darf: Halt dich besser an Fakten.«

»Und das heißt?«

Er setzte sein Experten-Gesicht auf, das ich an ihm so mochte. »Was ist zum Beispiel mit dieser Erpressungsgeschichte, an der du gestern noch dran warst? Vielleicht hatten die beiden einen an der Angel, und der fand das gar nicht komisch.«

Ich war enttäuscht. »Henk«, sagte ich. »Das sind keine Fakten, sondern reine Spekulationen.«

Allmählich wurde die Cafeteria vom Reinigungspersonal eingenommen. Tisch für Tisch rückten sie vor wie ein Expeditionstrupp von einem anderen Stern. Zeit für uns, das Feld zu räumen.

»Trotzdem danke für den Tip.« Ich stand auf. Henk folgte mir in die Eingangshalle. Es roch nach Bohnerwachs.

»Aber es ist ja oft so«, sagte Henk, »daß eine Sache plakativ als emotionaler Racheakt aufgezogen wird, nur um davon abzulenken, daß es jemand war, der eiskalt aus Gewinnsucht gehandelt hat.«

»Henk, das ist –«

»Ein alter Hut, ich weiß, aber man sollte das trotzdem vorsichtshalber überprüfen. Kann ich dich irgendwohin mitnehmen?«

Der Sommerabend draußen war phantastisch. Als hätte er seinen letzten Urlaub am Mittelmeer verbracht und sich bei dieser Gelegenheit jede Einzelheit gemerkt, um sie dann zu Hause originalgetreu nachzubauen.

»Um noch mal auf Jean-Claude zuruckzukommen«, sagte Henk. »Da gäbe es noch eine Möglichkeit.«

Ich schloß gerade die Augen und versuchte, das Mittelmeer zu sehen. Da fing Henk wieder mit dem Hund an.

»Ich müßte dich rausschmeißen.«

»Du müßtest was?«

»Sie besteht darauf. Ich soll dich rausschmeißen.«

Ich lachte verächtlich. »Aber hast du ihr nicht gesagt – ich meine: Du *kannst* mich doch gar nicht rausschmeißen.«

»Das weiß ich, aber nicht sie. Und es ist ihr auch egal. Es wäre ja nur zum Schein.«

»Und wie soll das aussehen?«

»Ich sag ihr einfach, du wärst draußen. Und ich wäre jetzt mit einem anderen zusammen.«

»Und was hätte der, das ich nicht habe?«

Henk startete den Wagen. »Kittel, die Frau ist wie bares Geld.«

Besser konnte man den Charme ihrer Persönlichkeit nicht beschreiben. Ich stieg ein. »Richte ihr doch einfach von mir aus: Wenn du mich rausschmeißt, zum Schein, mein ich, dann finde ich den Köter und schicke ihn ihr zu. Aber nicht zum Schein. Sondern in Wurstform.«

16

Mich an die Fakten halten. Henk hatte wohl recht. Anscheinend übte Elsie Holland inzwischen einen dumpfen Sog auf mich aus. Sie und ihre morbide Logik, derzufolge die Welt bevölkert war von Leuten, die immer gerade dann auf dem Klo sitzen, wenn man selbst dringend muß. Ich ließ mich von ihr anstecken, und Henk hatte mich dabei ertappt.

Das verdammte *ERTAPPT!*-Skript war das einzige, was ich in der Hand hatte. Nicht gerade eine Trumpfkarte.

Da waren allerdings noch ein paar Fragen. Und jemand, der meine Fragen gern beantwortete. Schneller sogar, als ich sie stellen konnte. Jemand, der außerdem meine letzte lebende Bezugsperson zur *BB* Filmgesellschaft war. Harald Bönisch.

Sein Haus war auf der anderen Rheinseite. Das konnte man ihm nicht vorwerfen, schließlich muß jeder selbst entscheiden, wo er wohnt, aber ohne Fahrrad stellte die *Eastside* für mich ein Problem dar. Zum Glück erklärte Bönisch am Telefon, daß er noch in der Firma zu tun habe.

»Tja, so ist das in dem Job«, sagte er, und in seiner Stimme schwang das Selbstmitleid des Besserverdienenden. »Wenn du auch nur halbwegs mitmischen willst, dann mußt du vergessen, was Wochenende heißt.«

Ich fragte mich, ob das in meinem Job auch so war. Ob ich deswegen nie mitgemischt hatte. Den Trick mit der Gedächtnislücke hatte ich nie ausprobiert.

»Treffen wir uns doch in zwei Stunden in der Pfeilstraße. Einfach klingeln. Ich bin da.«

Es war Sonntag nachmittag, und die Innenstadt war eine stickige Steinwüste, nicht gemütlicher als eine antike Ruinenstadt in mediterraner Mittagshitze.

Harald sah nicht mehr ganz so sommerlich aus wie beim letzten Mal. Er steckte jetzt in einer hellen und betont legeren Kombination. Cremefarbene Hose und lachsfarbenes T-Shirt unter einem hauchdünnen, cremefarbenen Jackett. Eine Mischung aus Don Johnson und Woody Allen.

»Ich habe das mit Hella gehört«, erzählte er, während er mit zwei gekühlten Gläsern vor mir herging. Wäre ich Hellas hinterbliebener Bruder gewesen, hätte mich das fehlende Mitgefühl in seiner Stimme empört. Aber ich war der Detektiv, dessen Hauptverdächtige man ermordet hatte, und dafür war es genau die richtige Dosis.

»Tja«, er drückte mir ein Glas in die Hand, »Sie wollen jetzt wissen, ob mir dazu was einfällt, stimmt's?«

Harald Bönischs Arbeitszimmer war genauso geschnitten wie Saschas. Trotzdem war es eine andere Welt. Es hatte etwas Museales, Angestaubtes. Keine Spur vom zwanghaften Individualismus, der sonst jede Kaffeetasse in dieser Firma dazu brachte, sich ständig in den Mittelpunkt zu spielen und gut drauf zu sein. Auch der wie eine Epidemie wütende Kunstverstand, der jeden Millimeter Wand auffraß, um sie mit Objekten und Bildern *ohne Titel* zuzupflastern, traute sich hier nicht herein.

Kein Basketball-Korb an der Wand oder schrill-bunte Stoffpuppen auf dem Sofa, die Fernseh-Helden darstellten. Statt dessen Schwarzweißfotos in schweren Rahmen mit kettenrauchenden Männern darauf, die hinter solchen Schreibtischen saßen, wie auch hier einer stand: berühmte Regisseure, Männer der Filmgeschichte. Haralds Idole. Und sein Zimmer war in dieser Welt eines der letzten Reservate für das – wie hatte er es genannt? – das, wofür er angetreten war. Was immer er damit meinte.

Beim Versuch, ihm gegenüber Platz zu nehmen, versank ich in einem schwarzen Ledersessel.

»Also ich muß Ihnen gestehen, Kittel, mir gefällt diese Sache nicht.« Bönisch prostete mir zu und machte dabei ein besorgtes Gesicht. »Und was mir dazu einfällt, gefällt mir schon gar nicht.«

Ich war immer noch damit beschäftigt, aus der Tiefe des weichen, schwarzen Sessels hochzutauchen, der mich umfangen hielt wie eine fleischfressende Pflanze, und dabei den Saft nicht zu verschütten. »Genau das würde mich interessieren«, sagte ich. »Was Ihnen einfällt. Und was Ihnen daran nicht gefällt.«

Harald beugte sich vor. Irgendwie ließ das Jackett seine Arme noch dünner aussehen. Sie erinnerten an Insektenbeine. »Elsie – also ich denke, sie hat das alles ... nicht verkraftet.«

»Was?«

»Nun, diese – ganze Sache.«

»Sie halten es also für möglich, daß Elsie ihre beste Freundin ...«

»Sie war nicht ihre Freundin.«

»Nicht? Dann wissen Sie mehr als Elsie.«

»Klar, sie hat das immer behauptet!« Er machte eine wegwerfende Geste. »Aber das beruhte nicht auf Gegenseitigkeit. Sie hätten hören sollen, wie Hella über Elsie herziehen konnte. Elsie dagegen hat Hella bewundert. Sie wollte so sein wie sie.«

»Und wurde bitter enttäuscht.«

»Allderdings.«

»Dann kommt sie für Sie als Täterin in Frage ...«

»Nein, natürlich nicht. Aber – ich meine, wenn sie es gewesen wäre, dann – hätte ich fast Verständnis dafür. Nicht daß ich es billigen würde, nein. Aber ich meine, immerhin ...«

»Immerhin was?«

»Elsie fühlte sich von Sascha und Hella hintergangen nicht nur im – privaten Bereich. Auch in punkto Karriere ...«

»Wessen Karriere?«

»Soviel ich weiß, wollte Sascha sie fördern.«

»Als Autorin?«

»Richtig. Er wollte mit ihr eine Krimi-Serie in Angriff nehmen. Für Elsie natürlich die Chance, ins Geschäft zu kommen.«

»Verstehe. Und dann kam der CD-Player dazwischen.«

Harald sah nicht mehr besorgt aus. Sein Blick hatte sich verhärtet, er war jetzt mehr Don Johnson als Woody Allen, ein Mann, der nicht tatenlos zusehen konnte, wenn Frauen Unrecht geschah. »Nein«, sagte er. »Nichts kam dazwischen. Das Projekt hat er in Angriff genommen. Nur eben nicht mit Elsie. Sondern mit Hella.«

»Und deshalb glauben Sie –«

»Ich glaube nichts.« Seine erhobenen Hände bannten meine Schlußfolgerung, als wäre sie eine Fluchformel. Natürlich wußte er, was ich fragen wollte.

»Ich habe Ihnen nur gesagt, was mir eingefallen ist, Kittel. Damit was anzufangen ist Ihr Job.« Er stand auf.

»Da ist noch was«, sagte ich.

»Und deswegen sind Sie eigentlich gekommen, stimmt's?« Da war es wieder, sein berühmtes langsames Kopfnicken. Er war wieder der alte.

»Können Sie mir etwas über die Projekte von Frau Weiß und Sascha erzählen? Speziell über eine Serie mit dem Titel *ERTAPPT!*«

Ich hatte mich endlich aus dem Sessel freigekämpft und trat ans Fenster. Ein scheinbar menschenleerer Hinterhof. Nur hier und da ragte ein Paar nackter Beine unter einem Sonnenschirm hervor.

»Da kann ich Ihnen nicht viel sagen, Kittel. Von dieser Krimisache habe ich nur gehört. Hella hatte das Drehbuch so gut wie fertig. Es müßte noch irgendwo bei ihr rumliegen ...«

»Das Skript, das ich meine, lag bei Sascha rum.«

Harald verzog angewidert den Mund. Für einen Augenblick war ich überzeugt, daß er *ERTAPPT!* sehr wohl kannte.

»Kann schon sein, aber ich habe einfach andere Sachen im Kopf, verstehen Sie? Der Filmpreis ist mir wichtiger. Und der macht Arbeit genug. Arbeit, die sich lohnt.«

Ich wagte nicht zu widersprechen. Nicht vor diesen Größen der Filmgeschichte, die kettenrauchend an ihren Schreibtischen saßen.

»Ich habe wirklich keine Ahnung«, meinte Harald, »an was sie gerade dran waren. Aber der Titel hört sich nach Hella an.«

»Sie haben sie nicht gerade gemocht?«

»Hella?« Er verzog das Gesicht. »Das gilt wohl eher umgekehrt. Sie hatte für das, was ich mache, nur ein müdes Lächeln.«

Er lachte vor sich hin und schüttelte dabei langsam den Kopf. »Die Quoten. Davon verstand sie eine Menge. Fragen stellen und über Gefühle erzählen, das ist schön und gut, sagte sie. Aber niemand will sehen, wie du ihnen Fragen stellst. Sie wollen sehen, wie du ihnen die Hose runter ziehst. Und wenn dir das nicht paßt, dann bist du im falschen Job. Dann solltest du lieber Briefmarken sammeln.«

Demnach hatte ich mit Harald einen Briefmarkensammler vor mir. Während van Baer und Hella ihre Zeit damit verbracht hatten, Hosen herunter zu ziehen. Was den Betroffenen vielleicht nicht recht gewesen war ...

»Sie hat *Walverwandtschaft* erst zum Erfolg verholfen. Was die Quoten angeht. Ich hatte den Beitrag zunächst als Tierfilm mit kritisch-ökologischen Untertönen konzipiert. Erst Hella machte daraus einen Reißer, indem sie das Ganze feministisch-mystisch zuspitzte.«

»Und das hat Sie nicht gestört? Immerhin hat sie Ihnen die Show gestohlen.«

»Sagen wir es so, Kittel, ich habe es nicht nachvollziehen können. Vor allem, wie Sascha darauf abfuhr. Er war hin und weg. Von da an gab es für ihn nichts anderes mehr als solche Sachen für das Schmuddelfernsehen. Für Privatmagazine wie *Skandalös* Beiträge zu drehen. Über Mord an Haustieren, Kinderpornografie bis hin zu Reportagen aus dem SM-Milieu. Das informiert die Leute nicht, das macht sie an. Und deswegen schalten sie ein.«

Er hatte recht, und ich war von gestern. Die ganze Geschichte funktionierte deshalb, weil es nicht nur Leute gab, die gern zusahen, sondern auch solche, die nichts lieber taten, als selbst die Hosen herunterzulassen. Vor Millionen von Zuschauern. Wie im Fall der Kaffeekanne.

»Wie läuft das ab bei einer Produktion? Ich meine, wenn so eine Sache wie *ERTAPPT!* dann doch im Papierkorb landet. Gibt es dann nur dieses Skript?«

Er zuckte die Achseln. »Das kommt drauf an. Manchmal gibt es Probeszenen. Manchmal gibt es haufenweise Material. Und manchmal gibt's nicht mal ein Skript. Nur ein Notizblatt.«

»Und wenn es belastendes Material gibt? Kompromittierende Aufnahmen, mit denen man gewissen Leuten auf den Schlips treten kann?«

»Dann hätte man sie inzwischen doch wohl gefunden.«

»Tja, vielleicht. Wenn man weiß, wonach man sucht.«

Die Beine unter dem Sonnenschirm drüben auf dem Dachgarten hatten sich die letzten Minuten nicht ein Mal bewegt. Wahrscheinlich konnte man bei diesem Wetter seelenruhig einen Mord verüben, denn der würde erst beim nächsten Gewitter entdeckt. Wenn das Gewitter überhaupt je kam ...

»Also, Ihnen ist eingefallen«, sagte ich , »daß Elsie neben dem privaten noch ein gutes Motiv hatte, Sascha und Hella umzubringen.«

»Ja, das Motiv haben Sie jetzt ...«

»Genau. Schließlich haben Sie ja auch eins, oder nicht? Dieses allmähliche Zerwürfnis in der Firma ...«

Harald Bönisch war nicht böse über diese Unterstellung. Er reagierte mit einem besonders langsamen Kopfnicken. »Es ist richtig, daß ich die beiden nicht gerade mochte. Aber ich habe sie nicht gehaßt. Auch Sascha nicht. Ich fand es nur – schade.«

»Was? Daß es ihn erwischt hat?«

Das fand er nicht lustig. Für einen Augenblick sah er bestürzt aus wie Woody Allen in einem Fernsehspot für Psychopharmaka. »Daß wir nicht mehr den gleichen Weg gingen. Nach all den Jahren, die wir zusammen an einer Sache gearbeitet hatten. Aber er hatte sich nun mal entschieden. Und ich mußte das respektieren.«

Das sagte sich so leicht. Von einem Tag auf den anderen hatte van Baer den angestaubten, grauen Rollkragenpulli des deutschen Dokumentarfilms in den Schrank gehängt und sich, angetan mit schreiend bunten Spielhöschen, in den Kindergarten-Trubel des Privat-TV gestürzt. Das nüchterne Auge des Aufklärers hatte er zugedrückt, um das triefende des Voyeurs weit auf zu reißen.

Ich glaubte nicht, daß ich das respektiert hätte. Aber so wie Harald Bönisch aussah, schien er sich wirklich darauf zu verstehen, Sachen und Menschen zu respektieren. Er war anders als ich.

»Hella«, ergänzte ich, »haben Sie auch respektiert.«

»Wie schon gesagt: Sie lag mir nicht. Aber das ist kein Grund, sie umzubringen, nicht wahr?«

Wieder einmal hatte er recht.

»Aber immerhin waren Sie mit ihr im Kino. Oder wollten wenigstens mit ihr dorthin. Obwohl sie Ihnen nicht lag.«

»Stimmt. Aber nur, weil sie mir leid tat. Sascha hatte an dem Tag ziemlich auf ihr rumgehackt. Das hat man Ihnen bestimmt schon erzählt.«

»Hatten Sie schon mal vor, aus der Firma auszusteigen?«

»Das ist nicht so einfach.« Seine dünnen Ärmchen machten eine vage Bewegung in Richtung Zimmerdecke. »Mit dem, was ich mache, können Sie keine Millionen verdienen.«

»Und jetzt?«

»Jetzt?«

»Ich meine, jetzt, wo Sie in dem Richtungsstreit die einzige Stimme sind. Da können Sie doch auch einstimmig entscheiden. Und dann sieht der ganze Betrieb bald so aus wie das Zimmer hier.«

Selbst jetzt respektierte er mich noch, während er langsam und ausgiebig mit dem Kopf nickte, etwas enttäuscht darüber, mich geistig überschätzt zu haben. »Sie denken darüber nach, ob ich vielleicht der berühmte Habgierige im Bunde bin, der alle Konkurrenten kaltblütig ausschaltet, weil er den Kuchen allein haben will, was? Kittel, ich kann Ihnen das nicht verdenken. Das ist schließlich Ihr Job. Aber ich sag Ihnen eines ...« Er kam etwas näher und lachte leise in sich hinein, als sei es mein Job, Scherze zu machen. »Mit Neid erfüllt mich das, was Sie machen, nicht gerade. Wenn Sie verstehen, was ich meine.«

17

Elsie sah wieder ganz passabel aus. Anstatt des üblichen Bademantels trug sie eins von ihren gelben T-Shirts mit einem knappen, ebenfalls gelben Rock – so sah sie aus wie eine Krankenschwester, die halbtags bei der Post arbeitete. Wegen der Suizidgefahr durfte sie noch nicht auf den Balkon. Also saß sie in einer der Nischen auf dem stickigen Flur.

»Ach, du bist es«, begrüßte sie mich und nahm mein Mitbringsel ohne Begeisterung entgegen. Es war nicht gerade ein Schmuckstück, aber bei solchen Sachen bin ich immer ratlos, und so hatte ich mir eben was empfehlen lassen.

»Nett«, sagte sie. »Ein Schwein. Tolle Anspielung.«

Ich nahm ihr das Plüschtier wieder ab. »Das ist kein Schwein, sondern ein Hase. Glaub ich jedenfalls.«

»Ein rosa Hase?«

»Nicht rosa. Er ist – bunt, farbenfroh. Damit du auf andere Gedanken kommst.«

»Auf andere Gedanken.« Sie verzog das Gesicht. »Weißt du, ich komme jetzt nicht mehr auf Gedanken. Jetzt ist sowieso alles egal.«

Ich seufzte hörbar.

»Keine Angst«, sagte Elsie. »Ich werde dir nicht wieder die Ohren volljammern.«

»Danke«, entgegnete ich.

»Ich finde es ja auch viel angenehmer, sich schöne Sachen anzuhören, glaub mir. Zu klönen, wenn es Leuten gutgeht. Aber wehe, dir geht's mal schlecht. Hör bloß auf! Da wirst du behandelt, als hättest du die Pest.«

»Elsie, das habe ich doch nicht gemeint. Ich –«

»Klar hast du das. Aber mach dir nichts draus. Alle sind so.«

Ich hielt die Klappe. Von so was verstand sie einfach mehr als ich.

»Wie wär's mit einem Spaziergang?« schlug ich vor.

Der kleine Park strahlte die gewollte Langeweile von Krankenhausgärten aus. Keine bedrohlichen Bäume, keine Schlingpflanzen, damit sich niemand aufregte. Gepflasterte und gekehrte Wege mit nicht zu engen Kurven, damit keiner auf die Idee kam, einen zu schnellen Spaziergang zu machen, von der Bahn zu fliegen und sich dann noch ein Bein zu brechen.

Im Sonnenlicht leuchtete Elsie geradezu auf, und ich entschied, daß ihre Vorliebe für Gelb überhaupt nicht zu ihrem schwarzen Gemüt paßte. Es sei denn in einer tükkischen Art und Weise, so wie einige bösartige Pflanzen grelle Farben benutzen, um ihre Opfer anzulocken.

»Ich sehe eine Menge anders«, sagte Elsie. »Immerhin hatte ich genug Zeit zum Nachdenken.«

Das hörte sich schon besser an. »Und?« fragte ich.

»Zuerst habe ich tatsächlich an eine Art negative Energie geglaubt. Du kannst sie selbst nicht steuern. Sie ist da, sie wirkt, aber du kannst nichts dagegen machen. Jetzt weiß ich, daß es da eine Verbindung gibt. Da ist jemand, der genau das erfüllt, was ich mir wünsche.«

»Quatsch«, sagte ich.

»Also bin ich nicht schuld, aber es geht von mir aus. Und dagegen wollte ich etwas unternehmen.«

»Hat Sascha sowas wie ein Archiv gehabt? Ich meine Videos.«

Elsies Blick verdüsterte sich. Sie riß einer Blume den Kopf ab zur Strafe dafür, daß ich ihr mitten in ihre esoterischen Betrachtungen hinein mit Sascha kam.

»Keine Ahnung. An seinen Giftschrank hat er nie jemanden rangelassen.«

»Was denn für ein Giftschrank?«

Elsie ließ sich auf einer der weißen Plastikbänke nieder. Von hier oben fiel mein Blick über ihre Schulter direkt in ihren Ausschnitt. Zwangsläufig, ich konnte nichts dagegen machen.

»Weißt du, was ich jetzt glaube?« Ihr Blick schweifte nachdenklich über die unendlichen Weiten des Krankenhausparks. »Ich war es nicht. Es ist jemand, der mir Gutes will.«

Ich traute meinen Ohren nicht. Glaubte ausgerechnet Elsie an eine Art Geist aus der Flasche, der alle, die ihr übel mitspielten, in die Pfanne haute? Ich riß meinen Blick los und starrte sie mit einem blöden, verwirrten Grinsen an.

»Harald Bönisch zum Beispiel?« fragte ich.

»Wieso Harald? Was soll das heißen?«

»Könnte Harald zum Beispiel Sascha umgebracht haben?«

Schulterzucken. »Warum sollte er? Er hat Sascha bewundert.«

»Harald erwähnte, daß Sascha deine Bücher verfilmen wollte. Und es dann doch nicht gemacht hat.«

Elsies Gelb verblaßte. Sie sprang auf und stampfte wütend den sauberen Gehweg entlang. »Meine Schuld«, sagte sie mürrisch. »Ich bin nur auf sein Gesülze reingefallen.«

»Sein Gesülze?«

»Das war von Anfang an nicht ernst gemeint. Er wollte einfach mit mir ins Bett, das ist alles. Und deshalb fand er meine Stoffe ideal für den Film.«

»Aber vielleicht sind sie wirklich ideal.«

Wieder dieser abgrundtiefe Blick. »Alles ist schiefgegangen in meinem Leben. Warum also nicht auch das?«

»Findest du das nicht ein bißchen einfach?«

»Einfach!« Sie lachte auf wie Leute, die über etwas lachen, das sie überhaupt nicht komisch finden. »Einfach ist doch, wenn es aus jedem Schlamassel einen Ausweg gibt. Das ist einfach. Einen Ausweg muß es geben, und deswegen gibt es ihn dann auch. Hollywood ist überall. Das Licht am Ende des Tunnels.«

»Das ist der Zug, der auf dich zurast. Ich weiß.«

»Der Mensch hält das nicht anders aus. Er klammert sich an dieses Licht. Denn wenn es wirklich mal keinen Ausweg gibt, dann ist auch kein Licht. Ich wüßte nicht, was daran einfach sein soll.«

»Also gut«, resignierte ich. »Lassen wir es dabei.«

»Wobei?«

Ich trat ihr in den Weg. Sie war so gelb, daß sie selbst

als Licht am Ende des Tunnels durchgegangen wäre. »Erster Punkt: Du bist es nicht gewesen. Aber gleichzeitig bist du es eben doch gewesen, nur mit Gedankenübertragung. Und die ist nicht strafbar. Zweiter Punkt: Ich weiß, daß du's warst. Die Polizei weiß es. Und du weißt es. Was machst du also? Überleg dir einfach, warum sie dich nicht auf den Balkon lassen. Sie haben nicht Angst, daß du springst, sondern daß du das wieder vermasselst. Dagegen solltest du dich mal behandeln lassen. Dann könnte es das nächste Mal endlich klappen.«

Ich drehte mich um und ließ sie stehen. Sie stand sprachlos da und schluckte. Endlich hatte ich sie soweit.

»Du wirst es nicht rauskriegen«, rief sie mir hinterher. »Ich schon. Ich werde diejenige finden, die –«

»Diejenige?« Ich drehte mich um.

»Ja. Ich bin überzeugt davon. Ich spüre, daß es eine Frau ist. Ich werde sie finden. Den Fall lösen.«

Sie kam mir nicht nach. Sie stand mitten im Park und brüllte mir hinterher. Einige Spaziergänger waren schon stehengeblieben und starrten uns an, wie Schweigemönche vom Orden der Frotteebademäntel. Mir war das Ganze zu blöd.

»Dann bin ich wohl überflüssig«, entgegnete ich.

Elsie grinste. »Tut mir leid, mein Lieber. Du hast dein Bestes gegeben. Hast brav die Fakten zusammengetragen. Aber manchmal kommst du mit Fakten eben nicht weiter.«

Ich kam ja wirklich nicht weiter. Also ließ ich sie stehen.

»Und dein Schwein kannst du auch wieder mitnehmen!«

Das ist kein Schwein, dachte ich, aber das war jetzt auch egal.

18

Eigentlich hätte ich Mattau warnen sollen. Ihn vor die Wahl stellen, entweder den Fall sofort einem Psychiater zu übergeben oder aber unweigerlich sich selbst in psychiatrische Behandlung, spätestens nach Abschluß des Falles. Vielleicht schon früher.

Statt dessen rief ich Henk an. »Hast du endlich was rausgekriegt über diese Sendung?«

»Welche Sendung denn?«

»Henk! Du weißt schon. Das Skript hatte ich zu Hause ...«

»Ach die!« Er kaute irgendwas. »Tja, tut mir leid, Kittel, aber mit Sensationen kann ich leider nicht dienen.«

»Das heißt, du hast überhaupt nichts in Erfahrung bringen können?«

Henk schmatzte. Wie konnte man sich bei achtundzwanzig Grad im Schatten genüßlich über ein halbes Hähnchen hermachen? »Schon, aber es ist widersprüchlich. Theo – das ist mein Mann bei *RTL*. Du weißt doch, der früher Schlagzeug gespielt hat ...«

»Ja, ja.«

»Mein Maulwurf sozusagen. Also der sagt, die Kiste ist nicht produziert worden. Van Baer hätte kurz vorher einen Rückzieher gemacht.«

»Einen Rückzieher? Wieso?«

»Das wußte *der* doch nicht. Jedenfalls hat Maren, seine Lieblingskollegin, dann was ganz anderes behauptet. Die Sache wäre doch angelaufen, nur unter anderem Namen. Nicht *ERTAPPT!* sondern *Schäm dich nicht*.«

»Auch das noch.«

»Das ist doch nur der Titel, du Idiot.«

»Ich weiß. Aber die Sendung habe ich schon mal gesehen.«

»Schön für dich.« Henks Stimme tauchte für einen Moment weg. Wahrscheinlich bückte er sich nach einem Hähnchenflügel, der ihm auf den Boden gefallen war. »Was willst du jetzt damit anfangen? Ist Elsie etwa aus dem Schneider?«

»Henk, kann ich dein Fahrrad haben?«

Das Kauen verstummte. »Wozu?«

»Keine Angst. Ich werde keine Fingerabdrücke darauf hinterlassen.«

Henk hatte ein tolles Rad. Fünfundzwanzig Gänge, blauschwarz glänzend wie ein Formel-Eins-Geschoß, mit ein paar grellen Farbklecksen drauf und wie neu. Irgendeiner mußte ihm mal gesagt haben, daß diese hochgezüchteten Dinger durch Benutzung stark an Wert verlieren, deshalb hatte er etwas dagegen, wenn jemand damit fahren wollte.

Ausgerechnet er, der sogar mit dem Auto nachsehen ging, ob was im Briefkasten lag, besaß so ein Gerät.

Sascha van Baers Bungalow lag keine zweihundert Meter von Hellas Wohnung entfernt. Grund genug, vor meinem Besuch die Sonne untergehen zu lassen, denn ich hatte wenig Lust, von den Rächern der Schoßtiere erwischt zu werden und dann doch noch an einem Straßenschild zu baumeln.

Diesmal war die Fahrt aus der Stadt ein Genuß. Schnell wie ein Pfeil sauste ich dahin, und keiner hörte mich kommen. Erschreckt stoben alle zur Seite und verloren fast das Gleichgewicht, aber da hatte ich sie längst überholt. Ein bullig aussehender, durchtrainierter Typ auf einem Mountainbike fightete tapfer, und der Schweiß lief ihm literweise den kurzen, muskulösen Nacken hinunter. Aber schließlich mußte er aufgeben. Gegen überlegene Technik kam auch jahrelanges Training nicht an. Ich atmete tief durch und kam mir ungeheuer sportlich vor.

Kurz vor dem Ziel wäre es beinahe zu einer Katastrophe gekommen, weil ich geradewegs in eine Gruppe Hollandradfahrerinnen hineinraste. In Sekundenschnelle mußte ich fast auf Null abbremsen wie der Typ in der Reifenwerbung, dem urplötzlich eine Schafherde auf die Piste läuft. Manche Räder waren eben eigentlich keine Fortbewegungsmittel, sondern in erster Linie Sitzgelegenheiten. Bevor die Frauen den Mund aufklappten, zog ich mit einem kurzen Winken an ihnen vorbei. Dann war ich da.

Saschas Residenz war eine Enttäuschung. Ein gelblich getünchter Betonklotz, der nach rechts leicht abfiel, so daß er aussah wie eine Skulptur, die ein Stück mittelalten Gouda in fünfzigfacher Vergrößerung darstellen sollte.

Nicht gerade geschmackvoll für einen Filmfritzen. Aber vielleicht hatte sich van Baer damit getröstet, daß immerhin nicht jeder in so einem Ding wohnte.

Angesichts der versiegelten Haustür fragte ich mich zum ersten Mal, was ich hier überhaupt wollte. Die Luft roch friedlich, irgendwo grillte jemand. Und die Vögel hielten sich weitgehend an die Nachtruhe.

Es war eine Theorie, nichts weiter. Und die beruhte auf zwei Fakten und einer Annahme.

Angenommen nämlich, von dieser Serie – *ERTAPPT!* – gab es nicht nur das Skript, sondern noch mehr. Möglicherweise brisantes Material, von dem die Polizei bei ihrer Durchsuchung der Räume der *BB Filmproduktionsgesellschaft* nichts zutage gefördert hatte. Dann lohnte es sich, einmal hier nachzusehen. Immerhin hatte Elsie einen Giftschrank erwähnt, an den Sascha niemanden herangelassen hatte.

Aber erst mal mußte ich reinkommen.

Ich hatte auf ein offenstehendes Klofenster gehofft. Aber das gab es nicht. Pech. Also was wollte ich noch hier?

Auch Saschas Haus hatte eine Terrasse. Zwar ohne japanischen Miniaturgarten, dafür aber viel geschützter gegen fremde Blicke. Ein hoher Lattenzaun und massige Obststräucher. Eines stand fest: Gesonnt hatte er sich hier nicht. Außer vielleicht Punkt Mittag und im Stehen.

Ins Haus führte vom Garten aus eine großformatige Glastür, die mit einem Schnappschloss gesichert war. Zufälligerweise kannte ich diese Schlösser: sie schnappten mit einem Klick, die Tür war zu. Aber nicht verschlossen. Nicht immer dachte man daran, eine solche Tür auch noch abzuschließen.

Völlig unwahrscheinlich, daß das ausgerechnet hier so war. Aber die Tür blieb eine Versuchung, und die wurde nicht gerade dadurch gemildert, daß die Lokalität so ideal war: Niemand konnte mich beobachten.

Ich trat vor. Weil mich einfach nur interessierte, ob die Tür wirklich verschlossen war oder nicht. Ich ertastete den Griff aus kühlem Aluminium. Ein Ruck, und es klickte leise. Mit einem schweren Schlurfen fuhr die Glastür zur Seite.

Ich schob mich hinein. Eine Taschenlampe hatte ich nicht dabei, aber das hätte vielleicht auch nur die Nachbarn aufmerksam gemacht. Es ging auch so. Die Augen gewöhnten sich schnell an die Dunkelheit, und bald hatte die Schwärze genug Formen, daß ich mich orientieren konnte: eine Sitzgruppe in Plüsch. Dreieckiger Glastisch mit monströsem Tisch-Feuerzeug darauf, das an den weißen Hai erinnerte. Eine lebensgroße Stehlampe in Frauenform. Dahinter eine enge Wendeltreppe, die mitten im Raum zu hängen schien und nach oben führte, vermutlich ins Schlafzimmer. Und in das Badezimmer mit der blauen Badewanne. Herzförmig, mit goldenem Rand.

Wo hätte ich an Saschas Stelle vertrauliche Dinge untergebracht? Nach links führte ein kleiner Rundbogen in einen anderen Raum, der stockfinster war. Nicht, weil es keine Fenster gab, sondern weil die Jalousien heruntergelassen waren, wie bei jemandem, der einen längeren Urlaub macht. van Baers Urlaub war besonders lang, also war es besonders finster. Mir konnte das nur recht sein. Ich tastete nach dem Lichtschalter.

Das Arbeitszimmer. Präziser: die für kreative Geister typische Mischung aus Spiel- und Arbeitszimmer. Das meiste lag zu Häufchen oder Stapeln geschichtet herum, so wie die Polizei es hinterlassen hatte. Als wollte jemand umziehen und hätte sich dann, angesichts der Unordnung, doch wieder anders entschlossen.

Wie ein Altar stand auf einem massiven, schwarzen Sockel ein Fernseher mit Videorecorder. Ich kniete nieder, um mir diesen Sockel näher anzusehen. Es war ein Schrank, und er war verschlossen. Das machte ihn interessant.

Über fünf Minuten schlug ich mich mit dem Ding herum. Ich war schon dabei, die Tür einzutreten, als ich begriff, daß der Schrank überhaupt nicht abgeschlossen war. Er hatte nur eine Schiebetür. Was waren die ausgereiften elektronischen Sicherheitsanlagen auf der Welt gegen eine simple Schiebevorrichtung, die wie eine normale Tür aussah?

Ein Haufen Videokassetten purzelte mir entgegen. Natürlich hatte Mattau auch hier schon seine Nase drin gehabt. Die Wohnung war wie ein Leichnam, an dem sich der Gerichtsmediziner schon ausgetobt hatte. Man hatte einfach zugenäht, und keiner hatte sich Mühe gemacht, die Organe an ihren Platz zurückzulegen.

Die Videokassetten waren nicht beschriftet. Es gab nur einen Weg herauszufinden, was drauf war. Ich griff wahllos in den Wust und schob die erstbeste in den Recorder.

Das Ergebnis war mehr als ernüchternd. Keine wackeligen, aber skandalösen Szenen mit versteckter Kamera, wie ich gehofft hatte. Was ich sah, war alles andere als vertraulich. Es war öffentlicher als eine öffentliche Toilette. Eine Vorabendserie. Der wackere Pfarrer Bohnert in *Kreuz ist Trumpf*. Jeder kannte ihn, jeder mochte ihn, und keiner entkam ihm. Eine Serie, von der Kirche mitfinanziert, um ihr angestaubtes Image aufzupolieren, im festen Glauben daran, daß unter der Staubschicht überhaupt ein Image zum Vorschein kommen würde. Von Kinderfilmen wußte man, daß mitunter sogar Tiere sprachen, aber hier geschahen die echten Wunder. Nonnen trugen Strapse und wurden zu schrillen Punks, Bischöfe bohrten hemmungslos in der Nase, und junge Kapläne gaben Selbstverteidigungskurse für alleinerziehende Frauen. Das alles vor dem Hintergrund der zahlreichen und wirklichen Probleme der heutigen Zeit, die uns alle nachdenklich und etwas ratlos zurücklassen.

Gerade war der Pfarrer gerade dabei, einem trunksüchtigen Familienvater, der Frau und Kind schlug, ins Gewissen zu reden.

»Der da oben«, sagte der Gottesmann weise, »verurteilt niemanden«, worauf der Grobian Tränen in den Augen hatte und ein Weihnachtslied auf den Lippen. Ich beschloß, ihm das weitere zu ersparen und probierte das nächste Video. Schon wieder *Kreuz ist Trumpf*. Diesmal stellte sich Bohnert bei einem Raubüberfall als Geisel zur

Verfügung und hielt gleichzeitig ein aidskrankes Mädchen vom Selbstmord ab.

Alles umsonst. Ich kam mir vor wie ein Schatzgräber, der um die halbe Welt gereist war, um die Schatztruhe des Kalifen zu finden. Und jetzt, wo sie offen vor ihm stand, schlug mir muffige Luft entgegen, weil nichts anderes drin war als die schmutzige Wäsche des Kalifen. Sascha van Baer hatte nur ein stinknormales Faible für stinknormale Vorabendserien. Vielleicht hatte er ja um sein schrilles Filmfritzen-Image gebangt und sie deshalb weggeschlossen. Aber das war's. Meine Theorie war für den Müll.

Vielleicht aber stand ich genau hier an dem Punkt, wo Mattau umgekehrt war. Was, wenn das eigentliche Versteck nicht dieser Schrank war? Schränke kann man aufbrechen. Das eigentliche Versteck für die Nadel, die ich suchte, konnte dieser Heuhaufen sein. Ein ideales Versteck. Selbst ein Polizist hatte nicht die Ausdauer, sich durch einen solchen Berg Vorabendserien hindurchzuglotzen und sein bißchen Verstand zu riskieren, nur auf den Verdacht hin, daß er dabei irgendwann auf eine heiße Spur stieß.

Aber Sascha hatte nicht mit mir gerechnet.

Kassette drei: Bohnert und ein Topmanager mit Magenschmerzen, der nur an das glaubte, was er sehen konnte. Und der dann auch sah, was er davon hatte.

Kassette vier: Ein Gauner wollte nicht daran glauben, daß der Herr ihm einen Weg von der schiefen Bahn zeigen würde. Und dann *mußte* er daran glauben.

Kassette fünf: Bohnert war unbarmherzig in seiner Barmherzigkeit. Er gab auch denen die Freude am Leben wieder, die sie gar nicht verloren hatten.

Kassette sechs. Kassette sieben. Immer weiter.

Auch ich hatte die Ausdauer nicht. Nach fünfzehn Kassetten gab ich auf. Ich hatte gekämpft, aber jetzt war ich geschlagen. Noch eine Kassette, und die Soziologen hatten ihren ersten Beweis dafür, daß übermäßiges Fehlen von Gewalt und überreichliche gute Gesinnung auf dem Bildschirm den Zuschauer zum Killer machen konnte. Das war ein Haufen Mist, kein Heuhaufen, und eine Nadel war auch nicht drin versteckt.

Auf der Straße hielt ein Wagen nahe beim Haus. Die Wagentüren schlugen zu. Ich erinnerte mich daran, wo ich war, und daß es allmählich Zeit wurde, mich zu verdrücken.

Doch dann lief die Glotze wieder an – ich hatte ganz automatisch nachgelegt. Ich stutzte.

Das war nicht die Pfarrerserie. Ich sah einen Mann, in hautenges, schwarzes Leder gezwängt. Das Bild zitterte leicht. Dann gab es einen Schwenk zu einem anderen Mann von kleiner, gedrungener Statur, der außer einer Maske völlig nackt war. Sein überquellender Bauch schützte ihn allerdings wirksam vor endgültiger Entblößung. Hätte er eine Badehose getragen, niemand hätte sie bemerkt. Seine nackte weiße Haut bildete einen merkwürdigen Kontrast zu den schwarz glänzenden Lackklamotten. Wie kalter Vanillepudding, der auf einem schwarzen Glasteller serviert wurde.

Seinen Hals umklammerte ein schwarzes, genietetes Lederband. Es war ein breites Band, und der Kopf wirkte dadurch wie aufgeschraubt.

Draußen näherten sich jetzt Stimmen. Nachbarn, die nach Hause kamen. Ich drückte auf den Knopf, und die Mattscheibe erlosch. Vielleicht hatte ich ja, wonach ich gesucht hatte. Vielleicht auch nicht. Erst mal raus hier.

Ich ging in die Hocke, um aufzustehen, als ich hinter mir ein Geräusch hörte. Aber ich kam nicht mehr dazu, mich zu fragen, was es war. Im selben Moment krachte mir etwas auf den Kopf, und ich erlosch, genauso wie vorher die Mattscheibe.

19

Ich wollte weiterschlafen, aber das böse Pochen im Hinterkopf ließ mich nicht. Es war stockdunkel und eindeutig die falsche Zeit, um aufzuwachen, aber darauf nahm es keine Rücksicht. Ich blinzelte.

Wer auch immer mich hier schlafen gelegt hatte, er war so rücksichtsvoll gewesen, das Licht auszumachen.

Ich knipste es wieder an. Neben mir auf dem Boden lag etwas, das einmal ein Anrufbeantworter gewesen war. Dann war jemand gekommen und hatte es als Keule mißbraucht. Von diesem Schlag würde es sich nie mehr erholen.

Wahrscheinlich war in der Eile kein CD-Player zur Hand gewesen. Dann verdankte ich diesem Umstand mein Leben. Oder jemand wollte mir sagen: Denk bloß nicht, ich hätte nicht auch einen CD-Player nehmen können wie bei den anderen. Also halt deine Nase da raus ...

Die Videos waren alle verschwunden. Mindestens zwanzig Folgen von *Kreuz ist Trumpf*. Dieser Trottel. Wenn es nur um die gegangen war, dann hätte er mich auch fragen können und nicht gleich zuschlagen müssen. Ich hätte ihm sogar noch eine Tüte dafür mitgegeben.

Mein Hinterkopf war eine einzige pochende Beule. Aber immerhin war ich nicht umsonst gekommen. Die Beule war der Beweis dafür, daß das hier etwas anderes war als ein zwar exotisches, aber doch harmloses Steckenpferd Saschas. Jemand hatte eine Menge dagegen, daß gewisse Szenen auch nur dem kleinsten Publikum vorgeführt wurden. Die Vorstellung, daß das passieren konnte, mußte ihn so verrückt gemacht haben, daß er nicht nur den Anrufbeantworter auf meinem Schädel zertrümmert und alle Kassetten zusammengerafft hatte. Sondern daß er sich nicht einmal mehr die Zeit genommen hatte, zu überprüfen, ob in jeder Hülle auch eine Kassette war.

Und so war ihm die entscheidende Kassette entwischt. Sie steckte nämlich immer noch im Schlitz des Recorders. Ein Knopfdruck nur, und er spuckte sie aus.

Die Nacht war mild, geradezu luftig. Eine Sommernacht, wie geschaffen dafür, romantischen Gefühlen nachzuhängen und verrückte Phantasien in Wirklichkeit zu verwandeln. Statt dessen saß ich, kaum daß ich zu Hause war, wieder vor der Glotze.

Wieder schwarzer Lack, Halsbänder, Lederkapuzen. Ein Film über Astronauten, denen man die Klamotten geklaut hatte und die jetzt wohl oder übel mit der Garderobe rätselhafter Außerirdischer vorlieb nehmen mußten.

Ich ließ das Band schneller laufen. Die Vermummten machten hektische, zuckende Bewegungen, als hätte jemand aus dem Off das Feuer auf sie eröffnet. Den Mann mit der Kamera erwischte es zuerst, denn das Bild verschwand schlagartig. Ich sah nur noch Schnee.

Ein Schnitt. Dann folgte eine Alltagsszene. Ein schmächtiger Mann im Rollkragenpullover, der einen Laden betrat. *Saturn Shop – Videos, Dessous und Hilfsmittel* stand in schäbigen Buchstaben über dem Eingang. Daß mit Hilfsmittel kein elektrisches Videozubehör gemeint war, das war ebenso klar wie die Tatsache, daß ich den Mann im Rollkragenpullover irgendwoher kannte. Er war nicht in Schwarz, er war nicht geschminkt. Er lächelte oder betete nicht. Aber es war eindeutig Pfarrer Bohnert.

Natürlich hatte Bohnert auch in *Kreuz ist Trumpf* schon so manchen Sexshop betreten. Allerdings dann nur, um dem Besitzer zu versichern, daß *der da oben* auch ihn nicht verurteile. Worauf der Shopbesitzer seine sämtlichen Pornofilme, Erektionssalben und Plastikvaginen kostenlos an die Armen und Mittellosen verteilte.

Daß der Pfarrer einfach nur kam, um etwas zu kaufen, hatte die Kamera also verständlicherweise stutzig gemacht. Kaum war Bohnert wieder weg, betrat jemand den Laden, mit der laufenden Kamera in einer Schultertasche.

Nach einem kurzen Gespräch – leider war kein Ton auf der Kassette – ließ der Mann hinter der Theke die Kamera in ein Hinterzimmer mitkommen. Dort hielt er Videokassetten in der Hand, die er dem Mann mit der versteckten Kamera linkisch präsentierte. Das Bild war zu unscharf, um genaues zu erkennen.

Das also war der Sprengstoff: Pfarrer Bohnert – das heißt derjenige, der ihn im Film verkörperte – hatte ein Video gekauft. Und zwar eins, das selbst in einem Pornoshop nur im Hinterzimmer verkauft wurde.

Ich spulte zurück. Wenn das so war, was hatte der

Tanz der Außerirdischen vom Sternbild der Ledernacken mit all dem zu tun? Ich stoppte den schnellen Rücklauf und tauchte mitten in einer Großaufnahme wieder im Film auf.

Wieder ein Mann, dessen Gesicht in einer Maske steckte, aber es war nicht der dicke von vorhin. Dieser jetzt war mit einer Windel bekleidet.

Neben ihm hockte eine Frau in einer hautengen Lederkluft, die nur um die Brüste herum ausgeschnitten war. Die Brüste sahen etwas unbehaglich drein, es paßte ihnen nicht, daß sie die einzigen Körperteile sein sollten, die ungeschützt aus diesem Kampfanzug herausragten. Die Füße jedenfalls steckten in Schuhen, deren Absätze so spitz waren, daß ihre Besitzerin dafür einen Waffenschein brauchte.

Als sie sich erhob, stand an der Stelle, an der sie gehockt hatte, eine Schale. Der Mann starrte die Schale an, während die Lederbraut breitbeinig über ihm Aufstellung nahm.

Dann derselbe Mann aus einer anderen Perspektive. In der Hand hielt er eine Karaffe mit einer gelblichen Flüssigkeit. In Anbetracht des Vorgefallenen war es höchst unwahrscheinlich, daß es sich um Apfelsaft handelte. Obwohl der Mann das Glasgefäß so ansah. Vorausgesetzt, Apfelsaft war für ihn das, was für einen echten Alki der Korn war. Der Mann linste mit seinen Augenschlitzen durch die Karaffe, hielt sie regelrecht gegen das Licht wie ein Experte, dann trank er. Die Kamera fuhr auf ihn zu.

Natürlich: Pfarrer Bohnert. Hier sah man ihn, wie er in Windeln gewickelt ein Glas Frauenpisse trank. Und daraus wollte Sascha van Baer einen Fernsehbeitrag machen?

Vielleicht wollte er es nicht. Vielleicht war das nur als schlagendes Argument für Bohnert gedacht gewesen, das ihn überzeugen sollte, finanziell dazu beizutragen, daß genau das nicht geschah.

Unwahrscheinlich, daß einer wie Bohnert sich das alles seelenruhig ansah und danach gelassen verkündete: Ich schäme mich nicht.

Mag sein, daß ich ja Bohnerts gefährlichste Waffe unterschätzte, die schrecklicher und wirksamer war als das Gift einer Kobra: seine Friedensliebe. Aber wenn ich mir vorstellte, ich wäre nicht dieser Pfarrer, sondern nur sein Schauspieler, dann war ich mir ziemlich sicher, ich würde mich nicht schämen. Ich würde den, der mich mit dem Zeug erpreßte, umbringen.

20

Am nächsten Morgen traf ich Henk im Büro.

»Morgen ist gut«, sagte er, räkelte sich gemütlich auf meinem Drehstuhl und nebelte mein Zimmer ein. »Es ist halb zwölf. Fast mittags. Wo hast du gestern gesteckt?«

»Ach, ich hab mir nur ein paar Pornos angesehen«, erklärte ich. »Da geht die Zeit rum, ohne daß du es merkst.«

Sein Grinsen zog den Qualm in die Breite. »Übrigens, wo du schon davon anfängst«, sagte er, »als ich im *La Mancha* auf dich gewartet habe, rate mal, wen ich da getroffen habe.«

»Nein.«

Der Drehstuhl ächzte unter seinem Gewicht, es klang wie ein verzweifelter Hilferuf. »Das errätst du nicht.«

»Sag ich ja.«

»Maren.«

»Maren?«

»Hab ich dir erzählt. Die Frau von *RTL* ...«

»Ach die. Und? Wie war's?«

»Sie behauptet, daß Hella und Sascha per Annonce Kunden für Kinderpornos gesucht haben.«

»Typisch«, brummte ich. »Das macht der Job in diesem Laden. Die haben da nichts anderes im Kopf.«

Henk stand auf und schmiß die Kippe aus dem Fenster. »Nicht, daß sie wirklich welche zu verkaufen hatten. Sie wollten, daß jemand anbiß. Und den hatten sie dann im Sack.«

»Für ihre Serie. Verstehe. Und es paßt sogar.«

»Paßt? Wozu?«

»Sagt dir der Titel *Kreuz ist Trumpf* irgendwas?«

An Henks Grimasse merkte ich, daß er ihm etwas sagte. »Klar, die kennt jeder. Der Typ, der den Pfarrer spielt, der wohnt doch da unten am Rhein.«

»Du kennst den?«

»Quatsch. Ich hatte flüchtig mit ihm zu tun. Kluhse. Wolf Kluhse. Hat früher hauptsächlich Arztrollen gespielt. Du weißt schon: Frauenarzt Dr. Mönckeberg. Dr.Hafer, der menschliche Tierarzt. HNO-Arzt Dr. Zinken.« Er musterte mich kritisch. »Wäre vielleicht auch eine Rolle für dich.«

»Sehr komisch.«

»Im normalen Leben soll er eine ziemlich unerträgliche Person sein.«

Das Gute an Henk war, daß er solche Sachen immer wußte. Als Schnüfflernase konnte man ihn vergessen, aber im Wissen von irgendwelchem Klatsch zum richtigen Zeitpunkt, da war er unschlagbar. »Übrigens habe ich dir schon mal von ihm erzählt.«

»Du? Wann denn?«

Henk machte ein enttäuschtes Gesicht. »Der Gottesmann, dem meine Klientin, Liane, eine verpaßt hat.«

»Ach, das ist ja ein Ding!« wunderte ich mich. »Vielleicht, weil er was für Pornos übrig hat?«

»Weil sie das glaubt. Er selbst bestreitet das. Außerdem, wenn es so wäre, dann wäre es nicht verboten.«

»Auch nicht, wenn es sich um solche der speziellen Art handelt?«

»Hör zu, Liane kann sich vielleicht damit begnügen, einfach Dinge zu behaupten.« Henk war jetzt nicht mehr enttäuscht. Er war genervt. »Aber unsereins muß sie erst beweisen. Also spuck nicht so große Töne, ja?«

»Ah! Jetzt fällt erst der Groschen«, grinste ich. »Ich bin mitten in deinem Fall gelandet. Und weil du dir bei diesem Bohnert die Zähne ausgebissen hast, paßt es dir gar nicht, wenn ich ihn zur Strecke bringe, was?«

Henk seufzte. »Versuch's erst mal. Und dann reden wir weiter.«

Die Erpressungstheorie wurde immer wahrscheinlicher. Da waren zwei junge, ambitionierte Filmemacher mit einer Idee, die vielleicht nicht unbedingt neu war, aber dafür Einschaltquoten versprach. Nur, mit Kameras, pfiffigen Ideen und erfrischend respektlosen Moderatoren allein war das Ding nicht zu machen. Vor allem brauchten sie ja Leute, die sie ertappen konnten. Also gaben sie die Annonce auf. Und dann, eines Tages, zappelte ein Pfarrer namens Kluhse im Netz. Ein wirklich fetter Fisch.

Das erklärte auch, weshalb Hella mir nichts davon gesagt hatte. Weshalb bis jetzt überhaupt nichts nach draußen gedrungen war. Zwischen Erpressern und Erpreßten gab es nicht nur Haß, sondern auch ein heimliches Bündnis. Schweigen nützte beiden Seiten, und deshalb hielt es doppelt gut.

Ich radelte am Rhein entlang und atmete den typischen Mix aus Chemie, Sondermüll und dem Diesel der Schleppkähne ein. Jemand hatte mir mal erzählt, das rieche zwar nicht besonders, sei aber gut für die Zähne, wenn man es mit offenem Mund einatmete. Oder wenigstens für Zahnersatz, ich wußte nicht mehr genau.

Kluhses Residenz lag in einem Vorort, der von Kluhses geprägt war. Hermetisch sauber wie eine Quarantäne-Station, geprägt von dem Bedürfnis der Prominenz, ungestört zu sein und gleichzeitig ihren Luxus ungestört auszubreiten, ohne daß ständig jemand darübertrampelte. Fans vor den Bildschirmen – sehr gerne. Davon konnte man nicht genug kriegen. Aber Fans im eigenen Garten? Die störten nur das biologische Gleichgewicht, stritten mit dem Personal herum und verjagten auch noch die seltenen Vögel.

Die Gebäude glichen Burgen, sowohl was ihre Ausmaße als auch die eindrucksvollen Sicherheitsanlagen betraf. Wer hier wohnte, der mußte es als Herabsetzung empfinden, wenn man ihn nicht jeden Tag beklauen wollte. Er haßte die Einbrecher genauso wie die Klatschpresse. Aber wehe, die Meute ließ einen auch nur einen Tag in Ruhe. Dann fühlte man sich gleich vernachlässigt.

Nur Kluhses Haus schien keine solche Burg zu sein. Ich stand vor einem prunkvollen, schön geschmiedeten Tor, das in einen großen Park führte. Großgewachsene, alte Bäume standen auf einer endlosen Rasenfläche in losen Gruppen beieinander wie Partygäste, die sich lässig unterhielten. Um das Haus sehen zu können, hätte ich ein Fernglas gebraucht.

Ich drückte auf den Klingelknopf und kam mir komisch dabei vor. Seit wann klingelte man, wenn man einen Park betreten wollte? Würde vielleicht einer von den Bäumen herbei eilen, um mir zu öffnen?

»Ja, bitte?« fragte die Sprechanlage mit einer weiblichen Stimme.

»Ich würde gerne Herrn Wolf Kluhse sprechen.«

Kurze Pause. »Wie ist Ihr Name, bitte?«

»Kittel. Ich komme vom Video Heimservice.«

»Sind Sie mit Herrn Kluhse verabredet?«

»In gewisser Weise.«

»Sie sind es also nicht.«

»Sagen Sie Herrn Kluhse, daß ich kein Außerirdischer bin. Aber ich habe extra den langen Weg vom Saturn hier heraus gemacht.«

»Vom Saturn?«

»Sagen Sie es nur. Er weiß schon Bescheid.«

Je länger ich wartete, desto klarer wurde mir, daß ich tatsächlich große Töne gespuckt hatte. Henk hatte auch hier gestanden. Was nützte es, daß ich mehr in der Tasche hatte als die wütenden Verdächtigungen einer Liane Engels, wenn man mich nicht vorließ? Als ich gerade meinen Hintern wieder auf den Sattel gehievt hatte, klickte das Türschloß. Ich schloß das Rad am Zaun an und trat ein.

Wie sich herausstellte, war das Haus nur wenige hundert Meter entfernt, direkt hinter einem kleinen Waldstück. Es war von beachtlicher Größe, aber einstöckig und duckte sich geradezu hinter dem Wäldchen. Mit Erfolg. Kluhses Sicherheitskonzept war offenbar nicht die Ritterrüstung, sondern die Tarnkappe.

Eine Hausangestellte nahm mich in Empfang und begleitete mich um das Haus herum in den Garten hinter dem Haus.

»Vom Saturn?« sagte sie. »Wouw! Das ist ja echt cool. Wirklich.«

Ich war mir nicht sicher, ob sie wirklich eine Angestellte war. Sie war viel zu jung. Ihr strohblondes Haar wirkte aufgeschäumt, die Lippen trugen Rot, das so unauffällig war wie die Havarieanzeige unmittelbar vor einem Flugzeugabsturz, und ihr Lächeln war so wahllos und unerbittlich, daß es nach einer angeborenen Entstellung aussah. Wenn es nach ihr ging, war sie ein junges Filmtalent, keine Angestellte.

»Ja«, sagte ich und lächelte zurück. »Aber das ist halb so schlimm. Zum Glück haben wir Zentralheizung da oben.«

Sie blieb stehen, und Begriffsstutzigkeit versuchte, sich auf ihr Gesicht zu schieben. Aber gegen den Lächelreflex kam sie nicht an.

Hinter dem Haus war ein Swimmingpool, der so groß war, daß man bei nebligem Wetter wahrscheinlich nicht das andere Ufer sehen konnte. Aber jetzt war es klar, und ich erkannte Kluhse, der sich in einem Liegestuhl sonnte.

Da ich ihn nur als Pfarrer Bohnert aus dem Fernsehen kannte, war der erste Anblick ein Schock, als würde mir plötzlich Don Camillo im schwarzen Tanga über den Weg laufen. Aber Kluhse war nicht Don Camillo, und er hatte auch keinen Tanga an. Er trug eine modische halblange Badehose, grün mit einem wirren roten Muster. Seine Haut war braungebrannt. Ein bißchen zu braun für meinen Geschmack.

Er erhob sich. Auf seinem Gesicht war die herzliche, anteilnehmende Freundlichkeit Pfarrer Bohnerts.

»Kommen Sie, nehmen Sie Platz.«

»Schön, daß Sie Zeit für mich haben.«

Er war klein und schmächtig, aber nicht drahtig. Die Soutane kleidete ihn besser, weil sie sein Bäuchlein besser verbarg als die poppige Badehose.

»Zeit? Aber ich bitte Sie. Nicht jeden Tag bekomme ich Besuch vom Mars.«

»Vom Saturn.«

»Richtig. Tja, dann erzählen Sie doch mal. Wie ist das Wetter da oben?«

Für einen Moment nahm er seine Sonnenbrille ab und sah auf einmal nicht mehr aus wie Pfarrer Bohnert, sondern wie der Vater von Pfarrer Bohnert. Diese Fähigkeit der Fernsehleute, im Gebißträger-Alter noch Halbwüchsige mit Aknepickeln zu spielen, hatte etwas Erschreckendes.

»Etwas vernebelt«, antwortete ich. »Wegen der Ringe, wissen Sie? – Aber es wird Sie freuen zu hören, daß Sie da oben eine Menge Fans haben.«

Die Sonnenbrille wanderte wieder ins Gesicht zurück. Bohnerts Freundlichkeit behielt ihre geistliche Milde, wurde aber sachlicher.

»Was Sie nicht sagen.«

»Ja«, beteuerte ich. »Die Fans sind scharf auf *alle* Filme von Ihnen.«

Er trat auf mich zu, bis er mir direkt gegenüberstand. Das war nicht mehr Pfarrer Bohnert. Das war das Fernsehen selbst. Ich sah in das tiefe Dunkel seiner undurchsichtigen Brillengläser, und ich hätte mich nicht gewundert, wenn plötzlich das Tagesschau-Logo aus ihnen hervorgetaucht wäre. Ich wollte unverschämt grinsen, aber was ich zustandebrachte, war nicht besser als die Grimasse des Filmsternchens.

»Sie können gar nicht genug davon kriegen«, fügte ich hinzu.

Sorge zeichnete sich auf Bohnerts Gesicht ab. Ernste Sorge, die aber mit Seelsorge nichts zu tun hatte.

»Und da dachte ich«, meinte der Fernsehpfarrer leise, »daß sie allmählich genug haben.«

»Es ist so«, erklärte ich. »Der Trend geht immer mehr vom Alltäglichen weg. Hin zum Außergewöhnlichen, Prickelnden, Erregenden. Ja, Anstößigen.«

Abrupt wandte er sich von mir ab, ging zur rollenden Minibar hinüber, die neben seinem Liegestuhl parkte. Er goß sich etwas ein und kippte es hinunter. »Lassen wir das alberne Spiel. Was wollen Sie?«

Hinter Bohnert war jetzt ein Muskelpaket in weißem T-Shirt und weißen Shorts aufgetaucht. Typ Bademeister.

»Nun, ich – ich glaube, einer Ihrer Mitarbeiter hat letzte Nacht einen Haufen Videos mit Ihrer klerikalen Serie erbeutet.«

»Was sollte Sie das angehen?«

Das Muskelpaket verschränkte die Arme im Zeitlupentempo. Arme, die so behaart waren, daß der Besitzer damit wohl regelmäßig zum Friseur mußte. Er machte ein Gesicht, als würde ihm nichts von dem entgehen, was gesagt wurde. Dabei war ich mir nicht einmal sicher, ob er sprechen konnte.

»Sagen wir, ich war Zeuge, wie er einen Anrufbeantworter zertrümmerte. Fragen Sie mich nicht nach dem Motiv. Vielleicht haßt er alle Anrufbeantworter, weil sie ihm geistig überlegen sind.«

Der Bademeister machte eine unwillige Bewegung, die aussah wie eine Schwimmübung. Ich hatte getroffen.

»Das würde auch erklären«, fuhr ich fort, »wieso er etwas Wichtiges vergessen hat. Er hat sozusagen das Brot geklaut, aber die Wurst auf dem Brot, die hat er liegenlassen.«

Kluhse starrte mich an, als sei ich tatsächlich ein Außerirdischer. Er starrte eine ganze Weile, dann erstrahlte sein Gesicht plötzlich wieder. Er breitete den rechten Arm aus und ließ ihn leicht gekrümmt in der Luft, so als hielte er seine Frau im Arm, die leider unsichtbar war: »Kommen Sie doch. Nehmen Sie einen Drink mit mir.«

Wir betraten das Haus durch die Terrassentür, es wurde kühler. Der Bademeister wartete draußen. Ich fühlte mich sicherer.

»Schönes Haus«, sagte ich.

Wir befanden uns in einem Wohnzimmer, das eigentlich ein Museum war: afrikanisches Kunstgewerbe an den Wänden, auf den Tischen und Schränken. Es gab sogar eine Vitrine mitten im Raum. Schilder, Kopfschmuck und Giftpfeile. Lange, amphorenförmige Trommeln. Handgeschnitzte Giraffen. Elfenbein an der Wand.

»Afrika«, sagte Kluhse. »Meine Leidenschaft. Wir drehen jetzt eine Serie, die da spielt. Tolle Sache.«

Ich nahm den Drink, den er mir anbot. An der Wand, die sich in eine Diele hinein verlängerte, hing ein Bild, das nicht so recht zum Thema Afrika paßte. Ein Foto. Ein Aktfoto.

»Also gut«, begann Kluhse. »Sie haben etwas gefunden, was mir gehört. Sie sind ein ehrlicher Finder, und deshalb sind Sie hier.« Er kratzte sich am Kopf. »Und Ehrlichkeit hat ihren Preis, das ist keine Frage. Gut, also: Wieviel wollen Sie?«

Das konnte nicht sein. Auf dem Bild, das war Elsie. Sie war jünger als jetzt, erheblich jünger. Fast noch ein Kind. Aber sie war es. Was hatte sie hier zu suchen? Wieso hatte sie sich für diesen Widerling ausgezogen?

»Na los, Kittel«, sagte der Widerling. »Sagen Sie einen Preis.«

Ich musterte ihn kühl. »Ich will Sie nicht erpressen, Herr Kluhse. Ich habe überhaupt nicht vor, Ihnen die Kassette zu verkaufen. Zufällig weiß ich, daß sie nicht Ihnen gehört. Und sie ist unverkäuflich. Sozusagen ein Erbstück.«

Er trat wieder auf die Terrasse. Ich folgte ihm.

»Nein?« Der TV-Pfarrer lächelte nicht mehr. Er nahm am Rand des Beckens Aufstellung und blickte auf das Wasser hinaus, die Arme in die Hüften gestemmt. Vielleicht hatte er ja schon mal Bonaparte gespielt, wie er auf seinem Exil auf St. Helena täglich aufs Meer hinausgeschaut hatte. Kluhse drehte sich langsam zu mir um.

»Ich brauche sie aber dringend«, sagte er leise. Seine Freundlichkeit war ihm abhanden gekommen, dafür hatte er den Bademeister wieder. Kluhses Wachhund. Er stand in der Sonne und hatte den Mund leicht geöffnet, als würde er hecheln.

»Autos klauen ist schlimm«, meinte ich, um endlich zur Sache zu kommen. »Aber nur solange, bis der Autobesitzer ermordet wurde. Dann ist das schlimmer.«

»Von diesen Dingen verstehe ich leider nicht viel«, erwiderte der Pfarrer.

»Sie wurden erpreßt wegen dieser Kassette. Und jetzt sind die beiden Erpresser tot. Schön für Sie, Herr Kluhse. Aber – eben schlimmer.«

Das Lächeln, mit dem er mich bedachte, war so unendlich herablassend, daß ich ihn beinahe angefleht hätte, mich doch lieber auf die schlimmste Weise zu beschimpfen. Hätte Pfarrer Bohnert auch nur ein einziges Mal so gelächelt, er hätte es nicht mal zum Meßdiener gebracht.

Kluhse zog seine Brille wieder auf. Mit einem Zucken schüttelte der Mund das Lächeln ab und wurde zum Strich unter der Nase. »Hören Sie mir gut zu, Kittel. Das ist mein Haus hier. Ein schönes Haus. Ein schöner Garten. Das alles gehört mir, und ich habe hier oft Gäste. Nette Gäste, die Sie höchstens schon mal im Fernsehen gesehen haben, zwischen den Werbeblöcken. Wenn Sie sich überhaupt einen Fernseher leisten können. Und jetzt kommen Sie hierher, ein zu klein geratener Marsmensch, und machen sich unmöglich. Besudeln all dies Schöne hier mit Ihren bösartigen, kleinbürgerlichen Anschuldigungen. Ich habe Sie machen lassen, und das, obwohl ich sowas überhaupt nicht leiden kann.«

Er sah mich herausfordernd an, aber ich dachte gar nicht daran, etwas zu erwidern. Im Moment überlegte ich vielmehr, wie ich mich am besten zurückziehen konnte, bevor die Situation hier außer Kontrolle geriet.

»Aber jetzt haben Sie Würstchen die Frechheit, mich eines Mordes zu bezichtigen. Das ist zuviel. Wissen Sie was? Ich betrachte unser kleines Gespräch als beendet. Und Sie – Sie sollten es als nie stattgefunden betrachten.«

Damit drehte er mir den Rücken zu und schritt – wieder napoleonhaft – in Richtung Terrassentür. Ich war verunsichert. War das alles? Wollte er mich einfach so stehen lassen?

Im nächsten Augenblick hatte ich die Antwort: Er wollte das ganz und gar nicht. Etwas packte mich von hinten. So unerbittlich wie es mich packte, mußte es ein Bulldozer sein oder ein Kran. Es war der Bademeister.

»Verdammt!« schrie ich und strampelte mit den Beinen, als ich vom Boden abhob. Der Kampf war so unfair wie der zwischen King Kong und der weißen Frau. Ich hatte keine Chance.

Im nächsten Moment segelte ich durch die Luft und schlug klatschend auf der Wasseroberfläche auf. Es rauschte, als ich nach unten sank. In einem Meer von Luftbläschen kämpfte ich mich nach oben zurück. Ich wollte Luft schnappen, aber plötzlich steckte mein Kopf mitten in einem Netz, das auf einen grünen Ring aufgezogen war. Und das über einen langen grünen Stiel mit dem Unhold verbunden war. Der Ring drückte mich unter Wasser. Ich kam wieder hoch und prustete. Er drückte wieder. Und wieder. Ich japste. Die Abstände wurden immer kürzer. Rauschen und zappeln. Dann paßte kein Wasser mehr in meine Lungen.

Er hatte mich nicht ertränkt. Als ich zu mir kam, lag ich am Beckenrand wie ein verendender Fisch. Der grüne Ring war noch um meinen Hals. Er hatte mich damit rausgezogen.

Mein Atem war pfeifend und gurgelnd. Ich hielt es für unmöglich, daß ich mich jemals wieder aufrappeln würde. Ich hatte genug damit zu tun, Atemzüge zu machen.

»So, Klugscheißer. Besser du läßt dich hier nich wieder blicken«, sagte Bademeister. Er stand breitbeinig neben mir und redete zu mir aus der Perspektive, aus der Großwildjäger zum Großwild reden, nachdem sie es erlegt haben. »Wenn doch, dann jibt's nich mal diesen Service. Nich mal Haarewaschen, wennste verstehs, was ich mein.«

Ich verstand, aber erst, als ich den Hund sah, den er an der kurzen, bis zum Zerreißen gespannten Leine hielt. Der Hund sah aus wie ein Werwolf und hatte die gleichen Haare am ganzen Körper, die der Bademeister auf den Armen hatte. Wahrscheinlich war es sein Bruder.

»Der jeht auf Menschen«, erklärte der Mensch.

»Brav«, sagte ich zu dem Hund. Dann hustete ich noch ein paar Liter Wasser aus.

21

Keine Ahnung, wie lange ich am Beckenrand gelegen hatte und wie ich von da weggekommen war. Irgendwann brüllte mich ein Autofahrer wütend an, weil er mir beinahe über die Füße gefahren war. Immerhin hatte er grün.

Ich war immer noch naß wie ein Schwamm. Es war früher Nachmittag, und die heiße Sonne putzte binnen weniger Sekunden die Pfützen weg, die jeder meiner Schritte hinterließ. Henks Fahrrad rollte neben mir her, und ich wußte nicht genau, ob ich es schob oder ob ich mich nur an ihm festhielt. Aufsteigen und losradeln war jedenfalls im Moment nicht drin. Ich hätte es nicht mal auf den Gepäckträger geschafft.

Ein Wagen hielt neben mir. Es war kein schöner Wagen. Eine Ente mit einem Loch im Auspuff und einem hängenden Kotflügel. Das klapprige Ding schien eine einzige wehmütige Rückblende in jene Zeit zu sein, da nicht der Wagen, sondern die Friedensaufkleber auf der Heckscheibe das Statussymbol waren und man die Umwelt auch noch ohne Dreiwege-Katalysator liebhaben konnte. Ich fragte mich, ob ich schon halluzinierte, denn eine solche Karre war hier in Kluhses Gegend ein Ding aus einer anderen Welt.

»Heh! Kann ich dich vielleicht irgendwohin mitnehmen?« Die Frau paßte zu dem Auto. Und sie paßte wieder nicht. Liane aus der Frauengruppe. Henks Klientin.

»Nett von dir«, sagte ich. »Aber ich habe gerade ausgiebig geduscht. Und die Leute hatten keine Handtücher.«

»Macht nichts!« Sie lächelte zuvorkommend. »Ist ja nur Wasser. Das gibt keine Flecken.«

Ich war tatsächlich nicht sicher, ob Henks Rad mich noch bis nach Hause ziehen würde. Also schloß ich es an einem Straßenschild an und stieg ein.

»Toller Schlitten«, sagte ich dankbar.

Liane trug einen hellgrünen Jogginganzug mit einem leuchtendroten Streifen an der Seite. Ihren gefährlich anmutenden Ohrring hatte sie nicht angehängt. Sie sah frisch und sportlich aus. Vielleicht kam sie in diese Gegend zum Joggen. Oder zum Kugelstoßen.

»Ja. Aber der gehört nicht mir. Normalerweise habe ich mit Autos nichts am Hut.«

Sie haute den Gang rein und fuhr mit einem Schwung an, der mich in den staubigen Sitz drückte. Hoffentlich bedeutete ihre Bemerkung nicht, daß sie heute zum ersten Mal am Steuer saß.

»Na? Hast du also endlich begriffen, wer hinter der ganzen Sache steckt?«

»Wer denn? Hinter welcher Sache?«

»Na, hinter welcher Sache wohl?«

Immer noch war ich wie benebelt und schwer von Begriff. Ich hatte das Gefühl, daß das Wasser auch in meinen Kopf gedrungen war. Meine Gedanken waren wäßrig. Da war auch eine wäßrige Wut, nicht nur auf diesen Pfarrer, sondern auch auf Elsie. Sie mit ihrer Selbstmörderei. Das waren doch nur Spielchen. Sie wußte ja nicht annähernd, was es hieß zu ertrinken. Aber ich schon. Seit heute.

»Dieses Schwein«, beantwortete Liane ihre Frage. »Kluhse, das perverse Schwein.«

»Pervers?«

Sie sah mich an, ihr Blick ging mitten auf meine nasse Hose. »Der macht sich an Kinder ran. Hat er das nicht gesagt?«

Liane riß das Steuer herum, und die Ente legte sich in die Kurve, daß ich durch das zerkratzte Seitenfenster jedes einzelne Körnchen Asphalt vorbeiflitzen sah. Dann scherte sie auf die Autobahn ein. Das Hupen war ohrenbetäubend. Ich zuckte die Schultern.

»Hauptsächlich wollte ich rauskriegen, ob er Sascha oder Hella Weiß ermordet hat«, sagte ich.

»Klar hat er. Die sind ihm auf die Schliche gekommen.«

»Hast du Beweise?«

»Beweise!« Ihre unwillige Handbewegung brachte die

Ente für einen Augenblick bedenklich ins Schlingern. »Ich habe Augen im Kopf. Und ich kenne Elsie schon ein bißchen länger als du. Sie muß raus aus dieser Sache. Und dieses Schwein soll sich endlich einer vornehmen.«

»Aber sie kann doch nur dann raus, wenn ich beweisen kann, daß –«

»Denkst du, was?« Ihre Augen waren streitlustig auf mich gerichtet.

»Ja«, nickte ich, damit sie wieder auf die Straße guckte.

Ohne Vorwarnung bog Liane jetzt von der Autobahn ab und warf die Ente erneut in die Kurve, diesmal auf die linke Seite, wo sie praktisch Bodenberührung hatte. Unwillkürlich umklammerte ich den Haltegriff an der Tür.

»Darf man wissen, wer dich beauftragt hat?«

Ratlos drehte ich den Griff in der Hand. Bei der kleinsten Belastung war er abgebrochen. Da Liane so von oben herab tat, hatte ich keine Lust, mich zu entschuldigen, und legte das Ding einfach nach hinten.

»Ja«, sagte ich. »Aber ich wüßte das auch gern.«

»Sehr witzig. Also niemand.«

Sie fuhr wie eine gesengte Sau. So wie sie schaltete und lenkte, kannte sie das Fahren bis heute nur aus der polemisch verzerrten Sicht der Fahrradfahrerin, oder aber sie war ein Naturtalent für Stuntaufnahmen.

»Was hast du jetzt vor?« fragte sie kühl.

»Ich – ich werde rauskriegen, wer die Morde begangen hat.«

»Da es Elsie nicht war.«

»Nicht? Keine Ahnung. Das will ich ja rauskriegen.«

»Sie war es nicht.«

»Wer dann?«

Keine Antwort mehr. Sie sah verbissen auf die Straße, was mich irgendwie beruhigte. Mir fiel auf, daß wir aus der Stadt raus waren. Wir fuhren auf einer staubigen Landstraße. Um uns waren Felder, soweit das Auge reichte. Am Horizont krabbelten ungeschickt zwei Traktoren über die Scholle.

»Wo fahren wir hin?«

Ein Lächeln, das mir nicht besonders gefiel. »Keine Angst, mein Guter. Alles zu seiner Zeit.«

Sie bog in einen Feldweg ein. Der Ente schien das gar nicht zu gefallen, und ich hatte Mitleid mit ihr. Aus dem Alter, in dem man sich auf solchen Wegen herumtreibt, war sie heraus.

»Was hast du vor? Du wolltest mich nach Haus bringen.«

Wieder kam dieses überlegene Lächeln. »Mach dir nicht in die Hosen. Sie sind nämlich schon naß, wenn du das noch nicht bemerkt haben solltest.«

Ein abruptes Ausweichmanöver, dann schlug ein beachtlicher Stein von unten gegen die Karosserie. Der Wagen kam zum Stehen, mitten in einer dichten Staubwolke.

»Kannst du mir vielleicht sagen, was wir hier sollen?« fragte ich.

»Kommt sofort.« Sie beugte sich zu mir herüber. Alle Zuvorkommenheit war von ihr gewichen. Die Kunstfaser ihres Jogginganzugs roch verschwitzt.

»Vorher aber noch zwei Sachen: Erstens solltest du wissen, daß ich nicht nur diese Selbsterfahrungsgruppe mache. Sondern auch eine für Selbstverteidigung.«

»Gratuliere«, sagte ich. »Man weiß ja nie, wofür es noch gut ist.«

Jetzt ist keine Zeit mehr für Scherze, sagten ihre Augen. Weder um drüber zu lachen, noch um sich drüber zu ärgern.

»Dann das andere: Elsie ist eine meiner besten Freundinnen. Und ich mache mir Sorgen um sie.«

»Ich auch.«

»Das sehe ich. Sie braucht Hilfe. Aber die einzige Hilfe, die sie von dir bekommt, ist deine Herumschnüffelei nach Beweisen, die gegen sie sprechen.«

Ich machte einen letzten Versuch. »Was haben die beiden miteinander zu tun? Elsie und dieser Kluhse, meine ich.«

Liane schüttelte definitiv den Kopf. »Keine Chance, Weichei. Du machst alles nur noch schlimmer. Weißt du, ich habe mich immer gefragt, wieso mich das stört, daß

Detektive meistens Männer sind. Jetzt weiß ich: Das führt nämlich dazu, daß sie sich an die Frauen halten. Wenn es darum geht, Verdächtige zu beschatten. Und Schuldige zu finden. Nicht umsonst heißt es immer: *Die* Verdächtigen. *Die* Schuldigen. *DIE* – verstanden?«

Ich hob abwehrend die Hände, sagte aber nichts. Ich wollte nicht, daß sie mir die nächste halbe Stunde lang faktenreich belegte, daß der Frauenanteil bei den Verdächtigen der Weltgeschichte immer sehr hoch war. Ganz zu schweigen von den zu Unrecht Beschuldigten. Und daß Frauen niemals Täter waren, es sei denn, es handelte sich um gute Taten.

»Du hast ja recht«, versuchte ich also zusammenzufassen.

»Und solche Schweine wie dieser scheinheilige Pfaffe, die können machen, was sie wollen.«

Wieso hatte ich jetzt ein schlechtes Gewissen? Wahrscheinlich, weil sie tatsächlich recht hatte. Und weil ich im selben Moment, wie die Rede auf den scheinheiligen Pfaffen kam, das Gefühl hatte, daß ich dringend Luft brauchte, aber nur Wasser einatmen konnte. Ich bekam einen Hustenanfall.

»Das hab ich nicht gesagt«, meinte ich dann.

Sie grinste. »Was du sagst, ist mir ziemlich gleich.«

Jetzt hatte ich allmählich genug. Offenbar hatte sie mich in diese Einöde gefahren, um mir eine Moralpredigt zu halten. Wenn ich mir die nicht anhören mußte, war ich gerne bereit, ein oder zwei Stunden zu Fuß zu laufen. Vielleicht konnte ich ja bei einem Traktor aufsteigen. »Danke fürs Mitnehmen«, sagte ich und öffnete die Tür.

»Moment noch!« rief Liane mir hinterher. »Vorher sagst du mir noch, wo du stehst!«

Ich zuckte mit den Achseln und drehte mich zu ihr um. »Na, hier.«

»Hilfst du diesem Schwein oder Elsie? Ihr helfen bedeutet, ihm das Handwerk zu legen. Und zwar endgültig. «

Sie schien kurz davor zu sein, Kluhse umzubringen.

»Das sehe ich etwas anders.«

»Ach, nee!« höhnte sie. »Das siehst du anders! Wetten, du brauchst Beweise? Willst niemanden vorverurteilen! Ihr seid doch alle gleich. Du und Henk, einer windelweicher als der andere! Wenn ihr genau wißt, was läuft, dann braucht ihr plötzlich Beweise!«

Ich ging los.

»Bleib stehen, verdammt!« schrie sie mich an. »Ich rede noch mit dir!« Diese Frau mochte sportlich und engagiert zugleich sein. Aber warum mußte sie mir immer sagen, was ich zu tun oder zu lassen hatte?

»Sei mir nicht böse«, sagte ich. »Aber ich nicht mit dir.« Ich stapfte den Feldweg entlang. Der staubige Dreck reizte meine Nase.

Liane kam hinter mir her. »Ich glaube, du denkst immer noch, ich mache Scherze.«

Ich blieb stehen und drehte mich um.

Liane stand auf einem Bein, als probe sie eine indisch-therapeutische Ballettfigur. Kein Wunder, daß ihr Gesicht zur Grimasse verzerrt war. Aber hatte ich sie darum gebeten, auf einem Bein zu stehen?

Ich wollte sie angrinsen, doch da trat sie zu und erwischte mich am Hals. Augenblicklich verlor ich sämtliches Gefühl im rechten Teil des Oberkörpers. Dann schlug etwas von hinten gegen meine Kniekehlen. Wie ein Hampelmann, dem jemand das Gehen beibringen wollte, sackte ich zusammen.

Sie stand breitbeinig vor mir. Allmählich gewöhnte ich mich an diese Perspektive.

»Und jetzt?« bellte sie, auch ein wenig außer Atem. »Immer noch die zynische, große Klappe?«

Mit dem Schritt eines Feldwebels spazierte sie um mich herum, langsam, als hätte sie alle Zeit der Welt. Dann gab sie mir von hinten einen Schubs. Ich kippte vornüber und landete mit dem Gesicht in einer Pfütze. Es schmeckte süßlich, ich hatte keine Ahnung, was es war. Wasser konnte es nicht sein, denn es regnete ja nicht. Aber es gab Kühe in der Gegend.

»Mach's gut, Weichei«, kam es von oben. »Und wasch dich mal. Das könnte dir nicht schaden.«

Erst hier unten in der Pfütze wurde mir bewußt, daß das heute nicht einer meiner besten Tage war.

22

Der Rückweg war zwar lang, aber im Vergleich zu dem, was bis jetzt passiert war, verlief er ohne große Überraschungen.

Leider nahm mich kein Traktor mit, und auch sonst wurde ich von den meisten Vorbeikommenden höflich übersehen. Erst kurz vor dem Ziel wurde ich unfreiwillig zu einer kleinen Sensation, als ich an einem Spielplatz vorbeischlurfte. Für kurze Zeit stellten fast alle Kinder sämtliche Spielaktivitäten ein und starrten mir mit riesengroßen Augen ehrfürchtig nach. Jahrelange pädagogische Überzeugungsarbeit, daß es die bösen Wichtelmänner und ekligen Waldschrate aus dem Märchen nicht in Wirklichkeit gab, hatte ich in wenigen Sekunden zunichte gemacht.

Als ich das Treppenhaus betrat, raschelte es direkt neben der Tür.

»Nur ein paar Fragen«, hörte ich hinter mir. Inspektor Mattau. Ich drehte mich nicht einmal um.

»Bitte nicht«, sagte ich. »Ich hatte einen schweren Tag.«

»Verstehe ich, Kittel«, beruhigte er mich. »Kenn ich auch, glauben Sie mir. Sowas habe ich jeden Tag.«

Ich glaubte ihm kein Wort. Aber er kam hinter mir her.

»Hier riecht es irgendwie merkwürdig im Treppenhaus. Riechen Sie das auch?«

»Ich weiß nicht, was Sie meinen.«

Natürlich meinte er mich. Aber meinte er die immer noch feuchten Klamotten? Oder den Feldweg? Den Geruch nach Kraut und Rüben? Oder das Gemisch aus faulendem Weizen und Kuhpisse? Da gab es eine Menge Möglichkeiten.

Als wir in der Wohnung standen, runzelte sich seine Stirn, und auf seinem Gesicht drängelten sich Besorgnis und leichter Ekel. »Was haben *Sie* denn gemacht?«

Wenigstens zeigte er nicht auf seine Nase. Ich zuckte mit den Schultern. »Ist heute alles nicht so gelaufen, wie es sollte. Aber Sie kennen das ja. Haben sowas jeden Tag.«

Wenigstens hatte Matau soviel Anstand, mich in Ruhe zu lassen, bis ich mich halbwegs in ein Mitglied der menschlichen Zivilisation zurückverwandelt hatte. Die Klamotten, die ich gestern erst hervorgekramt hatte, um auf diesen Kluhse einen besonderen Eindruck zu machen, hatten eine Menge eingesteckt. Den Geruch würden sie vermutlich nie mehr loswerden.

»Sagt Ihnen der Titel *Schaumschlägers Ende* zufällig was?« begrüßte mich Mattau, als ich aus dem Badezimmer kam. Irgendwoher hatte er sich ein Kölsch besorgt, dabei war mir völlig neu, daß ich noch welches da hatte.

»*Schaumschägers Ende*? Wieso?« Wenn er jetzt einen schlechten Witz auf mich machen wollte, dann konnte er sicher sein, daß das sein letztes Kölsch gewesen war.

»Ein Roman von E Punkt Holland.«

»Elsie?«

Er grinste. Umständlich fischte er mit der Linken in der Innenseite seines muffigen Parkas. Dann warf er ein Manuskript auf den Tisch.

»Lesen Sie nur. Ist spannend.«

Toller Typ – Toter Typ. Von H. Weiß stand oben auf der ersten Seite.

Ich sah Mattau fragend an. »Hier steht nichts von einem Schaumschläger. Auch nicht E Punkt Holland. Sondern H Punkt Weiß.«

»Genau, Kittel. Das ist ja der Punkt. Wie sagt man so schön: der Punktus Knacktus.«

Ich gähnte. »Erzählen Sie's mir, Inspektor. Das ist besser als lesen.«

Als hätte er auf diese Aufforderung gewartet, ließ sich Mattau in einen Sessel fallen und stellte das Bier auf dem Tisch ab. Besser gesagt: Er knallte es auf den Tisch, weil er sich in der Fallgeschwindigkeit verschätzt hatte. Wurmförmig kroch der Schaum aus der Flasche, verhielt für einen Augenblick am Flaschenhals, als wollte er sehen, ob die Luft rein war. Dann kletterte er gemütlich auf den Tisch hinunter und verlief zu einer gelblichen Lache.

»Es ist nämlich so«, begann Mattau. »Sie kennen die Geschichte schon, obwohl Sie das Drehbuch nicht gelesen haben.«

»Welches Drehbuch?«

»Das da. Das ist ein Drehbuch. Wir haben es vor einer Woche auf Sascha van Baers Schreibtisch gefunden. Es lag da wie ein Lesevorschlag. Als hätte der Ermordete es vorher da hingelegt, damit der Spurensicherung das Spurensichern nicht zu langweilig würde.«

»So war er eben.«

Mattau trat auf den winzigen Balkon hinaus. Unten im Hof schaltete sich der Ventilator einer Kühlanlage ein. »Also, der Plot: Eine Frau ermordet ihren untreuen Gatten. Sie hat nämlich herausbekommen, daß er mit seiner jeweiligen Freundin immer ein ausgiebiges Bad nimmt, bevor er mit ihr ins Bett geht. Er hat immer die gleiche Masche, und das wird ihm zum Verhängnis. Sie wartet genau den geeigneten Moment ab. Der Mann, in Erwartung seiner Geliebten, räkelt sich in der herzförmigen Badewanne. Der CD-Player spielt das Lied, mit dem auch ihre Romanze damals begonnen hat.«

»*Moonlight-Serenade*.«

Der Inspektor drehte sich um.

»Ja. Zufällig. Sie schnappt sich also den laufenden CD-Player und schmeißt ihn in das schäumende Naß.«

»Und wie geht es aus?«

»Tja, Kittel. Das Drehbuch ist erst angefangen. So ein Drittel, würde ich sagen.«

»Es war ihr nicht vergönnt, ihr Werk zu beenden.«

»Das nicht. Wollen Sie trotzdem wissen, wie es ausgeht?«

»Ja.«

»Die Frau kommt damit durch. Dank einer flotten Detektivin namens Lizzie Kroll. Die bastelt das so hin, daß keiner Verdacht schöpft. Schon gar nicht die Polizei. Und die ist wie immer so beschränkt, daß man sich wundert, daß sie es überhaupt bis zum Tatort schafft.«

»Und woher wollen Sie das wissen?«

Seine Miene verfinsterte sich. »Das sage *ich* doch nicht. Diese –«

»Nein. Woher Sie den Schluß wissen.«

»Das liegt daran, daß es gar nicht ihr Werk ist. Das, was Lizzie Kroll angefangen hat, bringt jemand anders zu Ende. Ellis Prittke. Womit wir zu Frau Holland kämen.«

»Verstehe ich nicht.«

»Sehen Sie, Kittel, ich gebe zu, ich bin kein sehr ordentlicher Mensch. Dieses Skript da hat eine ganze Weile bei mir rumgelegen. Ich hatte einfach zu viel am Hals. Als ich dann endlich mal zum Lesen gekommen bin und mein Verdacht natürlich auf diese Hella Weiß fiel, da weilte sie schon nicht mehr unter den Lebenden. Und bei ihr fanden wir dann ein viel dickeres Manuskript von Elsie Holland.«

»*Schaumschlägers Ende*.«

»Exakt. Dieselbe Handlung, nur andere Namen.«

Mattau saß mir wieder gegenüber. Gedankenverloren malte er mit dem Finger in der Bierlache herum. Er war wirklich kein sehr ordentlicher Mensch.

»Was hat das zu bedeuten?« fragte ich.

Er nahm den Finger aus der Lache und deutete damit auf mich. »Wenn ich ein Klassenlehrer wäre, würde ich sagen, eine hat von der anderen abgeschrieben.«

»Hella hat demnach eine Drehbuchfassung von Elsies Roman geschrieben.«

»Genau so ist es, Kittel.«

Mattau stand auf, um sich ein neues Kölsch zu holen. Ich sah ihm zu und erfuhr auf diese Weise, daß ich im Stauraum hinter dem Bücherregal noch einen halben Kasten hatte.

»Nur würde ich die Sache nicht so harmlos formulieren. Wenn es einfach nur eine Bearbeitung für das Fernsehen war, wieso sind sämtliche Namen verändert? Und wieso wußte man in der Firma, daß van Baer und die Weiß demnächst einen Krimi produzieren wollten?«

Endlich ging mir ein Licht auf. »Sie wollen sagen, die haben das Ding einfach geklaut?«

Stumm, mit zusammengepreßten Lippen, nickte Mattau. Als sei ich derjenige, dem man den Stoff geklaut hatte.

»Also das ist ja ... Die haben wohl vor nichts zurückgeschreckt. Dabei hat er vorher Elsie versprochen, sie mit einer Verfilmung herauszubringen. Nicht nur, daß das eine Lüge war, er klaut auch noch das Manuskript und macht seine Geliebte damit zum Star.«

»Genau.« Das Nicken dauerte ewig. »Genau so hat Elsie Holland das wohl auch gesehen.«

Ach, darauf wollte er hinaus.

»Erstens: Der Mord ist minutiös beschrieben. Zweitens: Hella hat den Stoff geklaut. Sie hat ihr nicht nur den Mann ausgespannt, sondern wollte mit ihrem Stoff groß rauskommen. Wenn das kein Motiv ist für die zweite Tragödie.«

»Ein Motiv vielleicht. Aber wenn Elsie von diesem Schwindel wußte, dann hätte sie Sascha niemals auf diese Weise umgebracht. Schließlich mußte sie damit rechnen, daß das Manuskript gefunden wurde. Und damit wäre sie geliefert gewesen.«

Mattau stand abrupt auf, ging auf und ab und verlegte sich dabei aufs Kopfschütteln. »Nein«, sagte er. »Nein, nein. Bei jedem anderen trifft das zu. Nicht bei einer wie der Holland. Die hat kein Interesse am perfekten Verbrechen. Die wollte Rache, alles andere war ihr egal. Rache, die Stil hatte. Sie mußte sowohl zum untreuen Lover als auch zum geklauten Roman passen. Das war ihr wichtig und nicht, ob sie dabei Fingerabdrücke hinterließ. Sehen Sie doch die Theatralik, die in dieser Inszenierung liegt. Die paßt doch nicht zu Hella. Die paßt eigentlich nur zu einer.«

»Sie meinen, Elsie war völlig egal, ob man sie hops nimmt oder nicht?«

»Schließlich inszeniert sie andauernd ihren eigenen Tod.«

»Ja. Sie inszeniert. Sie spielt Theater.«

»Das sagen Sie, Kittel. Ich sehe das etwas anders. Ich glaube eher, daß ihr alles egal ist. Die Kanone, die man erst auf andere abgefeuert hat. Und jetzt spielt man damit Russisch Roulette.«

Mattau hob die Flasche Kölsch in meine Richtung, aber er prostete mir nicht zu. »Deshalb – nach so vielen Antworten – jetzt meine Frage an Sie: Wo ist Frau Holland?«

»Keine Ahnung.«

»Natürlich nicht.«

Von der Kohlensäure mußte er aufstoßen, wußte aber, was sich gehörte. Mit sichtbarer Anstrengung versperrte er Mund und Nase, so daß der Rülpser in seinem Inneren detonierte.

»Ich habe auch eine Frage«, sagte ich. »Sind Sie bei den Ermittlungen auf den Namen Kluhse gestoßen?«

»Nein. Wieso fragen Sie?«

»Die beiden Ermordeten waren nebenbei als Erpresser tätig. Und sie hatten ein Opfer gefunden. Ein prominentes Opfer, das sie ganz und gar in der Hand hatten.«

»Und?«

»Was und? Das wäre auch ein Motiv für den Mord.«

Er sah mich enttäuscht an, als hätte ich versucht, ihm eine von meinen abgetragenen Hosen als Sensation zu verkaufen. »Kittel, ich habe schon ein Motiv. Was ich brauche, ist die Mörderin, nicht noch einen Mörder. Also sagen Sie einfach, wie ich die Holland erreichen kann.«

»Ich habe keine Ahnung, wo sie ist.«

Er drückte mir die leere Flasche in die Hand. »Hoffentlich, Kittel. Wir bleiben vorsichtshalber an Ihnen dran.«

23

Als Mattau unverrichteter Dinge wieder abgezogen war, stieg jemand von draußen durch das Fenster ein. Ich registrierte, daß mich diese Späße schon nicht mal mehr erschreckten.

»Ist er weg?« fragte Elsie.

Sie trug heute ausnahmsweise ein weites hellrotes Kleid mit freien Schultern. Es stand ihr nicht besonders.

Außerdem schien ihre Haut die Sonne nicht zu vertragen.

»Falls du es noch nicht bemerkt hast, der Balkon ist da drüben«, sagte ich.

»Da hat die ganze Zeit der Bulle herumgestanden. Ich war hier auf dem Sims.«

Allein beim Gedanken daran wurde mir schlecht.

»Du mußt mir eine Menge erklären«, sagte ich.

»Ich muß dir überhaupt nichts erklären.« Sie fiel in den Sessel, den Mattau eben benutzt hatte, und starrte gedankenverloren in die trockende Lache auf dem Tisch.

»Dieses Schwein«, sagte sie.

»Er ist kein Schwein«, widersprach ich. »Auch wenn er nicht die besten Manieren hat.«

Ich holte etwas zum Aufwischen.

»Er wollte mich fertigmachen. Und sie auch.«

Jetzt erst kapierte ich, daß sie den ›Scheißkerl‹ meinte. Natürlich hatte sie unser Gespräch belauscht.

»Heißt das, du wußtest nichts davon, daß Hella das Drehbuch geschrieben hat?«

Sie lachte schrill auf. »Mir hat das keiner gesagt! Ich nehme an, es sollte eine Überraschung werden.«

»Immerhin beweist das, daß du unrecht hast. Man kann deine Sachen also doch verkaufen.«

»Du hast keine Ahnung. Überhaupt keine Ahnung.« Sie hackte diesen Satz in drei gleichgroße, vorwurfsvolle Teile, während sie in ihrer grünen Tasche nach Zigaretten kramte. »Hast du überhaupt schon mal was von mir gelesen?«

»Was soll denn das jetzt –«

»Hast du oder hast du nicht?«

Ich zuckte mit den Schultern und wechselte das Thema. »Wieso hast du bloß nichts davon gesagt, daß dieses Manuskript überhaupt existiert?«

»Nach dem, was passiert war? Für alle hätte es so ausgesehen, als hätte ich die Anleitung zu diesem Mord geschrieben.«

»Was meinst du, wie es jetzt aussieht? Du steckst ganz schön in der Scheiße.«

»Keine Angst«, sagte sie. »Da kenn ich mich aus.«

Was sie damit meinte, war mir klar, also ging ich nicht drauf ein. Ich holte uns etwas zu trinken.

»Was war mit diesem Kluhse?«

Achselzucken. »Was soll mit ihm gewesen sein. Mit dem bin ich fertig.«

»Aber du hast mir nicht gesagt, daß davor mal was war.«

Sie warf mir einen spöttischen Blick zu. »Ja«, sagte sie. »Wir sind auch nicht in Süditalien, und du bist nicht mein älterer Bruder.«

Sie hatte recht.

»In Kluhses Wohnung hängt übrigens ein Bild von dir«, erzählte ich.

Eine harmlose Bemerkung, aber Elsie wurde augenblicklich wütend. »Dieser ... – hat er das immer noch?«

»Ja«, nickte ich.

Sie stopfte die halbgerauchte Zigarette in den Aschenbecher, wieder und wieder stieß sie zu, bis die eben noch quicklebendige Glut nichts mehr war als schwarze, stinkende Asche.

»Du bist blind«, sagte Elsie. »Das ist kein Bild von mir. Offenbar hast du keinen besonderen Sinn für Details.«

»Sondern?«

»Er steht auf kleine Mädchen. Die auf dem Bild ist höchstens dreizehn. Und er hat mein Gesicht reinmontieren lassen.«

Verständnislos schüttelte ich den Kopf. »Aber wozu?«

»Weil er das toll fand. Deshalb bin ich ja fertig mit ihm.«

»Bist du das wirklich?«

»Was meinst du damit?«

Um ihrem intensiven, lauernden Blick auszuweichen, stand ich auf und rückte ein paar Zimmerpflanzen zurecht. »Du wußtest von *ERTAPPT!*, stimmt's? Du warst es, die Sascha auf seine Spur gesetzt hat.«

»Na und?« Elsies Stimme erholte sich jetzt. Sie bekam einen schwärmenden Unterton. »Ich wollte, daß er ihn ins Fernsehen bringt. Den sauberen Pfarrer Bohnert, aber nicht, wie alle ihn kennen, sondern diesmal mit seinem wahren Gesicht. Die Leute sollten endlich erfahren, was der außer beten sonst so macht.«

»Woher kennst du ihn überhaupt?«

Sie steckte sich schon wieder eine an. »Er war in unserem Laden. Da hat er sich feiern lassen und seinen ganzen Bohnert-Charme ausgebreitet. Und ich bin auch drauf reingefallen. Ich vor allem.«

»Das war vor Sascha.«

»Seine Schmuddelvideos hat er damals sorgfältig vor mir weggeschlossen. Irgendwann hab ich dann zufällig eins entdeckt. Und da kam er dann gleich mit der Idee, selbst eins zu produzieren.«

»Mit dir.«

»Ach was!« Schon wieder dieser spöttisch verzogene Mund. Der Mund einer Nutte aus der South Bronx, der keine Gemeinheit dieser Welt fremd war. Und jetzt kam ich mit meinen Pfadfinderweisheiten.

»Er wollte nur, daß ich zusah. Nur! Und dann war er enttäuscht, daß ich so spießig war. Nicht aufgeschlossen genug.«

»Warum hast du ihn nicht angezeigt?« fragte ich.

Sie stand auf und ging zum Balkon. Als haßte sie es, mit dieser Frage zusammen am Tisch sitzen zu bleiben. »Wollte ich ja«, behauptete sie. »Aber er hat mir gedroht. Versuch nur, mir was anzuhängen, sagte er. Dich kennt niemand. Dich kann man irgendwo aus dem Wasser ziehen, und kein Hahn kräht danach.«

Kluhse schien für diese Tötungsart tatsächlich eine gewisse Vorliebe zu haben.

»Aber dann«, stellte ich fest, »warst du es doch nicht, die baden ging. Sondern Sascha.«

»Weil dieser Scheißkerl einen Rückzieher gemacht hat, deshalb!« Sie schnippte die Kippe nach draußen, mit einer Mischung aus Wut und jener den Rauchern eigenen Zuversicht, daß keine Kippe wirklich weggeworfen ist. Sondern immer irgendwo einen Platz findet in dieser Welt, die ja nichts anderes ist als ein riesiger bewohnter Aschenbecher.

»Natürlich hat er das«, sagte ich. »Weil er ihm lieber

Geld abknöpfen wollte. Wenn du mich fragst, ich –«

Elsie schneuzte sich laut in ein Taschentuch, daß es über den Hinterhof hallte. Für mich kam das völlig unerwartet. Weinte sie jetzt, oder war es Heuschnupfen? Ich konnte so etwas immer schwer auseinanderhalten.

»Tja«, tröstete ich für alle Fälle, »jedenfalls kannst du nichts dafür, daß du ausgerechnet an zwei so nette Typen geraten bist.«

Das schien Elsie anders zu sehen. »Mir hat mal eine Therapeutin gesagt, daß ich als Kind nie richtig geliebt worden bin. Und daß mir deshalb das alles immer passiert.«

Ich tröstete weiter. »Nimm's ihr nicht übel«, sagte ich. »Therapeutinnen sagen so etwas schon mal. Aber sie meinen es dann doch nicht so.«

»Das drückt sich auch in meinen Romanen aus. Deshalb habe ich sie geschrieben. Um mich zu rächen. An Sascha von mir aus. Und an Wolf. Aber nur auf dem Papier.«

»Du hast sie geschrieben, weil du als Kind nicht geliebt wurdest?«

Wie kann man nur so unglaublich blöd sein? stand deutlich lesbar in ihrem Gesicht. »Quatsch! Deshalb hat das nichts gebracht. Und deshalb immer diese Labilität. Diese Lebensmüdigkeit.«

»Das hätte Pfarrer Bohnert auch gesagt.«

»Danke sehr. Du Arsch.«

Zugegeben, das war nicht sehr nett. Aber unsere Unterredung schwenkte wieder einmal auf die stabile Kreisbahn um den heißen Brei ein. Und darauf hatte ich keine Lust.

»Dieser Scheißpfarrer«, sagte Elsie, »hat eine Menge damit zu tun.«

»Das sagt deine Freundin auch.«

»Meine Freundin?«

»Liane. Sie hat mich heute ein Stück mitgenommen. Unterwegs hat sie mir dann ein paar – Tips gegeben. Ich soll dich in Ruhe lassen. Und mir dafür diesen Kluhse schnappen.«

»Vielleicht solltest du das.«

»Sie war nicht so unbestimmt. Sie ist deutlicher geworden. Nach dem Motto: Angriff ist die beste Selbstverteidigung.«

Elsie lächelte nachsichtig. »Tut mir leid. Ich hab sie gestern noch getroffen. Sie meint immer, sie müßte sich einmischen. Eigentlich ist sie ein netter Kerl. Nur manchmal denke ich, daß alles ein bißchen viel für sie ist.«

»Was?«

»Alles. Die ganze Welt. Daß alles – verschieden ist. Damit kommt sie nicht klar.«

Das Helfersyndrom gepaart mit einem Weltbild, das ungefähr so filigran war wie eine Ritterburg aus Bauklötzen. Ergab den Spiderman-Komplex.

»Heißt das also: dieser Kluhse war's nicht?«

»Wieso heißt es das?«

»Weil Liane ihn für schuldig hält. Und du hast selbst gesagt, daß sie –«

Sie zuckte mit den Schultern. »Woher soll ich das wissen?«

»Ich könnte den Fall nämlich auch schlicht und einfach sehen. Entweder er war's oder du.«

»Somit heißt deine Frage in Wirklichkeit: Warst du's?«

Diese Frau war ein Phänomen. Jede Wette, sie würde aus einem sanften Kapuzinermönch in Rekordzeit einen rasenden Killer machen. Alles, was sie dafür brauchte, war, ihn für einige Minuten in ein Gespräch zu verwikkeln.

»Wieso das denn?«

»Du fragst, weil du nicht daran glaubst, daß er es war. So einfach ist das.«

»Herrgott! – Ich weiß nicht, was ich glauben soll.«

»Du weißt nicht. Das heißt auch, daß du im Grunde glaubst, ich war's.«

Keine Ahnung, warum ich überhaupt mit ihr redete. Ich verschwendete meine Zeit.

»Na also«, sagte Elsie.

»Nein, verdammt noch mal! Denkst du, sonst wäre ich hier?«

»Du bist hier, weil du hier wohnst.«

Das hatte ich schon fast vergessen. Ich versuchte es anders. »Mattau denkt, er hat den Fall im Sack. Er hat dieses Drehbuch, und er ist mit Recht stolz auf das, was er da drin gefunden hat. Und das ist schlecht für dich. Selbst wenn du es nicht warst, dann läßt er nicht locker. Und wenn er mit dir fertig ist, dann hältst du dich selbst für schuldig.«

»Na und?«

Ich setzte mich ihr direkt gegenüber und riß das Feuerzeug aus ihrer Hand, das längst leer war und mit dem sie ihre Zigarette ununterbrochen anklickte, als könnte sie die mit akustischen Signalen zum Glühen bringen.

»Das heißt«, sagte ich, »daß du mich brauchst. Ich werde rauskriegen, wer's war.«

»Du glaubst mir also?«

Ich warf einen flehenden Blick zur Decke. »Ja.«

Sie sah mich an, vielleicht zwei, drei Sekunden. Aber ich hätte mich nicht gewundert, wenn sich danach herausgestellt hätte, daß Jahre vergangen waren. Eine Ewigkeit lang sah sie mich an. Eine Ewigkeit, die entweder damit enden würde, daß sie mich umbringen würde. Oder aber ihren Eltern vorstellen.

»Na also«, meinte sie. Ein Lächeln erschien auf ihrem Gesicht. Dann hauchte sie mir einen Kuß auf die Wange und war im nächsten Augenblick aus der Tür.

Das Ganze war völlig unwirklich. Es hätte zu einer saftigen grünen Wiese gepaßt, mit fröhlich zirpenden Grillen und jeder Menge Streichinstrumenten in der Luft oder zu einem in rotes Gold getauchten abendlichen Strand.

Aber ein Sommerabend war nicht von sich aus schon romantisch. Hier gab es nur abgestandene Luft, schwüle Hitze und von unten aus dem Hof den Geruch von Müll, der bei dem Wetter schneller verfaulte als sonst.

Der Ventilator schepperte wieder los. Direkt vor meinem Gesicht sirrte eine Mücke, und das erinnerte mich daran, daß ich abends besser die Fenster zumachen sollte.

Es dauerte eine ganze Weile, bis ich Elsies Buch gefunden hatte, das ich vor ein paar Tagen in der Buchhandlung erstanden hatte. Die Sachen verkramten sich bei mir von selbst, ich konnte nichts dagegen machen. *Scheinheilige beten nicht – ein Ellis Prittke-Krimi.* Wenigstens paßte das ja thematisch ganz gut.

24

Irgend jemand, wahrscheinlich Henk, hatte Kaffee über das Buch geschüttet. Dadurch war es etwas aufgequollen und sträubte sich jetzt dagegen, aufgeschlagen zu werden. Aber Dank Elsie hatte ich jetzt ein schlechtes Gewissen, und das reichte, mich gegen den Widerstand durchzusetzen. Ich las vom Mord an einem Priester, der so geschickt eingefädelt war, daß die Polizei zunächst im stockdunkeln tappte. Aber schon bald verhaftet sie eine junge Frau, und es sieht gar nicht gut für sie aus. Zum Glück für die Frau schaltet sich Ellis Prittke, Privatdetektivin, ein. Sie riskiert einen mutigen Blick hinter die Fassade des Priesters und findet heraus, daß er ein mieses Ekel war, der sich auf schmierige Weise an Frauen herangemacht hat. Während sie nach und nach die bigotte Doppelbödigkeit der braven Gesellschaft demaskiert, begreift Ellis allmählich, wie der Fall wirklich liegt ...

Ellis oder Elsie – mir kam die Sache mehr und mehr bekannt vor.

Hatte sie mir deswegen ihr Buch – auf ihre nörgelnde Art – zur Lektüre empohlen? Damit auch mir – wie Ellis Prittke, nur eben wegen meiner längeren Leitung viel später – allmählich dämmerte, wie dieser Fall wirklich lag?

Ich ließ den Frauenkrimi auf dem Bett liegen und trat auf den Balkon. Es war gar nicht so einfach, auf den Balkon zu treten, denn er war schmal und für Leute mit kleinerer Schuhgröße gemacht.

Die kühlere Nachtluft roch nicht mehr nach Müll, sondern nach Oregano und Zwiebeln. Ein Hauch von Mittelmeer verwandelte den öden Hinterhof und wollte mir weismachen, daß um die Ecke alle paar Sekunden das Meer auf den Sand rollte. Ich hätte ewig hier stehen können und schnuppern.

Ich stellte mir Elsie vor – so nahe am Ziel ihres Feldzuges gegen Kluhse. Dann erfährt sie von Hella und Sascha. Ihre beste Freundin mit ihrem Freund im Bett. Und unter dem Kopfkissen ihr Romanmanuskript, das Sascha verfilmen will, mit Hellas Namen vorne drauf.

Ellis Prittke hatte Verständnis für die Tat. Sie präsentierte nicht – wie die meisten ihrer männlichen Kollegen – den wahren Schuldigen. Denn so einfach lag die Sache nicht. Das war kein Fall der Indizien, der Alibis und der Gerechtigkeit, die man dem Geschehen einfach anfheften konnte wie einen Sheriffstern. Ellis Prittke hatte das begriffen. Weil sie wußte, auf welcher Seite sie stand.

Gegenüber ging jemand aufs Klo. Eine klare Abfolge: Schlafzimmerlicht an, Flurlicht an, Klolicht an. Abziehen. Dann Klolicht aus, Flurlicht aus, Schlafzimmerlicht aus. So einfach war das. Wieso war der Rest des Lebens nur so kompliziert?

Ich hatte diese Frau wirklich unterschätzt. Elsie hatte es auf der ganzen Linie fertig gebracht, mich zu täuschen. Diese dauernde Schwarzseherei, die Schuldzuweisungen, die abgestandene Lebensweisheit, die sich wie ein übler Mundgeruch über alles halbwegs Ansehnliche breitete: eine perfekte, geradezu geniale Fassade, hinter der eine wirkliche, berechnende Schuld verschwinden konnte. Niemand hätte hinter diesem quasselnden, ewig nörgelnden Nervenbündel namens Elsie Holland eine starke, berechnende Frau vermutet. Eine Ellis Prittke. Eine Frau aus dem Holz, aus dem die Heldinnen der Frauenkrimis in Serie gingen ...

Ich war schon eingedämmert, als das Telefon klingelte.

»War das eben ernst gemeint, daß du mir glaubst?« Ihre Stimme hatte den dosenartigen Nachklang einer Telefonzelle.

»Ja. Hab ich doch gesagt, Elsie. Ich glaube dir.« ›Eben‹ – das schien ewig her zu sein.

»Übrigens habe ich dein Buch gelesen.«
»Und?«
»Ja, also ...« Ich kämpfte gegen ein Gähnen und unterlag. »Es ist spannend. Aber was mich interessieren würde – kann das sein, daß die Handlung autobiographische Züge trägt?«
Sie machte eine so lange Pause, daß ich dachte, die Leitung wäre unterbrochen.
»Was willst du verdammt noch mal damit andeuten?« kam es dann, kaum hörbar und mit einem leichten Zischen.
»Nichts.« Mein Auflachen war etwas zu unbeschwert. »Ich meine nur ...«
»Du meinst nur?«
»Ellis Prittke würde sich nicht mit einer Rache zufriedengeben, die nur auf dem Papier stattfindet. Denn es wäre ja auch keine echte Rache. Und das Merkwürdige ist: obwohl sie nur auf dem Papier existiert, ist es in Wirklichkeit doch nach ihrer Nase gegangen.«
»Nach ihrer Nase?«
»Ja. Ich meine, die beiden Morde. Die sind nicht erfunden. Die sind Wirklichkeit. Also – Ellis? – Ich meine: Elsie!«
Sie hatte aufgelegt.

25

Am nächsten Morgen herrschte dicke Luft.
Die Sonne hatte sich verzogen, und es sah ganz so aus, als ob sie eingeschnappt war. Kein Wunder. Seit jeher gewohnt, als *die* Metapher für Frohsinn und Heiterkeit schlechthin zu gelten, mußte sie sich seit drei oder vier Wochen die wüstesten Beschimpfungen anhören. Also hockte sie über einer meterdicken Wolkendecke und drückte sie mit ihrem ganzen Gewicht auf die von der Hitze ausgelaugte und vor Schweiß stinkende Stadt hinunter. Heimtückisch, wie ein Mörder ein Kissen einem schwer Atmenden auf das Gesicht drückte.

Es sah nach Gewitter aus.

Ich dachte an letzte Nacht und hatte ein schlechtes Gewissen. Zuerst hatte ich mich auf Elsies Seite gestellt und sie dann wieder verdächtigt.

Auch wenn alles nicht mit dieser Prittke-Story zusammenpaßte: Sascha war zwar tot, aber Hella literarisch nicht mal in Erscheinung getreten. Und der janusköpfige Pfarrer war quicklebendig.

Es paßte nicht zusammen und war auch nicht in Ordnung. Was *war* denn in Ordnung? Auf welcher Seite stand ich eigentlich?

Unter der Dusche wurde mir klar, daß der ganze Seitenquatsch nichts einbrachte. Er stammte aus Elsies Frauenkrimi und hatte nichts mit der Wirklichkeit zu tun. Die Welt war nicht so simpel, daß sie nur aus zwei Seiten bestand, einer richtigen und einer falschen.

Laues Wasser rieselte an mir herunter, ohne zu erfrischen. Die Seife rutschte mir aus der Hand. Ich versuchte sie zu packen, aber sie glitschte weg und sprang aus der Dusche in den Flur. Ich hastete hinterher, fluchend und über Schuhe und Geschirr stolpernd. Erst kurz vor der Haustür bekam ich das blöde Ding zu fassen, das vor Dreck und Fusseln starrte und eher einer toten Maus ähnelte als Seife.

Du bist wie diese Seife, hörte ich Elsie sagen, während ich nackt und naß auf dem Flur hockte und auf meinen Teppichboden tropfte. Glatt und nie zu fassen. Redest dich überall raus. Liane mag nicht die hellste sein. Aber wenigstens ist sie keine Seife.

Ich pfefferte das Ding in die Küche, wo es an der Wand einen klebrigen, hellblauen Seifenfleck hinterließ, und machte mich auf die Suche nach einem Handtuch.

Vielleicht hatte Mattau recht. Vielleicht war Elsie tatsächlich eine Mörderin. Fest stand jedenfalls, daß es hauptsächlich einen Grund gab, weshalb meine Überlegungen um diesen Kluhse einen Bogen machten: die Angst vor einem weiteren unfreiwilligen Bad in seinem herrlich blauen Pool. Ich wollte nicht, daß er verdächtig war, denn dann würde er bestimmt wieder unangenehm werden. Kein besonders ehrenhafter Grund.

Ich rief Henk an und erzählte ihm von meinem Besuch bei dem TV-Pfarrer.

»Also schön, Kittel«, sagte er. »Du hast mehr erreicht als ich. Trotzdem gibt's da nur eins.«

»Und das wäre?«

»Du läßt deine Schnüfflernase da raus. Jedenfalls von seinem Grundstück. Der Mann ist genau das Richtige für Mattaus Entrümpelungsdienst. Überlaß das denen.«

»Ich werde trotzdem nochmal hingehen.«

Henk schnauft unwilllig. »Verdammt, Kittel. Jetzt spiel nicht den Helden. Das kauft dir doch keiner ab.«

»Es geht darum, daß ich keine Seife sein will. Das ist mir heute klargeworden.«

»Was –?«

»Egal, Henk, vergiß es. Es muß sein. Mattau braucht immer eine Extraeinladung, das weißt du. Außerdem hält er sich inzwischen ganz und gar an Elsie.«

»Ja und?« Das klang, als wollte er wissen, was daran schlimm sein sollte.

»Dann ist da noch dein Fahrrad. Es steht bei ihm um die Ecke. Wäre doch schade, wenn es geklaut würde.« Ich legte auf.

Mit der S-Bahn war es eine endlose Strecke, bis ich an Kluhses geschmiedetem Gartentor stand. Es kam mir vor, als hätte ich in der gleichen Zeit ein Last-Minute-Angebot nach Kreta und zurück wahrnehmen können.

Mir war klar, daß man mich nicht so einfach auf das Anwesen lassen würde. Aber ich war fest entschlossen, mich nicht abwimmeln zu lassen.

Erwartungsgemäß war das Filmsternchen am Empfang nicht mehr so zugänglich wie gestern. »Ich soll Ihnen bestellen, daß Sie froh sein können, nicht vorgelassen zu werden.«

Ihre Stimme kam kühl und herablassend aus der Sprechanlage. Ich konnte mir nicht vorstellen, daß sie das eiserne Lächeln dabei auch nur eine Sekunde abgelegt hatte.

»Warum sollte ich froh sein?« fragte ich.

»So wie eine Fliege froh sein kann, daß man sie nicht in den Kaffee fliegen läßt, sagt der Chef. Da würde sie ja nur ertrinken.«

Es knackte in der Leitung. Das Tor öffnete sich nicht. Ich war abgewimmelt.

Natürlich gab es irgendeine Möglichkeit, über die Mauer zu kommen. Aber Henk hatte recht: Ich war nicht Burt Reynolds. Außerdem waren da drinnen Alarmanlagen und scharfe Hunde.

Ein Wagen kam die Straße hinauf gefahren und hielt schräg gegenüber, ungefähr fünfzig Meter entfernt. Eine Ente mit einem hängenden Kotflügel – Liane.

Wollte sie mir den Rückweg abschneiden? Drohte sie mit Selbstverteidigung, falls ich es wagen sollte umzukehren?

Aus dem Seitenfenster stieg eine kleine Qualmwolke. Sie stieg nicht aus. Sie saß einfach im Auto und zeigte mir, wie es war, wenn man auf der richtigen Seite stand. Wenn man sich nicht kleinlich um Alarmanlagen sorgte und den Mut hatte, mit einem Auto-Zombie in eine Gegend zu kommen, wo sogar die Hausangestellten einen Jaguar fuhren.

Liane stand auf Elsies Seite. Sie schnitt mir den moralischen Rückweg ab.

Burt Reynolds hätte die Mauer eleganter genommen. Auf jeden Fall hätte er sich dabei nicht so dreckig gemacht. Ich war schon zufrieden, als ich halbwegs weich auf der anderen Seite landete und einen Moment verschnaufen konnte.

Es duftete nach Gras. Kein schrillender Alarm, kein Hundegebell.

Die kleine Parkanlage verbarg Kluhses Haus nicht nur vor Gaffern, sie ermöglichte es auch Eindringlingen wie mir, unbemerkt bis zum Haus vorzudringen.

Das Haus stieß mit einer Ecke in die Baumgruppe. Immer noch in Deckung, schlich ich mich an das erste Fenster an. Eine Art Arbeitszimmer. Es war leer.

Von der Terrasse hörte ich Stimmen. Kluhse und noch jemand. Im Wasser planschte kreischend ein Mädchen, möglicherweise die Hollywood-Mieze mit dem Grimassen-Leiden. Alle schienen sich jedenfalls bestens zu amüsieren, und das war mir nur recht. Dem Pool wollte ich heute keinen Besuch abstatten.

Das Arbeitszimmer war schon interessanter. Und es stand praktisch offen. Ein geklapptes Dielenfenster mit einem Austritt, der in Griffweite hing.

Das erste Zimmer, das von der Diele abging, war ein Schlafzimmer. Ebenso freundliche wie biedere Finnlandmöbel, hellgrüne Bettwäsche. An der Wand ein jugendlicher Clark Gable mit dem *Ich-kriege-sie-alle-rum*-Lächeln. Nichts Außergewöhnliches. Aber was hatte ich eigentlich erwartet: Nonstop-Übertragung von Pornovideos? Kinder-Reizwäsche auf dem Bett verstreut? Wenn der Mann ein Doppelleben führte, durfte er nichts rumliegen lassen. Die biedere Fassade war das A und O.

Ich wandte mich zum Arbeitszimmer, als mich ein Geräusch innehalten ließ. Waren also doch nicht alle am Pool. Bevor es Ärger gab, floh ich den Flur entlang in die Gegenrichtung. Ein Knick, dann ein paar Stufen abwärts. Ein großes Fenster zeigte mir, daß ich mich in der Richtung vertan hatte. Ich sah genau auf den Swimmingpool hinunter. Und da gab es kein Planschen und kein Kreischen mehr. Der Wasserspiegel war verdächtig ruhig, eine polierte Fläche, auf der sich der graue Himmel spiegelte. Wo waren alle hin?

»Na, sieh mal einer an«, sagte es hinter mir. Ich fuhr herum. Kluhse, grinsend wie ein US-Präsidentschaftskandidat während der Vorwahlen. »Also ich muß schon sagen: Das ist Dreistigkeit. Unverschämte Dreistigkeit ist das.«

Neben ihm lungerte der Bademeister, die Hände in den Taschen, mit der Schulter gegen die Wand gelehnt. Das Girlie stand etwas abseits, gehüllt in ein buntgemustertes Badetuch, und tropfte auf den Fußboden wie ein frischgefangener Fisch, den jemand in Papier eingeschlagen hatte. Sie trug ein ratloses, fast ängstliches Lächeln.

»Wirklich, das muß ich schon sagen«, legte Kluhse nach. Sein Grinsen verbreiterte sich noch etwas, es lief jetzt fast einmal ganz um den Kopf. »Unser Außerirdischer. Haben Sie sich also doch entschlossen, mir mein – Eigentum zurückzubringen?«

Ich zuckte die Schultern und fragte mich im selben Moment, ob Burt Reynolds etwas Besseres eingefallen wäre an meiner Stelle. »Im Gegenteil«, sagte ich.

Seine Stirn runzelte sich. Für einen Moment verwandelte er sich in Bohnert, den Beichtvater. »Gegenteil?« fragte er.

Der Bademeister stieß sich lässig von der Wand ab. Ich schwitzte und hatte das Gefühl, daß ich gleich genauso tropfen würde wie das Mädchen. Allerdings tropfte sie, weil sie aus dem Pool kam. Und ich, weil ich hineinmußte ...

»Ja«, erklärte ich. »Ich hole etwas ab, das nicht Ihnen gehört.«

Wozu noch großartig bluffen? Ich hatte eh keinen Trumpf mehr im Ärmel. Also machte ich einen beherzten Schritt vorwärts. Kluhse, darauf nicht vorbereitet, wich unwillkürlich zurück. Ich griff an ihm vorbei an die Wand. Nahm den Rahmen mit dem Aktbild, in das Elsies Gesicht montiert worden war.

»Das hier!« Ich hielt Kluhse das Bild vor die Nase. »Das hat lange genug hier gehangen.«

»Hat es das?« Kluhse schien amüsiert. Er sah aus wie Mabuse, der wußte, daß er geisteskrank war, sich das aber nicht von jedem dahergelaufenen Doktor sagen lassen mußte. »Und was wollen *Sie* damit?« fragte er leise.

Jetzt machte er einen Schritt auf mich zu. Bademeister auch. Ich mußte handeln.

Ich sprang zurück. Dann hob ich das Bild hoch und hielt es ihnen entgegen, so wie man heranrückende Vampire mit einem Kreuz in Schach hält. Und dann – schmetterte ich es auf den Boden. Tausende und Abertausende winziger Glasscherben schlitterten über die Kacheln. Eine unüberwindbare Barriere für meine barfüßigen Widersacher. Ich machte kehrt und rannte los.

Groß war mein Vorsprung nicht gerade. Sie kamen einfach über die Terrasse und dann hinter mir her. Ich schlug mich in die Büsche, um einen Haken zu schlagen, aber das war ein Fehler. Sie kannten sich besser aus. Mein Vorsprung schrumpfte erheblich und damit meine Chance, ungeschoren und trockenen Fußes hier wieder herauszukommen.

Ich lehnte an einem Baumstamm und keuchte. Eigentlich war es mehr ein Pfeifen. Es war jeder Atemzug, der gewaltsam meine Lunge zu zerreißen versuchte, und alle restlichen Organe, die das verhindern wollten, indem sie sich mit ihrem ganzen Gewicht an sie dranhängten.

Niemand war hinter mir. Dabei konnte ich die drei nicht abgehängt haben. Irgendwas stimmte nicht.

Im nächsten Moment wußte ich auch, was. Ein Ding raschelte mit einem irren Tempo durch das Laub, direkt auf mich zu. Als wäre ein Laubtorpedo abgefeuert worden. Scheiße! Der Hund. Das zähnefletschende Monstrum, von dem der Bademeister gesagt hatte, daß es auf Menschen ging.

Auf einen Baum klettern war nicht drin, die Äste hingen viel zu hoch. Also stolperte ich los, raus aus dem Wäldchen. Eine leichte Beute für den Köter. Ich hetzte ein Stück Kiesweg entlang und trat eine rote Staubwolke in die Luft in der Hoffnung, das Tier damit aufhalten zu können. Doch dann baute sich eine Straßensperre vor mir auf: Mitten auf dem Weg stand Bademeister, die muskulösen Arme verschränkt und grinsend wie Meister Propper.

Also wieder auf den Rasen mit Kurs auf die Terrasse. Eindeutig die falsche Richtung, aber ich hatte nur noch die. Hinter mir der Hund, ein schwarzer Kugelblitz, der den Boden kaum mehr berührte.

Aus den Augenwinkeln sah ich Bademeister, der jetzt in aller Ruhe hinterherkam wie ein zufriedener Ehemann, der aus dem Haus die Losung *Essen ist fertig!* gehört hatte. Für ihn war es ein Spiel. Eine Möglichkeit nach der anderen hatte er mir verbaut. Und jetzt hatte er mich in der Falle. Ich war sein Essen.

Ich segelte durch die Luft. Dann tauchte ich ein und sank wie ein Stein auf den gekachelten Grund des Bekkens. Was mich oben erwartete, war klar. Der grüne Ring mit dem Netz, sobald mein Kopf auch nur in die Nähe der Wasseroberfläche kommen würde. Trotzdem mußte ich hoch. Ich brauchte Luft.

Der grüne Ring blieb aus. Niemand hinderte mich daran aufzutauchen. Man schien mich nicht einmal zu bemerken, und das, obwohl ich nicht nur einfach nach Luft schnappte. Ich verschlang sie in Mengen, schmatzend und grunzend wie ein Unmäßiger, der den anderen nichts mehr übrig lassen wollte.

Dann erkannte ich, daß die Kluhses Besuch hatten: Henk. Es war wirklich Henk. Er stand da in Begleitung eines Nichtseßhaften. Ich blinzelte, das Chlor brannte in den Augen. Mattau. Der Nichtseßhafte war Mattau. Wie einen Bischofstab hielt er das grüne Fangnetz, das eigentlich Bademeister gehörte.

Kluhse war gerade dabei, das schwarze Monstrum in den Zwinger zu sperren.

»Der Mann ist widerrechtlich hier eingedrungen«, sagte er. »Sie sollten ihn besser festnehmen.«

»Überlassen Sie das doch uns«, erwiderte Mattau versöhnlich.

Kluhse war jetzt der überarbeitete Fernsehstar, der erwarten konnte, daß man ihn wenigstens in seiner knappen Freizeit in Ruhe ließ.

»Hätten wir gerne«, sagte er und breitete pfarrerhaft die Arme aus. »Wirklich. Aber Sie waren nicht da.«

»Außerdem«, fügte Mattau hinzu, »hätten wir ihn leben gelassen, nicht wahr?«

Fassungslos fielen die Arme wieder an Kluhse herunter. »Aber, aber Herr Hauptkommissar! Niemand wollte ihn töten.«

Henk mischte sich ein: »Und was war das dann? Sagen Sie jetzt bloß nicht, diese Bestie da wollte nur spielen.«

»Kommissar«, erklärte Mattau bedauernd. »Nicht Hauptkommissar. Für uns sah das alles ein wenig aus wie eine Treibjagd.«

»Mit tragischem Ende«, sagte Henk.

Zum ersten Mal meldete sich Bademeister zu Wort. »Er hat Angst vor Hunden. Und da is er jerannt. Und in das Schwimmbecken jefallen. Ich wollte nur ...«

Mattau hob das Fangnetz und deutete damit auf ihn. »Sie wollten ihn nur rausfischen, verstehe.«

»Jenau so.«

Es war eine Genugtuung, den Widerling und sein Faktotum in gewissen Schwierigkeiten zu sehen. Ich war inzwischen an Land geklettert und trocknete mich mit dem bunten Badetuch ab, das die Hollywood-Lady über die Leine gehängt hatte. Es duftete nach Flieder.

»Also dann ...« verabschiedete sich Mattau.

Henk winkte mir zu, ihm zu folgen.

»Wie? Und das war's dann?« rief ich wütend.

Die beiden blieben stehen. Fragende Blicke.

»Werfen Sie wenigstens einen Blick in den Keller. Der Mann hat ein ganzes Archiv mit Kinderpornos.«

Mit dem Keller das war nur so daher gesagt. Woher sollte ich wissen, wie Kluhses Keller aussah? Aber nach seiner Reaktion zu urteilen, konnte tatsächlich was Wahres dran sein.

Der TV-Star nahm augenblicklich seine Bonaparte-Pose ein. Er baute sich vor Mattau auf und überragte ihn sogar. »Sie werden doch nicht Ihre Karriere gefährden, Herr Hauptkommissar, indem Sie diesem Geschwätz Gehör schenken.«

Die Armseligkeit von Mattaus Äußerem stach ins Auge, wie er so vor dem TV-Star stand. Aber in seinem Gesicht vollzog sich eine Veränderung. Der schusselige, freundliche Bulle im Secondhandparka war plötzlich verschwunden. Mattau war jetzt ein alter Fuchs, mit dem man sich besser nicht anlegte. Besonders nicht, wenn er schlecht drauf war.

»Aber nicht doch«, murmelte er nur, fast sanft.

Da dämmerte mir, daß Kluhse einen Fehler gemacht hatte. Nicht, weil er alles abstritt, damit hatte Mattau gerechnet. Es war so, als hätte man ihn leutselig mit *junger Mann* angeredet. Das haßte er, weil er kein junger Mann war und das jeder sehen konnte. Auch war er kein dienstbeflissener karrieresüchtiger Kripo-Beamter.

Mattau hatte es nicht weit gebracht. Was immer auch noch vor ihm lag, eine Karriere war nicht dabei. Und deshalb konnte man ihm auf die Tour auch nicht kommen.

»Ich denke, daß ich wirklich einen Blick in den Keller werfen werde. Und jetzt«, er wandte sich an Bademeister, »werden Sie mich erst mal begleiten.«

Das Muskelpaket rührte sich nicht vom Fleck. Aber es warf seinem Herrchen einen alarmierten Blick zu.

»Darf ich fragen, was Sie ihm zur Last legen?« erkundigte sich Kluhse. Arrogant wie ein Lackschuh.

Mattau würdigte ihn keines Blickes. »Dürfen Sie.« Er drehte sich wieder dem anderen zu. »Für Ihre ›Rettungsversuche‹ mit dem Ding hier gibt es nämlich eine Zeugin. Besonders für den gestern. Tja, mein Lieber, das ist dumm für Sie. Aber darüber müssen wir uns unterhalten.«

Liane! Zweimal hatte sie mich fast absaufen sehen, und erst jetzt packte sie aus. Kein Zweifel, daß sie mich immer noch für einen Versager hielt. Aber es bot sich die einmalige Chance, Kluhse, ihren Erzfeind, vielleicht zu packen, und die durfte sie nicht sausen lassen.

»Sie können mir gar nix!« beharrte Bademeister.

Er nahm eine Angriffshaltung ein, und als der Inspektor seinen Arm packte, stieß er ihn grob zurück. Mattau taumelte in Richtung Schwimmbecken.

»So! Jetz' paß auf, Jung!« Kluhses Gorilla entschloß sich, seinen Vorteil zu nutzen und noch einen nachzusetzen. Eine falsche Entscheidung, schon deshalb, weil Mattau sich an den Rat hielt. Er paßte auf.

Urplötzlich schoß er vor und plazierte bei seinem völlig überraschten Gegner ein paar knappe Schläge. Kaum eine Sekunde dauerte der Gegenangriff. Bademeister klappte zusammen wie ein Taschenmesser.

Damit hatte keiner gerechnet. Am wenigsten Kluhse. Er stand da, und seine Napoleon-Fassade hing an ihm herunter wie ein viel zu großes Kostüm. »Glauben Sie bloß nicht, Sie könnten mir Angst machen«, zischte er.

»Ich kenne eine Menge Leute, die Ihnen schaden können.«

Der Gorilla rappelte sich mühsam wieder auf. Er sah im Moment wirklich aus wie ein Affe. Ein starkes, gefährliches Tier, das gegen die Flinte des Jägers nichts tun konnte. Nichts, außer darauf hinzuweisen, daß er einer aussterbenden Art angehörte. Er ließ sich widerstandslos abführen.

»Ich komme wieder«, versprach Mattau. Zusammen traten wir den Rückweg an, doch der Kommissar drehte sich nochmal um. »Ach ja: Räumen Sie den Keller inzwischen besser nicht auf. Das wäre keine gute Idee.«

26

Daß Elsie mir offenbar immer noch schmollte, war mir egal. Das heißt, ein bißchen enttäuscht war ich schon. Ich hatte mich für sie in die Höhle des Löwen gewagt, und sie spielte immer noch die Beleidigte.

Wenn sie meine Stimme am Telefon hörte, legte sie auf. Sollte sie doch.

Ich verzog mich mit meinem Saxophon in den Grüngürtel und verbrachte den Rest der Tage damit, Reiseprospekte zu wälzen. Jetzt, wo die Sache erledigt war, brauchte ich dringend Urlaub. Ich mußte raus aus dieser Stadt, wo jeder Stein nach Hitze stank und alle sich mit nichts anderem beschäftigten, als ihren Flüssigkeitsverlust auszugleichen.

Aber das Mittelmeer war auch nicht besser. Laut Prospekt bot es nicht mehr als weiß verputzte Hotels mit dem Charme sozialer Brennpunkte, allerdings frisch renoviert. Dazu gab es nur Halbpension, Liegeplätze am Strand, und jede Menge sauberer Swimmingpools. Damit konnte man mich zur Zeit jagen.

»Haben Sie vielleicht was in Spitzbergen?« fragte ich im Reisebüro.

»Spitzbergen?« Die Angestellte spitzte den Mund, und ihre Finger trippelten über die Computer-Tastatur. »Da müßte ich mal ... ja: Ich hätte hier noch einen nach Rhodos. Das ist ja auch da in der Nähe – ich meine ...«

Sie wußte nicht, wovon ich redete. Aber ich hätte gerne gewußt, wovon sie redete. Vielleicht aber war Elsie gar nicht mit Absicht sauer. Woher konnte sie schließlich wissen, daß ich in der Höhle des Löwen gewesen war?

Man hörte eigentlich nur von Mattau und dem Videoskandal. Offenbar war es dem Inspektor gelungen, Kluhse auszutricksen. Er war genau zu dem Zeitpunkt wieder aufgetaucht, als Kluhse seine Schmuddel-Videothek in einen japanischen Kleintransporter verfrachtete. So daß er Mattau dann bloß noch die Autoschlüssel geben mußte. Perfektes Timing.

Am Freitag abend war ich mit Henk im *La Mancha* verabredet. Angesichts des Wetters keine so gute Idee. Es sah immer noch nach Gewitter aus, aber mittlerweile glaubte so gut wie keiner mehr daran, daß es noch kam. Überall hing die Hitze, und die Sonne blieb unsichtbar, als wollte sie beweisen, daß es auch ohne sie unerträglich sein konnte.

Das *La Mancha* war voll, die Hitze war das Thema des Abends. Yuppies tauschten sich aus über Körperlotions und Duschgels, und Ökos redeten von Treibhauseffekt und Klimakatastrophe.

»Weißt du«, sagte Henk, während er stirnrunzelnd die Speisekarte studierte, lange nachdem er bestellt hatte, »ich frage mich, ob unser guter Inspektor sich da nicht ein wenig überhoben hat.«

»Ich fand, daß er ganz schön auf Draht war«, meinte ich. »Diese Ninja-Masche hätte ich ihm nicht zugetraut.«

Ein Mann mit einem ganzen Beet Rosen im Arm näherte sich unserem Tisch, offenbar unschlüssig, ob er uns eine verkaufen konnte. Henk schüttelte den Kopf, doch da hatte er sich schon verzogen.

»Das meine ich nicht«, fuhr Henk fort. »Du hättest eben die Nachrichten sehen sollen. Die lokalen Medien schalten Brennpunkte zum Thema Pfarrer Bohnert.«

»Sehr gut.«

»Mattau behauptet vor der Kamera, daß es einen Zusammenhang zum Mordfall van Baer gibt.«

Ich grinste zufrieden. »Ja, da kannst du mal sehen. Jetzt hat es sich ausgebohnert.«

Henk hatte jetzt seinen Salat. Er kaute und deutete mit der Gabel auf mich. »Kittel, du Träumer. Daran glaubst du doch selbst nicht.«

»Und wieso nicht?«

»Mattau ist nur ein kleiner Bulle. Eine Nummer zu klein für einen Pfarrer, der sich schon durch mehr als zweihundert Folgen gebetet hat.«

»Immerhin einer, der sich nicht kaufen läßt.«

»So war er immer.« Henk machte einen Kußmund und starrte irgendwie zärtlich seine Gabel an, die er direkt darunter hielt. Eine Sekunde, zwei Sekunden blieb er so. Dann kletterte ein Olivenkern heraus. Henk balancierte ihn vorsichtig auf der Gabel zum Tellerrand, als sei er aus Nitroglyzerin. »Ein Weltverbesserer. Kluhse hält sich für unangreifbar, weil er ein Promi ist. Und gerade deshalb stürzt sich Mattau auf ihn. Das Blöde ist nur, daß Kluhse recht hat.«

»Und das Gute ist, daß es Leute gibt, die sich nicht einschüchtern lassen.« Ich lehnte mich zurück und hätte dabei beinahe der Frau am Nebentisch das Bier umgestoßen.

»Entschuldigung«, sagte ich.

»Findest du?« Henk zuckte die Achseln. »Wir sind nicht in Hollywood, vergiß das nicht. Wo man dem Typen jede Menge Steine in den Weg schmeißt. Und am Schluß müssen sich dann alle bei ihm entschuldigen. So läuft das nicht. Die putzen den weg. Das können die sich nicht leisten.«

»Wer?«

»All das Geld, das an Pfarrer Bohnerts Herzensgüte hängt. Und was ist mit all den anderen? Den netten Bergdoktoren, frauenfreundlichen Gynäkologen und beherzten Lokalredakteurinnen? All diese Mattscheiben-Idole, denen hängt man nicht einfach so was an. Da könnte ja jeder kommen.«

Ich überlegte, ob ich auch etwas essen sollte, entschied mich aber dann dagegen. Statt dessen spielte ich mit Henks Feuerzeug herum.

Er nahm einen Schluck, der ein ganzes Glas lang dauerte. »Und das, wo er noch nicht mal unbedingt richtig liegt«, sagte er dann.

»Was meinst du denn damit?«

Im *La Mancha* hatte jetzt jemand *This masquerade ist over* aufgelegt. Gesungen von Al Jarreau, soviel ich hören konnte. Es war zu anstrengend, die Musik durch den allgemeinen Lärmpegel hindurch zu entziffern.

»Was meinst du damit: Er liegt nicht richtig?«

Henk, immer noch kauend, war schon dabei, sich eine Zigarette zu drehen. »Würdest du das lassen? Das Feuerzeug kann man nämlich nicht nachfüllen. – Ich meine damit, daß alles nicht so recht zusammen paßt.«

Ich warf das Ding auf den Tisch. »Wieso denn nicht? Er hatte ein Motiv. Und er kannte Elsies Manuskript.«

»Wie kommst du darauf?«

»Er muß es gekannt haben. Und er wollte, daß der Verdacht auf seine Verflossene fällt.«

»Das klingt ja überaus logisch. Und wie soll er es angestellt haben, technisch gesehen?«

Henks plötzliche Pedanterie ärgerte mich. War er neidisch auf meinen Erfolg? Mit Schadenfreude verfolgte ich seine vergeblichen Versuche, dem Feuerzeug eine Flamme zu entlocken.

»Er muß es ja nicht selbst gemacht haben. Er hat einen fähigen Mitarbeiter. Er ist Schauspieler. Also kennt er sich in theatralischen Effekten aus. Theatralik. Deswegen haben ja alle zuerst an Elsie gedacht.«

»Trotzdem, Kittel. Du mußt zugegeben, daß –«

»Außerdem«, unterbrach ich ihn, »außerdem interessiert mich das alles nicht. Das ist nicht mein Fall, das hast du mir doch immer unter die Nase gerieben. Und ich hatte nicht vor, zu beweisen, wer die Morde begangen hat und wie er das angestellt haben soll. Sondern nur, wer sie *nicht* begangen hat. Nämlich Elsie. Und das ist gelungen.«

Henk lächelte. Endlich hatte er seine Flamme. Ein winziges, blaues Flämmchen, das die Zigarette gierig aufsaugte. »Ich hab sie auch nicht begangen«, sagte er. »Aber das will niemand beweisen.«

27

Es war noch nicht so spät, als ich nach Hause kam. Also probierte ich es noch einmal bei Elsie. Aber diesmal ging sie nicht mal mehr dran.

Am nächsten Morgen rief ich in der Buchhandlung an. Lady Macbeth – mit dem intim-verschwörerischen Ton in der Stimme – versicherte mir, daß er sie jeden Moment erwarte. Sie habe sich wohl verspätet, aber das passiere gelegentlich. Armer Kerl. So wie er das sagte, hatte er wahrscheinlich schon mehrmals vor Wut in ein Taschenbuch gebissen.

Mir ging Henks Bemerkung von gestern nicht aus dem Kopf. Wieso kam er jetzt, wo der Knoten gelöst war, und machte alle Freude kaputt mit der Behauptung, ich hätte das falsche Knäuel? So etwas paßte zu Elsie, aber niemals zu Henk.

Psychologisch konnte man es vielleicht darauf zurückführen, daß ich ihm sein Feuerzeug leergemacht hatte. Neid, gekoppelt mit freudianischer Einweg-Symbolik. Aber Psychologie half einem eben auch nicht immer weiter.

Ich kramte Sascha van Baers Kluhse-Video hervor und ließ das Bild schnell vorlaufen. Vielleicht fand ich auf dem Streifen, was ich suchte. Irgendwo hatte ich einmal gelesen, daß man im Grunde viel öfter die Antwort auf eine Frage wußte, als man dachte. Nicht so, daß alles Wissen nur Wiedererinnern gewesen wäre. Es verhielt sich viel unterbewußter. Man kannte die Antwort, weil man sie schon irgendwo gehört hatte, wollte sie sich aber nur nicht sagen, aus welchem Grund auch immer. Vielleicht war das der Grund, warum Henks Zweifel bei mir auf fruchtbaren Boden fielen. Daß ich irgendwo etwas aufgeschnappt hatte, womit ich jetzt unbewußt hinterm Berg hielt.

Das SM-Video flimmerte im Schnelldurchgang über den Bildschirm. Der einzige Unterschied zum Privatfernsehen war, daß nicht ständig mit Werbung unterbrochen wurde.

Oder war es doch Werbung? Diese Trinkszene. Ich stoppte, fuhr noch einmal zurück. Die Frau mit den Stilett-Absätzen in der Hocke. Sie stand auf. Das Glas mit dem gelben Getränk. Kluhse in Windeln, das Glas gegen das Licht haltend, als wollte er gleich sagen: *Wenn einem soviel Gutes widerfährt ...*

Halt. Nochmal zurück. Ich ging ganz nah ran, kroch fast in die Glotze.

Das war nicht Kluhse! Meinetwegen sah er ihm ähnlich. Aber er war es nicht. Ganz eindeutig. Ich hatte ihn inzwischen zu oft aus der Nähe gesehen.

Also was? Hatte Sascha einfach geblufft? Oder hatte er vielleicht *geglaubt*, der Mann in dem Film sei der Fernsehpfarrer? Unwahrscheinlich, denn um jemanden damit zu erpressen, mußte er ihm eine Kopie zukommen lassen. Und Bohnert hätte sich wohl nicht geirrt. Wieso war das nicht Kluhse?

Bild für Bild, jedenfalls so langsam wie möglich, ließ ich die Szene weiterlaufen. Der Maskierte, den ich für Kluhse gehalten hatte, hob die Karaffe hoch. Er trank. Dann setzte er ab. Die Kamera ging jetzt ganz nah heran.

Stop.

Das Bild stand. Das Portrait eines Maskierten. Mund und Augen waren frei. Sie schienen ein eigenes, abgetrenntes Leben zu führen. Zwischen ihnen und der Kamera war die Karaffe mit der gelb schimmernden Flüssigkeit.

Also nicht Kluhse.

Trotzdem: Diese Augen hatte ich schon einmal gesehen. Es waren keine unbekannten Augen. Damals waren sie auch hinter einer Flüssigkeit gewesen und schienen darin zu schwimmen. Nur daß diese Flüssigkeit nicht gelb gewesen war sondern meerblau. Und es waren Fische darin gewesen, seltene Fische und Korallenäste zur Dekoration. Elsies Aquarium.

Endlich löste sich der Knoten. Keine Gedanken überschlugen sich in meinem Kopf. Es kehrte Ruhe ein. Was ich dachte, war Musik. Ein Song, den ich gestern irgendwo aufgeschnappt war, und der jetzt als einziger übrigblieb: *This masquerade is over.*

28

Bei Bönisch meldete sich niemand. Auch Henk kam nicht an den Apparat, aber das lag wahrscheinlich daran, daß er noch im Bett lag oder Posaune übte. Mattau hatte seinen freien Tag. Er war in der Stadt einkaufen.

Im Radio fing der Krimi am Samstag an. Ich hörte ein paar Minuten zu, dann fand ich, daß Henk jetzt genug gepennt hatte, und machte mich auf den Weg. Unterwegs entschloß ich mich spontan zu einem Umweg, der mich bei *Cusanus* vorbeiführte.

Der Laden war leer bis auf ein älteres Ehepaar, das unschlüssig in einem Bildband mit dem Titel: *Eisenbahnen – gestern und heute* blätterte. Händeringend, wie gewohnt, stand der Inhaber der Buchhandlung daneben.

»Also ich weiß nicht«, sagte der Mann.

»Kaninchen mag er nämlich auch sehr gerne«, erläuterte die Frau.

»Kaninchen! – Da kann ich Ihnen etwas zeigen«, beruhigte sie Macbeth.

»Vielleicht«, überlegte der Mann, »wenn Sie etwas mit beidem hätten?«

»Mit beidem?«

»Eisenbahnen *und* Kaninchen.«

Lady Macbeth grunzte, am äußersten Punkt der Höflichkeitsskala angelangt. Dann bemerkte er mich und nutzte die Fluchtmöglichkeit.

»Sie, eh – wünschen ...«

»Frau Holland«, sagte ich. »Ist sie inzwischen da?«

Bei ihrem Namen veränderte er sich. In einer Sekunde

wurde er so frostig und abweisend, als hätte ich laut Freiheit für alle Ladendiebe gefordert.

»Leider nein«, sagte er. Offenbar hielt er mich für Elsies Lover.

»Aber ist das nicht ein bißchen lang für eine Verspätung?« fragte ich. »Ich meine, Sie machen doch jetzt bald zu.«

Er zog die Augenbrauen hoch. »Allerdings. Aber das stört *sie* nicht.« Er senkte die Stimme bis auf den Boden. »Sie hat gekündigt.«

Ich war baff. »Gekündigt! Einfach so?«

Ein panischer Blick zu den beiden Kunden. Dann senkte er die Stimme noch weiter, als Aufforderung für mich. »Telefonisch. Sie kommt nicht mehr, hat sie gesagt. Als wenn das so einfach wäre.«

»Genau das haben Sie ihr doch bestimmt gesagt.«

»Natürlich. Aber das war ihr egal. Und wenn Sie mich fragen: Auf solche Hilfe kann ich gut verzichten.«

Knappe vier Minuten später bohrte sich mein Daumen in Elsies Klingelknopf. Ich schäumte vor Wut auf diesen Cusanustypen, der Elsies Kündigung einfach zur Kenntnis genommen hatte, ohne daß ihm etwas komisch vorgekommen war. Jetzt konnte ich nur hoffen, daß ich nicht zu spät dran war. Oder besser noch, daß alle Befürchtungen grundlos waren.

Niemand öffnete. Ich klopfte, trommelte gegen die Tür. Nichts. Ich rannte die Treppe hinunter. Was jetzt? Einfach wieder gehen, da sie offenbar nicht zu Hause war? – Also wieder nach oben. Die Tür eintreten, wenn's sein mußte.

Dann fielen mir die Leute auf. Ganz normale Passanten. Aber was hatten sie in der Toreinfahrt zu suchen und drüben, im Innenhof?

»Vielleicht sollte man die Polizei rufen«, sagte einer. Das alarmierte mich.

Ich lief in den Hof. Alle starrten nach oben. Ich also auch. Da oben saß Elsie.

Eigentlich konnte man da, wo sie war, gar nicht sitzen. Sie *klebte* an der Hauswand, jenseits von ihrem Balkon, in der Mitte zwischen ihrer und der Nachbarwohnung. Neben ihr eine Flasche.

»Das ist nichts für die Polizei«, stellte eine Frau sachlich fest. »Da muß die Feuerwehr ran.«

Elsie hockte auf einer Art Sims, einem kleinen, grau getünchten Vorsprung, der nichts weiter war als eine Verzierung, wie ihn viele Altbau-Fassaden aufweisen. Er verlief direkt unter ihrem Balkon, so daß sie nur aufsteigen mußte und ein bißchen balancieren.

Von hier unten keine Chance, an sie ranzukommen. Direkt an der Wand wuchs ein Strauch, aber der reichte nicht mal bis zum ersten Stock hoch. Erst viel weiter oben wurde die Wand noch einmal grün. Eine großblättrige Pflanze hangelte sich an einem Gittergerüst die Mauer entlang. Sie entsprang auf dem Balkon direkt unter Elsies Wohnung ...

Ich zögerte keinen Moment und rannte los.

Ein älterer Mann in einer grünen Schürze öffnete mir. In der Hand hielt er eine Gießkanne. Ein Hobbygärtner, auch das noch!

»Polizei!« sagte ich atemlos. »Ich muß Ihren Balkon benutzen.«

Während er noch mißtrauisch wurde, drängelte ich mich schon an ihm vorbei.

»Wieso? Mein Balkon? Aber was machen Sie denn da ...« Er kam hinter mir her. »Nein! – Da können Sie nicht hoch! Das hält sie nicht aus!«

Wahrscheinlich hatte er recht. Das Gitter ächzte und knackte bedenklich. Aber ich brauchte nur ein paar Sprossen, dann war ich oben.

Sobald ich einen Fuß auf das Sims setzen wollte, wurde mir anders. Wieso war das so tief? Das Haus hatte von unten wie ein normales Haus ausgesehen – von hier oben war der Innenhof nicht größer als als eine Briefmarke.

Ich begann zu schwitzen. Gleichzeitig wurde mir eiskalt. Die Beine fühlten sich an wie Gummischläuche, und meine Handflächen waren so naß, daß sie von jedem Geländer abgerutscht wären.

Aber das gab es hier sowieso nicht.

29

»Nett, daß du mich besuchst.«

Elsie. Da saß sie in ihrem knappen Gelben, das hochgerutscht war und einen Slip mit einem zartroten Blumenmuster freilegte. Ihre Beine baumelten so unbeschwert in die Tiefe, als säße sie auf dem Rand eines Planschbekkens. Die Ouzoflasche neben ihr war so gut wie leer.

»Verdammte Scheiße! Kannst du mir sagen, was das soll!« stieß ich hervor, während ich mit aller Kraft versuchte, meine Augen endlich dazu zu bringen, sich auf sie zu richten und nicht wie gebannt in den Abgrund zu starren. »Das ist nicht komisch!«

Sie machte eine fahrige Bewegung, die mir klarmachte, daß sie in einem Zustand war, in dem ich mich nicht mal mehr auf die Straße gewagt hätte.

»Ich kündige«, sagte sie.

»Ich weiß.«

»So, du weißt schon. Und woher?«

»Ich war im Laden. Gerade eben.«

»Ach das.« Mit einer Armbewegung wischte sie diese Nichtigkeit hinweg. »Das meine ich nicht.«

»Nicht.«

»N-nein.«

Ich gab es auf. Keine Macht der Welt brachte mich dazu, auf diesem kleinen Vorsprung zu balancieren. Vorsichtig, Millimeter für Millimeter trat ich den Rückzug an. Bis ich mich von außen an ihrem Balkon festklammern konnte. Zwar war ich nicht in Sicherheit. Aber ich konnte mir wieder vorstellen, wie es war, in Sicherheit zu sein. »Was dann?« fragte ich.

»Alles. Das alles. Das ganze, beschissene ...« Sie hatte den Faden verloren.

»Leben«, sagte ich.

»Jedenfalls«, sie beugte sich vor, und ihr Oberkörper schaukelte langsam auf mich zu, wobei sie mich fixierte, »wo du schon da bist, da kannst du mir ja helfen.«

»Helfen?«

Sie rülpste. »Ja. Tritt mir in den Arsch. Das kannst du doch. Gib mir den Rest.«

»Aber Elsie. Was soll denn das jetzt –«

»Jetzt mach schon. Wie sagt man so schön? Scheißen oder r-runter vom Pott.«

»Elsie. Du bist total voll. Laß uns in die Wohnung gehen. Dann reden wir über alles.«

»Genau das wolltest du doch! Wir sehen dann, ob ich wirklich auf die Füße falle, wie du immer behauptest. Oder ob ich nämlich in W-Wirklichkeit ein Marmeladenbrot bin, das auf die Schnauze fällt. Na?«

»Hör zu, mir steht der Sinn nicht nach Scherzen und –«

»Das ist kein Scherz!«

Sie brüllte das so laut, daß es über den ganzen Hof schallte. Gleichzeitig warf sie die Flasche im hohen Bogen in das Nichts unter uns. Auf dem Hof spritzte das Glas in alle Ecken. Die Gaffer stoben auseinander.

Gut. So kamen wir also nicht weiter.

»Eigentlich«, sagte ich, »bin ich wegen einer ganz anderen Sache gekommen.«

Sie verstand das falsch und machte ein spöttisches Gesicht. »Ach, reparierst du neuerdings auch Dachrinnen«, sagte sie.

»Ich weiß, wer die Morde begangen hat.«

»Gratuliere, du Superhirn.«

»Harald Bönisch war's.«

Damit hatte sie nicht gerechnet. Sie unterdrückte einen Rülpser. Zum ersten Mal war Interesse in ihrem Gesicht. Interesse und Ärger darüber, daß sie es nicht vor mir verbergen konnte. »Harald?«

»Ja, ganz eindeutig.«

Sie rückte ihr T-Shirt zurecht. Sie sah kein bißchen erleichtert aus. Eher bestürzt. »Aber wieso, ich meine – woher weißt du das? Hat er dir das gesagt?« Offenbar hatte sie keine sehr hohe Meinung von meinen Fähigkeiten.

»Nein. Er weiß es noch nicht.«

»Daß er der Täter ist?«

»Quatsch. Daß ich es weiß. Bis jetzt fühlt er sich völlig sicher. Wo Mattau diesen Kluhse auf dem Kieker hat. Aber er war's.«

»Warum?«

»Erstens, weil Harald ein ehrgeiziger Mensch ist. Er ist scharf auf den Grimme-Preis. Und so nah dran, daß er sich nicht einfach vom Platz stellen läßt.«

»Deshalb hat er –«

»Zweitens, weil Harald eine Vorliebe für – sagen wir: experimentellen Sex hat.«

»Harald?«

Irgendwie hatte ich das Gefühl, sie hätte nicht so ungläubig aufgelacht, wenn ich behauptet hätte, ihr Bücherregal hätte diese Vorliebe.

Ich zuckte mit den Schultern. »Wieso nicht? Jeder, wie er will. Aber dann kamen Sascha und Hella mit ihren Kameras. Und alles war hin.«

Der Hof hatte sich, soweit ich das sehen konnte, geleert. Offenbar hatten die Leute das Interesse verloren. Selbst wenn sie davon ausgingen, daß Elsie irgendwann sprang, dann war das nichts im Vergleich zu dem, was sie heute und jeden Abend im Fernsehen geboten bekamen.

»Eigentlich waren sie ja hinter Kluhse her. Ich nehme an, daß Bönisch ihnen rein zufällig ins Netz gegangen ist. Aber dann war er eben drin. Und Haralds Karriere als Guru des modernen Dokumentarfilms drohte, sich in Nichts aufzulösen. Wie ein belichteter Film.«

»Quatsch! Deswegen hat er doch nicht –«

»Nicht *nur*. Er bewunderte Sascha, weil er so ein toller Typ war. Er beneidete ihn und haßte ihn dafür, weil er es mit seinem Schlüsselloch-TV geworden war. Jedenfalls kam Harald das Drehbuch gerade recht.«

»Mein Drehbuch.«

»Er dachte, es ist von Hella. Er wollte Hella verdächtig machen, indem er das Drehbuch wie ein Bekennerschreiben am Tatort drapierte. Dann hat er ihr das Alibi geklaut, indem er sich mit ihr zum Kino verabredete. Und nachher so tat, als sei das einen Tag später gewesen.«

»Und wie hat er's gemacht? Hat er Sascha vielleicht dazu überredet, mit ihm zu baden?«

»War gar nicht nötig. Er hat Sascha erzählt, er wollte sich mit ihm zu Hause aussprechen. An dem Abend, als du in der Psychogruppe warst. Er hat ihm Schlaftabletten verabreicht. Für Mattau waren die Tabletten ein Indiz für einen körperlich unterlegenen Täter, also eine Frau. Aber es war genau umgekehrt: Freiwillig wäre Sascha niemals für Harald in die Wanne gestiegen. Also legte Harald ihn schlafen, entkleidete ihn, packte ihn in die Wanne und warf den laufenden CD-Player hinein. Perfekte Inszenierung, nach dem Drehbuch von Elsie Holland. Schaumschlägers Ende.«

Vielleicht war Elsie jetzt wirklich beeindruckt, aber ihre Mimik war zu besoffen, um beeindruckt auszusehen. Sie stierte in meine Richtung und sah dabei aus wie ein Wiederkäuer, der die ersten Anzeichen von Rinderwahnsinn an sich bemerkt, aber noch versucht, es vor der Außenwelt zu verbergen.

»Hast du das alles rausgekriegt?« fragte sie.

»Nein. Ich hab mir das ausgerechnet. Aber nur so paßt es. Weißt du noch, wie abfällig Harald über das ›Perversen-Milieu‹ gesprochen hat, damals in deiner Wohnung? Er ist fast ausfallend geworden. Die ganze Zeit über hab ich gedacht, daß er das doch nicht nötig hat. Bis ich ihn auf dem Video erkannt habe.«

»Und Hella?«

»Mit ihr konnte er sich nicht einigen, und als Verdächtige wurde sie von der Polizei nie so recht akzeptiert. Sie war eine Bedrohung für ihn.«

»Hast du dir ausgerechnet.«

»Ja. Aber, Elsie, begreifst du, was das heißt: du bist aus der ganzen Sache raus. Niemand hält dich für schuldig, also brauchst du dir auch selbst keine Schuld mehr zu geben.«

Sie reagierte nicht. Sah nicht so aus wie jemand, dem ein Stein vom Herzen fiel. Was sollte ich jetzt machen? Wenn sie nicht wollte, ich würde sie nicht zwingen. Keinen Millimeter konnte ich auf sie zu gehen.

»Wir brauchen also auch nicht mehr hier zu sitzen«, bat ich. »Komm, laß uns reingehen.«

Ich lag völlig falsch. Die ganze Zeit versuchte ich, sie auf die Sonnenseite des Lebens zurück zu ziehen. Dabei war es offensichtlich, daß sie die Sonne nicht vertrug. Ja, daß sie sie nicht ausstehen konnte. Elsie war eindeutig ein Schattentyp. Eine Unke, die es liebte, in schimmelfeuchten Kellern zu hocken und sich ungestört und jahrelang darüber zu beschweren, daß niemand die kaputte Birne auswechselte. Und jetzt kam ich mit der neuen Birne in der Hand und verdarb ihr alles.

»Elsie«, sagte ich. »Du hast mir mal was von einem Bahnhof erzählt. Von Leuten in Zügen und solchen, die warten.«

»Na und?«

»Ich kenne diesen Bahnhof. Ich habe selbst lang genug da rumgestanden und gewartet.«

Ihr Grinsen war spöttisch und leicht abfällig. »Und jetzt sitzt du auch im Zug. Bravo, Sunnyboy.«

»Nein«, sagte ich. »Die Züge sollen von mir aus ohne mich fahren. Ich bin raus aus dem Bahnhof. Es gibt auch Busse.«

Ihr Mund verzog sich zur Schnute. »Ha ... Ha ...« erwiderte sie, die Has möglichst weit auseinanderhaltend, als hätten sie ansteckende Krankheiten. »Ha.«

»In die Züge, da wollen doch alle. Und wenn sie erst mal drin sind, dann wollen alle einen Sitzplatz. Und wenn alle sitzen, dann wollen alle am Fenster sitzen. Und dann wollen alle gleichzeitig aufs Klo. Das geht immer so weiter, glaub mir. Keiner kann das Leben in vollen Zügen genießen.«

»Das glaubst du wirklich, was?« meinte sie nach einer Weile.

»Nein. Aber ich habe es mir ausgerechnet.« Unter mir, in der Kletterpflanze, raschelte es.

»Heh Sie!« Es war der Mann mit der Gießkanne. »Sind Sie noch da oben?«

»Zeit, daß wir reingehen«, drängte ich Elsie.

»Der Farn ist eine spezielle japanische Züchtung!«

brüllte der Gärtner von unten. »Wenn der jetzt eingeht, mache ich Sie haftbar!«

»Irgendwo da draußen«, sagte ich, »läuft Harald Bönisch frei herum. Ich werde Mattau informieren müssen.«

Elsie zuckte die Schultern, was ihr T-Shirt dazu nutzte, den rechten Arm hinunter zu gleiten. »Also los.«

Sie stand auf, und mir wurde schlecht.

»Paß auf!« schrie ich. Besoffen wie sie war, balancierte sie auf dem Mauervorsprung und beugte sich dabei hin und her wie ein Baum im Wind.

»Kein Problem«, murmelte sie. »Ich bin bis hier gekommen, also werde ich auch wieder ...«

Aber da hatte sie noch nicht so geschwankt. Zwei Schritte, dann verlor sie das Gleichgewicht. Sie steuerte gegen und kam direkt auf mich zu geflogen. Klammerte sich am Geländer fest. Wir hingen wie zwei Wäschestükke aufeinander. Unter uns der leere Abgrund.

»Scheiße«, flüsterte ich. »Scheiße ...« Ich konnte sie weder halten noch ihr Platz machen. Nichts konnte ich.

»Keine Panik«, sagte sie. »Das haben wir gleich. Keine Panik ...«

Sie schaffte es. Sie schaffte es tatsächlich, über mich drüber zu klettern und das Geländer des Balkons zu erreichen. Dabei war ich keine große Hilfe. Ich hielt die Augen geschlossen und zählte mechanisch vor mich hin: Dreitausendeins, Dreitausendzwei, Dreitausendr...

Dann trat sie auf meine Hand, die am Geländer klammerte, und alles ging rasend schnell. Noch während ich aufschrie, hatte ich schon losgelassen und sauste abwärts. Doch ich hielt mich erneut fest. Das Gitter. Ich hatte mich in der Kletterpflanze verfangen. Von oben rief Elsie irgendwas. Eine andere Stimme war näher.

»Heh! Sie!«

Da stand das grüne Männchen mit der Kanne und sorgte sich um seine Blätter. Einige davon hielt ich in der Hand. Das Gitter knarrte. Es ächzte. Keine Bewegung. Ganz ruhig. Nur nicht denken. Selbst der Gedanke an die leiseste Bewegung konnte das schwächliche Gitter dazu bringen, aus der Wand zu reißen. Und dann ...

Der Mann stellte die Gießkanne ab. Vielleicht wollte er mir die Hand reichen. Aber ich wagte nicht, den Kopf in seine Richtung zu drehen. Ich wagte gar nichts mehr.

Dann gaben die Dübel auf. Es ging langsamer, als ich geglaubt hatte. Das Gitter riß zuerst oben aus der Halterung. Geradezu gemächlich kippte ich nach hinten, hätte also die Zeit gut nutzen können, mich zu verabschieden.

Mit einem Knall sprang die letzte Halterung aus der Wand. Ich war frei.

30

Ich war nicht tot, das war mir bald klar. Es war einfach unwahrscheinlich, daß im Himmel die Luft nach Malventee schmeckt. Oder daß Engel Piepser in der Tasche tragen und mit Fieberthermometern herumfuchteln. Das paßte nicht zusammen, es sei denn, ich war in der Hölle gelandet.

»Du brauchst jetzt erst mal Ruhe«, sagte Henk, der mich ab und zu besuchen kam. Er erschien bestimmt vier oder fünf Mal, nur um mir diesen Satz zu sagen. Danach war er dann ziemlich schnell wieder weg, weil er auf der Station nicht rauchen durfte.

»Weißt du, daß du ein riesen Schwein gehabt hast?« fragte er außerdem, als er am Montag nachmittag an meinem Bett stand.

Ich wußte es inzwischen. Kurz vorher war die Stationsärztin aufgekreuzt, die aber leider nur medizinisch sprach. Zum Glück wurde sie von einer Krankenschwester begleitet, die als Dolmetscherin fungierte. Ihr zufolge war ich mit einer leichten Gehirnerschütterung und einem verstauchten Knöchel davongekommen.

Ein Wunder. Das Gebüsch auf dem Hof hatte meinen Sturz abgefangen, außerdem befanden sich dazwischen ein paar Müllsäcke mit faulendem Unkraut, die jemand illegalerweise darin versteckt hatte. Sie hatten wie Polster gewirkt.

Das einzig Unangenehme war eigentlich die Anzeige

wegen Sachbeschädigung. Immerhin hatte ich die seltene japanische Pflanze mit in die Tiefe gerissen, worauf der Mann mit der Gießkanne einen Schwächeanfall erlitten hatte. Jetzt wollte er Rache für sein Gewächs. Und Schmerzensgeld.

Am Dienstag brauchte ich angeblich immer noch Ruhe. Mir kam das allmählich etwas merkwürdig vor.

»Warum hast du es so eilig?« wollte Henk wissen.

»Ich muß dringend mit Mattau sprechen.«

Henk versuchte, mich besorgt anzusehen, aber er schaffte es nicht, vorher die Zufriedenheit aus seinem runden Gesicht zu räumen. »Weißt du, was das Fatale bei uns Detektiven ist? Daß wir uns immer für unentbehrlich halten. Ein enormer Streß ist das. Und was ist die Folge davon? Krankenhaus. Sieh dich an.«

Wir saßen auf dem Balkon, wo Henk qualmen konnte.

Jetzt war ich es, der alles aus der Bademantel-Perspektive sah. Es war schwül und gewitterig. Ein Wetter, bei dem man ständig die Handfläche in die Luft hielt, weil man meinte, die ersten Regentropfen gespürt zu haben.

»Spätestens morgen bin ich hier weg«, sagte ich, eigentlich mehr zu mir selbst als zu Henk.

»Kittel, du solltest Urlaub nehmen. Sobald du hier raus bist. Ausspannen. Na, was hältst du davon?«

»Hörst du schlecht? Ich will die Sache zu Ende bringen.«

Er lehnte sich zurück. Der Qualm stieg so stetig aus seinem Mund, daß man glauben konnte, er hatte irgendwo da drinnen einen Kabelbrand.

»Falls du diesen Bönisch meinst«, sagte er, »der ist hinter Gittern.«

Ich machte den Mund auf. Und wieder zu. »Aber wieso? Ich meine –«

»Du arbeitest mit einem Partner, Kittel. Schon vergessen? Du warst verhindert, also bin ich eingesprungen. Das ist so üblich unter Freunden.«

»Und du hast einfach so – ich meine: du wußtest also, daß Bönisch hinter allem steckt?«

»So gut wie.«

»Was soll das heißen: so gut wie?«

»Nicht direkt. Aber ich hatte Hilfe.«

»Was für Hilfe?«

»Na, wen schon. Die, wegen der du dich vom Dach gestürzt hast. Wir waren ein glänzendes Team.«

Ich machte ein fassungsloses Gesicht. Henk verstand das falsch.

»Nicht, was du denkst«, beruhigte er mich. »Keine Angst. Wir sind Kollegen, mehr nicht.«

»Kollegen?«

»Detektiv und Krimi-Autorin. Das ideale Gespann.« Er stand vom Tisch auf. »Moment. Ich hab sie doch hier liegen sehen.«

Dann brachte er eins dieser Boulevard-Blätter an, die Sprache erfolgreich durch Großbuchstaben ersetzten. Warf es vor mir auf den Tisch. »Da steht es. Schwarz auf weiß.«

GEWITZTES KRIMITALENT BRINGT KILLER ZUR STRECKE!
SEX MIT TIEREN: MIT RINDERWAHNSINN ANGESTECKT!

Ein Blick, und ich hatte zwei Artikel gelesen. Obwohl mich nur der erste interessierte

»Toll, was?« Henk war richtig stolz. »Da ist auch irgendwo ein Foto von ihr drin. Und sie hat sogar was an. Tja, da staunst du, Kittel. Du solltest öfter mal krank feiern.«

Ich war perplex. »Sie hat dir also gesagt, daß sie den Fall gelöst hat?«

»Sie hat es nicht gesagt. Sie *hat* den Fall gelöst. Mit meiner bescheidenen Hilfe.«

Hatte sie nicht.

»Aber das Video«, sagte ich. »Nur damit kann sie beweisen, daß Harald Bönisch ...«

»Ach, der hat nicht lange drumherum geredet. Wir haben ihm einen kleinen Besuch abgestattet, Elsie und ich.

Er ist kein Killer. Im Grunde gar kein schlechter Kerl. Schade eigentlich.«

Für einen Moment hielt ich es für möglich, daß ich zu den Leuten gehörte, die bewußtlos gewesen waren und dann plötzlich in einem ganz anderen Jahrhundert aufwachten. Was hatte das alles zu bedeuten?

»Sie hätte mich ja mal besuchen können«, meinte ich.

»Wollte sie. Aber im Moment –« Henk lächelte, leicht verunsichert, weil seine Sensationen so wenig Begeisterung bei mir erzeugten. »Sie muß jede Menge Interviews geben. Und Verhandlungen mit Agenten führen. Du weißt schon. Sogar das Fernsehen hat schon angefragt. Die wollen einen Frauenkrimi drehen, weil das im Moment so gut kommt. Und haben dabei an Elsie gedacht. Naja – ich habe da ein bißchen meine Beziehungen spielen lassen. Aber das ist doch *die* Chance fur sie.«

»Ja, ja«, nickte ich. »Danke für deinen Besuch.«

Henk erhob sich. »Nichts zu danken. Nur – morgen kann ich nicht kommen. Und übermorgen. Da wollte ich wegfahren mit ...«

»Doch nicht mit Elsie?«

Sein Gesicht war ganz mönchische Unschuld. »Wie kommst du darauf? Ich fahre mit Liane.«

»Nein.«

»Doch. Hör zu, Kittel, sie ist gar nicht übel. Vor allem hat sie ein großes Herz. Wieso seid ihr beiden bloß immer wie Hund und Katze?«

»Wie Katz und Maus, meinst du.«

»Dann sag mir mal, was du erreicht hättest ohne ihre Aussage? Eine Anzeige wegen unerlaubter Benutzung von Kluhses Pool. Ihm hätte niemand ein Haar gekrümmt.«

»Na schön.« Ich lächelte ein mildes Krankenlächeln. »Sag ihr, daß ich ewig in ihrer Schuld bin.«

»Schon besser.« Henk winkte zum Abschied. »Wir werden ein bißchen feiern. Und über die alten Zeiten quatschen ...«

»Wird bestimmt schön«, brummte ich ohne rechte Begeisterung. »Wenn du ihr nur nicht widersprichst ...«

Weil es mit der Entlassung dann doch noch nichts wurde, rief ich Elsie an. Ich hatte Glück.

»Du weißt es schon?«

»Henk hat mir alles erzählt. Meine Glückwünsche.«

»Tja – erst mal abwarten, was draus wird, aber ...« Jedenfalls hatte sie sich nicht verändert. »Hör mal, ich wollte auf jeden Fall mal kommen, aber –«

»Schon gut. Übermorgen bin ich draußen.«

»Ist ja toll.«

»Also, ich – hatte gedacht, vielleicht könnten wir ein paar Tage wegfahren.«

»Wegfahren?«

»Wir beide. Einen Kurzurlaub. Das haben wir verdient, finde ich.«

Wieso brauchte sie so lange, darauf zu antworten? Das war doch eine ganz einfache Frage.

»Jetzt?« fragte sie dann.

»Wann sonst?«

»Ich habe jetzt eine Menge zu tun ...«

»Komm schon. Ein paar Tage.« Mußte ich sie erst daran erinnern, daß ich ihretwegen vom Dach gefallen war? Sie konnte mir das nicht abschlagen.

»Wohin?«

»Wie wär's mit Holland?« schlug ich vor. »Das ist nicht weit und paßt vom Namen. Außerdem ist es vom Wetter sehr attraktiv. Wenn's irgendwo in Europa regnet, dann in Holland.«

»Also gut.«

31

Das Gewitter würde nicht kommen.

Der Versuch, einen Wetterumschwung herbeizuführen, war fehlgeschlagen, und die Wolken hatten sich eilig zurückgezogen wie Aufständische nach einer empfindlichen Niederlage.

Einem Triumphator gleich war die Sonne zurückgekehrt und hatte den Himmel wieder in Besitz genommen.

Was die Leute über sie dachten, war ihr egal. Sie lachte schadenfroh und genoß es, daß keiner etwas gegen sie unternehmen konnte.

Ich hatte gelesen, daß tatsächlich eine ganze Menge Leute erwogen, sich in die sogenannten sonnensicheren Länder wie Großbritannien oder die Niederlande abzusetzen. Auf ein paar Tage befristet galt das ja auch für mich.

Und Elsie.

Sie mußte jeden Moment da sein.

Ein Zug fuhr in den Bahnhof ein, und ich trat näher an den Rand des Bahnsteigs, um den Luftwirbel zu genießen, den die Lokomotive erzeugte.

Ich war noch nicht hundertprozentig auf den Beinen. Deshalb hatte Elsie die Verbindung herausgesucht und die Tickets besorgt. Ich brauchte nur hier zu warten. Bahnsteig 9 a/b.

Aber es konnte ja sein, daß ich wieder mal nicht richtig zugehört hatte. Nicht zwanzig Uhr vier, sondern zweiundzwanzig Uhr vier. Vier. Oder vierundfünfzig?

Ich mußte eingenickt sein. Vom Geräusch zuknallender Türen schreckte ich hoch. Ein Zug fuhr ab. Die Bahnhofsuhr zeigte dreiundzwanzig Uhr sieben. Noch während der Zug lustlos aus der Halle auf die Rheinbrücke rollte, ratterten die Felder der Anzeige durch. Ich war gespannt, ob der nächste Zug mein Zug war.

Es gab keinen nächsten Zug. Die Anzeige blieb weiß. Keine Buchstaben, keine Zahlen.

Ganz in der Nähe stand ein Mann, der einzige, der außer mir noch auf dem Bahnsteig war. Der Mann packte gerade seine Kelle ein. Er sah nach Feierabend aus. Letzte Gelegenheit, ihn zu fragen.

»Welcher Zug?« fragte der Beamte mit einer Stimme, die es gewohnt war, ständig gegen Bahnhofslärm anzuschreien.

»Eine Verbindung nach Den Helder«, sagte ich. »Egmont aan Zee. Das liegt in Holland.«

Einen Augenblick dachte der Mann darüber nach. Jedes Wort schien er sich einzeln vorzunehmen und kritisch gegen das Licht zu halten. »Wo wollense hin?« fragte er dann. »Nach Holland?«

Seine Lippen stülpten sich fast beleidigt nach vorne. »Nää«, sagte er nur und schüttelte so endgültig den Kopf wie der Liebe Gott beim Jüngsten Gericht.

»Doch«, beharrte ich. Schließlich wußte ich besser, wo ich hinwollte.

Daraufhin beugte er sich vertraulich zu mir hin und brüllte mir ins Ohr: »Ich mein, da könnense lang warten. Wennse hier nach Holland wollen. Hier fährt janz bestimmt kein Zuch, jlaubense mir.«

Zwei Blocks von zu Hause entfernt, auf einer der handtuch-großen Grünflächen, die im Stadtplan als ›Park‹ aufgeführt werden, traf ich auf einen Hund. Es war kein sehr schönes Tier. Er hatte Ähnlichkeit mit einer Nackenrolle, und aus seinem Maul, das von Fliegen umsummt wurde, hingen verdreckte Fäden aus Geifer. Gerade steckte er seine Nase in faulenden Abfall, der aus einem umgestürzten Mülleimer stammte.

»Hi, Jean-Claude!« sagte ich.

Der Hund drehte sich um und kam auf mich zu. Intensiv wedelte er mit seinem Schwanz, der nicht größer war als ein Knopf.

»Bist du das wirklich?«

Wedeln, zweite Geschwindigkeit.

»Also gut.« Ich zuckte die Schultern. »Dann habe ich nichts gesehen. Paß aber auf dich auf.«

Ich überließ ihn sich selbst. Doch ich brauchte nur wenige Meter, um zu bemerken, daß er mir folgte. »Heh, laß das, ja? Ich mag nämlich keine Hunde.«

Ich war jetzt so gut wie zu Hause. Ich blieb stehen. Immer noch trippelte es hinter mir.

Abrupt drehte ich mich um. Der Hund sah mich erwartungsvoll an. Er hechelte, und es sah aus, als lächle er.

»Nein«, entschied ich.

Der Hund wartete lächelnd. Er hatte Zeit.

»Na schön!« Resignierend verdrehte ich die Augen und kramte in der Tasche nach dem Schlüssel. »Du hast gewonnen. Aber nur unter einer Bedingung: daß du von jetzt an Jean-Luc heißt.«

Christoph Güsken

Bis dann, Schnüffler

185 Seiten, DM 14,80
ISBN 3-89425-063-1

»... flott geschrieben und nimmt nicht nur die esoterischen Geschäftemacher witzig auf die Schippe.« (ekz-Informationsdienst)

»Die rasante Story erzählt von merkwürdigen Ereignissen rund um ein Esoterikinstitut. Ein Guru läßt sich und seine Belegschaft von naiven Kunden aushalten und hat nebenbei anscheinend Zeit für eindeutig kriminelle Aktivitäten. Bevor die Detektive dazu Einzelheiten erfahren, stirbt ihr mysteriöser Besucher an einem vergifteten Weingummi. Er bleibt nicht die einzige Leiche.«
(Badische Neueste Nachrichten)

»Die Unbekümmertheit, mit der Güsken seine Miniatur-Bogarts durch den Kleinstadtmief prügelt, macht beim Lesen schlicht und einfach Spaß.«
(Listen)

»... Lizenz zum Weitermachen erteilt.«
(Stadt-Spiegel, Herten)

grafit